Adalbert Ludwig Balling
Wo Menschen tanzen und lachen
und sich des Lebens freuen

Adalbert Ludwig Balling

Wo Menschen tanzen und lachen und sich des Lebens freuen

Reise-Erlebnisse,
Begegnungen & Abenteuer
auf fünf Kontinenten

Herausgegeben
von Studiendirektor
Reinhart Urban

ENGELSDORFER VERLAG LEIPZIG

Bibliografische Information
durch die Deutsche Nationalbibliothek:
Die Deutsche Nationalbibliothek verzeichnet
diese Publikation in der Deutschen Nationalbibliographie;
detaillierte bibliographische Daten sind im Internet über
http://www.dnb.de abrufbar

ISBN 978-3-96145-280-4

Copyright 2018
Engelsdorfer Verlag Leipzig
Schongauer Straße 25, 04329 Leipzig
www.engelsdorfer-verlag.de

Alle Rechte beim Autor Adalbert Ludwig Balling
Hauptstraße 1, 86756 Reimlingen, Tel. 09081-2970-114
All rights reserved

Typographie und Satz: Roman Schmuker
Farbbild auf der Titelseite
sowie SW-Fotos zu den Kapiteln:
Adalbert Ludwig Balling

Hergestellt in Leipzig, Germany (EU)
14,90 EURO (D)

Inhaltsverzeichnis

Wegweisende Vorworte
7

KAPITEL 1
Aus dem vorwiegend und betont
europäischen Kulturraum
13

KAPITEL 2
Afrikanisches Potpourri
63

KAPITEL 3
Romantische Erlebnisse und nüchterne
Begegnungen auf Papua Neuguinea und
anderen Inseln der Weltmeere
127

KAPITEL 4
Beobachtungen und Erkenntnisse
rund um den Globus
173

KAPITEL 5
Menschen wie Wind und Wolken
223

Nach-Klang im Anhang
261

*Allen,
die an mir vorüberglitten,
am anderen Ufer verschwanden;
allen die mir vielleicht nur
flüchtig begegneten,
bin ich in Dankbarkeit und
Freude verpflichtet.*

NACH BORIS PASTERNAK

WEG-WEISENDE VOR-WORTE

»Das Beste, was man von einer Reise nach Hause mitbringen kann, ist die heile Haut.«

SPRICHWORT AUS ARABIEN

Fünfzig Jahre Weltenbummler

Es ist schwer, über viele Länder ein gemeinsames, sprich: zusammenhängendes Urteil abzugeben. Es ist schwer, einzelne Länder lobend oder besonders sehenswert herauszugreifen. Es ist schwer zu sagen, wo es einem am besten gefallen hat. Es ist schwer, Menschen herauszugreifen, an die man sich in besonderer Weise erinnert.

Und doch muss man dies immer wieder tun – die Erlebnisse und Begegnungen von 50 Jahren als Weltenbummler lassen sich nicht allumfassend aufschreiben: Man muss auswählen; muss mal hier, mal dort eine Episode einstreuen; mal hier, mal dort eines Menschen sich in besonderer Weise erinnern; eines Menschen, dessen Namen man längst vergessen hat und dem man nie mehr begegnen wird. Und trotzdem bleibt diese Begegnung lebendig – oft lebenslang auch ein Geschenk.

Insgesamt aber, fast möchte ich sagen pauschal, habe ich immer wieder feststellen dürfen: Es gibt viele, unendlich viele gute Menschen überall – auf allen Erdteilen, in allen Ländern, Religionen und

Kulturen. Interessant ist auch die stets neu gemachte »Überraschung«: Wie schnell doch Nationalitäten-Unterschiede »überflüssig« werden, vor allem, wenn man Menschen begegnet, die Gleiches denken und anstreben; die für dieselbe Botschaft arbeiten; die dem gemeinsamen Gott dienen.

Wenn ich meinen riesigen Bekannten- und Freundeskreis durchgehe, fallen mir viele ein, die eigentlich »Fremde« waren – und doch habe ich sie als gute Freunde in Erinnerung.

Es gibt natürlich überall...

und in allen Ländern und in allen Kulturen viel Gemeinsames: In den Ländern der südlichen Halbkugel, also vorwiegend in Afrika, aber in einigen Regionen Südamerikas, konnte ich immer wieder feststellen, dass ihr großes Potential, auch und gerade für die Zukunft, eine ur-tiefe Lebensfreude ist. Ich meine ihre Freude am Leben; ihre Fähigkeit, frohe Feste zu feiern; zu tanzen, zu singen und zu trommeln – aus Liebe am und zum Leben; aus Dankbarkeit gegenüber dem, der sie ins Leben gerufen, ins Leben geliebt hat!

Das zeigt sich auch in ihren Gottesdiensten: Es sind vielfach geklatschte, getanzte Liturgien. Ich bin fest davon überzeugt, dass (vielleicht schon mit dem nächsten Papst) diese frohe und überzeugende Art des Gotteslobes allmählich auch Eingang finden wird in die Gesamtliturgie der globalen Kirche. Denn die Botschaft des Christentums war schon immer (und wird es auch in Zukunft sein) eine Froh-Botschaft.

»Gesichter sind Lesebücher des Lebens«

Diese Aussage geht auf den berühmten italienischen Filmemacher Frederico Fellini zurück. – Es ist mir schon Hunderte Male passiert: Ich habe Menschen kennengelernt, wildfremde, war mit ihnen ein paar Tage zusammen, wir hatten gute Gespräche, tauschten Erfahrungen aus, hatten vielleicht sogar ähnliche Ansichten über Gott und die Welt. Doch dann trennten sich unsere Wege wieder. Für immer. Beim Abschied wussten wir: Ein Wiedersehen würde es nicht geben; nicht geben können! Daher notierten wir auch gar keine Adressen oder Telefonnummern. Zu unterschiedlich waren unsere Wege; zu entfernt von einander die jeweiligen Heimatländer; zu vage vielleicht doch die gemeinsamen Interessen – kurzum, zu unwahrscheinlich, sich jemals im Leben wieder zu begegnen.

Und doch – mit den Jahren und Jahrzehnten spürte ich immer häufiger, immer intensiver: Den einen oder anderen dieser »flüchtig-beiläufigen« Bekannten-Unbekannten vergesse ich so schnell nicht.

Manche dieser Unterwegs-Begegnungen liegen 30, 40 und mehr Jahre zurück, aber die Eindrücke, die jene hinterließen, mit denen ich zeitweise zusammen war, sind noch vorhanden, oft sogar voller Frische und Lebensnähe.

Martin Buber[1] hat einmal geschrieben; Wenn man ihn in seiner frühen Jugend gefragt hätte, ob er es vorziehen würde, nur mit Menschen oder nur mit

---

[1] Vgl. M. Buber, Begegnungen, Schneider/Heidelberg, 1986

Büchern zu verkehren, dann hätte er sich damals gewiss zu Gunsten der Bücher ausgesprochen. Später habe sich das mehr und mehr geändert: »Nicht als hätte ich so viel bessere Erfahrungen mit Menschen als mit Büchern gemacht – im Gegenteil, aber die vielen Erfahrungen mit Menschen haben mein Leben genährt wie es das edelste Buch nicht vermochte – und viele gute Menschen haben mir die Erde zum Paradiesgarten gemacht.«

Menschen wie Wind und Wolken!?

Diese Aussage heißt nicht, dass ich es so sehe: Menschen kommen und gehen – und verschwinden dann für immer – wie Wind und Wolken! Nein, *Menschen wie Wind und Wolken* heißt in diesem Zusammenhang: Sie hinterlassen keine Spuren; die Begegnung mit ihnen, ihr zufälliges oder gewolltes Anwesend-Sein hat dennoch Eindrücke hinterlassen, vielleicht unsichtbare, aber doch wichtige und wertvolle!

Die Menschen, von denen in diesem Buch die Rede sein wird, haben in meinem Leben Eindrücke und Spuren hinterlassen; zumindest in meinem Langzeit-Gedächtnis; in meiner Lebens-Erinnerung[2]. Gerne träfe ich den einen oder anderen wieder.

Doch daraus wird mehrheitlich nichts werden. Unsere »Spuren« haben sich für immer verloren – über Jahre und Meere und Kontinente hinweg

---

[2] Vgl. die Memoiren-Bände von Adalbert Ludwig Balling: »Menschen, die mir Mut machten« (397 S. mit zahlreichen SW-Bildern, geb., Würzburg 2005. Ferner ALB: »In Dankbarkeit und Freude«, Erinnerungen in die Zukunft, 327 Seiten kt., Engelsdorfer Verlag, Leipzig, 2015

Dennoch, so meine feste Überzeugung, dennoch haben wir zuweilen bzw. in vielen Fällen immer noch »gute Kontakte« miteinander. Indem ich mich ihrer erinnere, gut an sie denke, ihnen Gutes wünsche, sie segne – bleiben sie mir nahe; bleiben *wir* auf unsichtbare, und doch wunderbare Weise miteinander verbunden...

So seien denn auch diese Erinnerungen gewissermaßen meine Segenswünsche für jene, denen ich einst begegnete – und die wir uns seitdem nie mehr sahen oder sprachen... – Heute weiß ich: So ist das Leben: Es gibt auch Begegnungen, die sind zeitlich begrenzt. Sie halten eine Zeitlang sogar recht gut; dann aber lösen sie sich auf – wie Luftblasen, oder sie fliegen davon wie Luftballons, in den blauen Himmel hinein, winken noch ein paar Mal – und zerplatzen ins Nichts. Zurück bleiben vielleicht schöne oder auch herbe Erinnerungen; mitunter sogar schmerzhafte, die man dennoch nicht missen und nicht total vergessen möchte.

So oder so – ist das Leben. Auch damit müssen wir uns abfinden. Oder einverstanden erklären. Je williger wir es tun, um so leichter kommen wir darüber hinweg.

Ich wünsche Ihnen, liebe Leserin, lieber Leser, dass auch Sie an solchen Begegnungen wachsen und reifen. Und dass Sie sich all jener wohl-wollend erinnern mögen, die einmal – egal wie kurz auch immer – Ihren Lebensweg gestreift haben.

Adalbert Ludwig Balling

KAPITEL 1

Aus dem vorwiegend und betont europäischen Kulturraum

Erkenntnisse und Begegnungen
Humorvolles & Aufschlussreiches

Einem Heiler in die Hände geraten

Kurz nachdem ich in Köln zugestiegen war – ich hatte ein leeres Abteil ausfindig gemacht – guckte ein älterer Herr herein, grüßte und fragte höflich, ob er sich dazusetzen dürfe. Er zog einen Koffer hinter sich her, eine größere Ledertasche hing über seiner rechten Schulter. Da ich schon seit Tagen eine Muskelzerrung mit mir herumschleppte, schlug ich dem Herrn vor, er möge doch sein schweres Gepäck einfach auf einen freien Sitz stellen. – Er lachte, murmelte etwas von »kein Problem« und hatte auch schon den Koffer nach oben gehievt. Ich bemerkte schmunzelnd: Sie sind ja noch ganz gut drauf! – Er nickte – und nannte mir sein Alter: 86 Jahre sei er alt! Und er fügte auch gleich hinzu: Wissen Sie, ich halte nicht viel von den Schulmedizinern; ich mühe mich seit vielen Jahren darum, gesund zu leben… – Etwas später fügte er hinzu: Seit einigen Jahren versuche er auch andere davon zu überzeugen. – Weil ich halb schmunzelnd, halb provozierend fragte, ob er gar ein »Heiler« sei, sagte er, ohne sich zu zieren: Aber ja! So könnte ich mich nennen. Aber das sage ich nur Ihnen; offiziell bin ich Rentner… – Wir waren allein im Abteil; auch noch, nachdem wir Bonn und Koblenz hinter uns gelassen hatten. So erfuhr ich schon bald etwas mehr über sein Leben, aber auch über seine »Heil-Methode«.

Er war einst als Jugendlicher schwer erkrankt, und da schickte ihn sein Vater zu einem alten Schäfer. Der guckte sich den Jungen an, während er seine Schafe hütete, vollzog dann ein paar Handgriffe an ihm – und, so fuhr der 86-Jährige fort, seitdem habe er keine Probleme mehr mit seinem Rücken gehabt. – Dieses frühe Erlebnis habe ihn selber maßgeblich beeinflusst. Er sei zwar Ingenieur geworden, habe sich aber zeitlebens mit Naturheilkunde beschäftigt. Es könnten durchaus ein paar tausend Leute gewesen sein, die er inzwischen behandelt (vielleicht sogar geheilt) habe, vor allem seit seiner Pensionierung vor fast 20 Jahren.

Dann, schier abrupt, sagte er zu mir: Wenn Sie wollen, zeige ich Ihnen, was ich mache. Und wie ich das tue. Ich glaube, Sie fühlen sich momentan gar nicht so besonders wohl – oder? Doch noch ehe ich meine Bedenken äußern konnte, gab er mir auch schon Anweisungen: Knöpfen Sie nur mal Ihr Hemd auf; alles andere übernehme ich. Wir sind ja immer noch ganz allein hier im Abteil!

Und schon war er dabei, mir den Puls zu fühlen und die Herzschläge pro Minute zu zählen. Dann griff er mir unter die linke Schulter und drückte so fest, dass es einen kurzen, schier blitzartigen, wahnsinnig starken Schmerz verursachte. Ehe ich noch sagen konnte, dass meine Schmerzen ganz woanders zu suchen seien – ich dachte an meine Muskelzerrung hinter der linken Schulter –, da griff er auch schon ein zweites Mal zu, erwischte sofort die richtige Stelle, drückte darauf und strich dann anhaltend darüber – und alle Schmerzen waren wie weggeblasen!

Ehe er sich verabschiedete – er musste in Mannheim umsteigen – reichte er mir seine Adresse. Weil ich unter seinem Hemd eine kleine Ausbuchtung feststellte, fragte ich neugierig: Ist das ein medizinisches Gerät oder gar ein kleiner Spion? – Er lachte schallend: Sie sind ein guter Beobachter! Doch keine Bange; das ist nichts Medizinisches und schon gar kein Spion, sondern nur eine kleine Plastik-Wärmflasche. Ich bin leicht erkältet, daher trage ich diesen Plastikbeutel mit mir…

Ich half dem 86-jährigen beim Aussteigen; er, fast

aufgeregt: »Sie haben mir noch gar nicht Ihren Beruf genannt!« – Ich versicherte ihm, ich würde ihm, wenn wieder in Köln, eines meiner Bücher zukommen lassen. Das tat ich auch. Buchtitel: »Von der Heilkraft des Gebetes«. – Drei Tage später schrieb er zurück: Ich habe mir es gleich gedacht, dass wir beide es mit dem Heilen zu tun haben! Fahren Sie fort, Seelen zu heilen, und behalten Sie Ihren Sinn für Humor. Damit heilen Sie vielleicht auch dann noch, wenn Beten nicht mehr weiterhilft…

Als Schäfer noch Philosophen waren

Ich lernte ihn kennen bei einer Tageswanderung durch die berühmte Samaria-Schlucht auf Kreta – 18 Kilometer mit einem Höhenunterschied von 1250 Metern. My name is »Manilos« stellte sich der Fremdenführer vor; viermal pro Woche führe er in den Sommermonaten Touristen durch die Schlucht; er spreche neben Griechisch auch Englisch, Spanisch und Französisch. Leider kein Deutsch! – Da meckerten auch schon ein paar Deutschsprachige in der Gruppe: Wir wollen was für unser Geld! – Manilos beruhigte sie. Ich übersetzte, auf seine Bitte hin, es gebe keinen Grund zur Aufregung; es werde für alle ein schöner Tag; ein einmaliges Erlebnis!

Sieben, acht Stunden später – nach durchwanderter Bergschlucht – verriet mir Manilos: Er sei beruflich Professor für Philosophie und Psychologie. Touristenführer mache er nur in den Semesterferien. Aber in wenigen Jahren wolle er sich ganz aus der

Uni zurückziehen und nur noch Schafe hüten, hier auf der Insel...

Es war nicht das erste und einzige Mal, dass mir Philosophen in Schäferkleidung begegneten. Über einen (in meiner Phantasie geborenen) Schafhirten habe ich einen Roman[3] geschrieben. Dazu angeregt wurde ich durch einen »Wanderschäfer«, der aus der Region um Wemding (Bayrisch-Schwaben) alljährlich im Frühsommer zu uns ins Dorf kam, um zwischen Juni und Oktober seine Herde bei uns grasen zu lassen, vor allem auf den inzwischen abgeernteten Getreidefeldern. Der Bauer, auf dessen Feld er gerade seinen Pferch errichtet hatte, lud ihn jeden Abend zum Essen ein – und gab ihm auch für den Tag noch etwas zum Essen und Trinken mit; ebenso besorgt war man um des Schäfers Hunde. – Die Bauern gingen nicht leer aus; denn der Dung der Schafe auf ihren Feldern war eine Art Gegengabe des Schäfers. Bessere und natürlichere Düngung für ihre ausgelaugten Böden konnte man sich kaum vorstellen; im darauf folgenden Jahr brauchte der betreffende Acker weder zusätzlichen Stallmist noch Kunstdünger!

In der Nähe von Hortobagy, dem Zentrum der ungarischen Puszta, traf ich eines Abends zwei Schäfer, die gerade ihre Herde heimtrieben – nach einem langen Tag in der staubigen Ebene. Doch den beiden Männern war keine Müdigkeit anzusehen. Gerne

---

[3] ALB, »Schäfer Oskar«, Roman, kt. Würzburg 2010

plauderten sie mit dem Fremden – und, erstaunlich, sie sprachen beide ganz gut Deutsch. Der Ältere, so erfuhr ich, war im Zweiten Weltkrieg bei der deutschen Armee gewesen; er hatte viel Schlimmes erleben und erleiden müssen – auch noch nach Kriegsende. In seiner ungarischen Heimat wurde er lange geächtet und durfte nur einen weniger gut bezahlten Job als Puszta-Schäfer ausüben. – Heute, so ließ er mich wissen, sei er froh um diese »Entwicklung«; als Schäfer habe er viel Zeit zum Nachdenken – und das tue er gerne. – Ob er deswegen so weise und abgeklärt wirkte? So gelassen, ausgeglichen und rundum mit sich und der Welt zufrieden? Mein Eindruck: Dieser Pusztaschäfer münzt tatsächlich seine Lebenserfahrung um in Dankbarkeit, Zufriedenheit und Freude. Dabei stören ihn weder Wind noch Wetter; ihm genügen die wärmenden Sonnenstrahlen, die frische Luft, die Bewegungsfreiheit in der Natur und die Tiere um ihn herum. Ein (sich gar nicht bewusster) kleiner Lebensphilosoph, der gerne über Gott und die Welt nachdenkt.

Motivierte Wanderer – voller Altersweisheit

Auch Pilger unterschiedlicher Religionen lernte ich kennen, denen man ihre Herkunft und ihren Beruf auch nicht ansah. In Nikko, zum Beispiel, dem bekannten japanischen Wallfahrtsort, traf ich einen älteren Herrn, der, nur mit Stock und Rucksack, tagelang unterwegs war und in einfachen Pilgerunterkünften übernachtete. Er war mir beim Besuch der

Tempel sehr behilflich und überreichte mir, als wir uns von einander verabschiedeten, sein Visitenkärtchen. Zuvor schon hatte er mir ein auf Reispapier geschriebenes Segensgebet, das er einem der Tempelmönche abgekauft hatte, überreicht. – Als ich diesen Segensspruch zusammen mit dem Visitenkärtchen später von einem japanischen Lehrer ins Deutsche übersetzen ließ, waren wir beide bass erstaunt: Der »anonyme Pilger« war in Wirklichkeit ein landesweit bekannter Großunternehmer; einer der reichsten und nobelsten Männer Japans.

Ein ähnliches Erlebnis hatte ich auf Zypern. In einem kleinen Dorf traf ich auf einen greisen Wanderer. Es stellte sich heraus, dass er schon 85 Lenze zählte, aber jedes Jahr noch für mehrere Monate auf »Wanderschaft« ging, das heißt, wie er mir verriet, er lebte in dieser Zeit von der Hand in den Mund; von dem, was gute Menschen ihm anboten. Seine Devise lautete: Geh zu den einfachen Leuten, respektiere Menschen und Tiere, liebe die Bäume und die Blumen, sei dankbar für die Sonne, den Mond und die Sterne – und du wirst Freude finden, wo immer du hinkommst, und Frieden für deine Seele!

Ein wirklicher freundlicher und weiser alter Mann, voller Humor und Witz. Ein Menschenfreund, den man gern haben muss!

Der Zen-Meister schwieg gerne und ausgiebig

Ein zweiwöchiger Kurs mit dem Jesuitenpater Enomya Lassalle (Überlebender des Atombombenabwurfs über Hiroshima und Erbauer der dortigen Friedenskirche) war angesagt – mit strengem Schweigen und Meditieren im Stile des (japanischen) Zen. Diskussionen gab es keine, auch keine verbalen Einführungen.

Da saß also Pater Lassalle an einem niedrigen Tischen – hager, asketisch, nach innen lauschend, aber ab und an auch ein wenig neugierig-kess die 25 und mehr Teilnehmerinnen und Teilnehmer musternd. Zwei Wochen lang, mit täglich einem Dutzend »Sitzungen«, ohne dass auch nur ein Wort der Einleitung bzw. Aufmunterung gesprochen wurde.

Am Ende, am letzten Tag des Kurses, ließ sich Pater Lassalle auf eine gemeinsame Aussprache ein. Einige Teilnehmer produzierten sich selber: »Wissen Sie, Herr Pater, ich als Computerfachmann…«. Oder: »Wenn ich an meine Praxis als Arzt denke…«. Oder: »Meine eigenen Erfahrungen mit der Geisteswelt Ostasiens…«

Lassalle verzog derweil keine Miene; er ließ zunächst alle Fragen sammeln, hörte gut zu und schwieg – eine Zeitlang. So als ob er sich die Antworten erst noch durch den Kopf gehen lassen wollte. Am Ende hatte man den Eindruck: Das, was er sagen bzw. auf die diversen Fragen antworten könnte, war, zumindest unausgesprochen, bereits mitgeteilt worden. Gebündelt hätte seine Antwort etwa so lauten können: Schweigend in sich selber hineinzuhorchen – und im Schweigen eine Antwort suchen! So laute doch wohl das Geheimnis jeder Meditation!

Nur einmal ließ Lassalle sich auf eine direkte Frage ein: Herr Pater, Sie persönlich, warum meditieren Sie?

Soviel? So regelmäßig!? – Lassalle schmunzelte, nickte freundlich, hob den Kopf leicht an und sagte, nicht ohne leisen Humor: »Tja, warum meditiert ein Ordensmann? Um es kurz und bündig zu sagen: Ich meditiere um Frieden und Versöhnung in der Welt.«

Ein paar Jahre später erschien zu Lassalles 90. Geburtstag ein Bildband. Ordens-Mitbruder Niklaus Brantschen erzählte damals, wie er sich als junger Pater beim wesentlich älteren Lassalle Rat holen wollte: Er, Brantschen, sei gerade dabei, bekannte er dem Zen-Meister, sich das Rauchen abzugewöhnen. Was er, Lassalle, davon halte? – Die Antwort Lassalles: Rauchen schaffe gute Kontakte, zum Beispiel, wenn man anderen Rauchern Feuer reiche! – Nach einer längeren Pause fuhr er fort, den jungen Mitbruder direkt ansprechend: Noch mehr wirst du, lieber Confrater, allerdings staunen, wenn du mal nicht mehr auf das kontaktschaffende Rauchen angewiesen bist!

Brantschen hatte eine weitere Frage an den Meister: Wie man sich vor einem Buddha-Altar verhalten solle? Ob es angebracht sei für einen katholischen Priester, sich ähnlich zu verneigen wie vor dem Tabernakel in der Kirche? – Die Antwort Lassalles: Ja, schon, aber vielleicht nicht ganz so tief!

Das erinnert mich an eine weitere Anekdote: Pater

Mario von Galli hatte während einer gemeinsamen Meditationsstunde festgestellt, dass sein Mitbruder Lassalle eigenartige Kopfbewegungen machte. Anschließend stupste er den Zen-Meister: Sag mal, ist das wieder eine neue Art des Meditierens, was du da kopfnickend tust? – Lassalle verzog keine Miene. Sein Gesicht blieb ernst. Später, als beide Jesuiten unter sich waren, bohrte von Galli nach: Mal ganz ehrlich: Wozu dieses Kopfnicken während der Meditation? – Lassalle, leicht spitzbübisch schmunzelnd: Ganz einfach, lieber Mitbruder; ich war halt kurz eingeschlafen...

Berufe-Raten – ohne Robert Lemke

Sie waren fast gleichzeitig zugestiegen und saßen sich jetzt an einem Vierer-Tischchen gegenüber, während der ICE in immer rascherem Tempo dahinraste. Er, ein Brillenträger, ohne Krawatte und auch sonst einfach gekleidet. Sie – spätes Mittelalter, schätzte er; freundlich, offen und neugierig, aber sehr dezent. Während sie ein Buch in die Hand nimmt, studiert er ihr Gesicht: Fast kindlich-sanfter Mund, frech-fröhliche Augen, aber insgesamt doch eher brav. Sympathisch, stellt er abschließend fest.

Sie liest intensiv und gesammelt, und ist doch in Gedanken ein wenig auch bei ihrem Gegenüber. Sie hat ihn längst »durchschaut«, spürt seine Neugier, hat ihren hellen Spaß an seinem heimlichen Berufe-Raten und macht sich ebenfalls Gedanken über ihr Gegenüber, aber weniger direkt: Sie »röntgt« ihn von hinten, so als säße sie ihm nicht nur gegenüber, sondern betrachtete ihn wie in einem Rückspiegel. Und wieder denkt sie: Berufe-Raten kann recht spannend sein. Robert Lemke, der weise Fernseh-Moderator, hätte seinen hellen Spaß daran!

So amüsieren sich beide, ohne direkt miteinander zu kommunizieren. Das sanfte, gegenseitige Abtasten hält noch eine Weile an. Seine Phantasie entführt ihn; er meint gar, sie folge seinen Gedanken – immer noch vertieft in ihr, wie es schien, offensichtlich spannendes Buch.

Erstaunlich, murmelt er nach einiger Zeit zu sich selber; sie guckt kurz auf, fühlt sich aber nicht angesprochen. Schon wähnt er sich als guter Menschenkenner. Die ruhige, gelassene Art dieser Frau untermauert seine Sicherheit: Vornehmer Herkunft, vielleicht adelig. Auf jeden Fall eine »Studierte«; und sehr selbstständig! – Verheiratet? Wenn ja, dann mit einem Grafen oder Baron – oder auch mit einem Uniprofessor! – Kinder? Er zweifelt, aber hält es dennoch für möglich. Ein von Klugheit und Güte gezeichnetes Gesicht; vielleicht auch vom überstandenen Leiden...

In diesem Moment lächelt sie ihn an, wohl-wollend und doch herausfordernd: »Na, mein Herr, habe ich Ihren Test bestanden?« – Er hebt, leise protestierend, die Rechte, will sich verleugnen; wird ein wenig rot. – Die Dame legt ihr Buch zur Seite, geht galant über seine Proteste hinweg und beginnt, aus ihrem Leben zu erzählen: »Ich will Sie nicht länger auf die Folter spannen, darum sage ich es Ihnen gleich selber: Ich bin katholische Ordensschwester. Vor meinem Eintritt ins Kloster war ich berufstätig, als Psychotherapeutin. Jetzt bin ich unterwegs zu einem internationalen Kongress. Man hat mir geraten, mich zivil zu kleiden. Auf dem Kongress soll ich ein Referat halten über die Stellung der modernen Frau in der Kirche…«

Der Mehrfach-Mörder und die Mönche

Von einer wohl einmaligen Begebenheit habe ich von guten Freunden erfahren; weil alles so außergewöhnlich und bewegend ist, will ich versuchen, den Kern des Geschehens in Kürze wiederzugeben:

Es stand in allen großen Boulevardblättern: Am soundsovielten werde N.N., der berüchtigte, mehrfache Mörder, aus langjähriger Haft entlassen; er war, wie es hieß, mehrmals zu lebenslänglicher Haft verurteilt worden. Nun, nach Jahrzehnten hinter Schloss und Riegel und inzwischen alt und klapprig, sollte er freikommen.

Die Journalisten witterten eine Sensation; die Fernsehkameras waren am Gefängnistor in Position gebracht worden. Doch dann kam alles anders. Die Leitung der Haftanstalt hatte wenige Tage vor der Entlassung des N.N. mit dem Abt eines Schweige-Klosters Kontakt aufgenommen und angefragt, ob er und seine Mönche willens wären, N.N. aufzunehmen. – Der Abt bat um 24 Stunden Bedenkzeit, um alles mit dem Prior zu besprechen. Beide kamen überein, den greisen »Mörder« aufzunehmen, aber ohne seine Identität der Gemeinschaft bekannt zu geben. Die Mönche hatten inzwischen eine leerstehende Zelle gereinigt, ein paar Tapeten an die kahlen Wände geklebt und auch sonst sich darum bemüht, den Raum ein klein wenig heller und heimeliger zu machen, als es die strenge Klosterzucht normalerweise zulässt.

Herr N.N. kam – gebückt, bescheiden, unsicher. Alles war neu für ihn. Nie zuvor hatte er ein Kloster von innen gesehen; nie zuvor beschauliche *Schweige-Mönche* kennengelernt. Abt und Prior kümmerten sich in rührender Weise um ihn. N.N. durfte in den klösterlichen Werkstätten und auf den Feldern mitarbeiten, musste aber nicht bei den Gebetszeiten der Mönche dabei sein. Er wurde aber in die klösterliche Gemeinschaft weithin integriert, soweit dies überhaupt möglich ist für einen Menschen, der so lange außerhalb jeder normalen menschlichen Gesellschaft hatte leben müssen.

Man hatte ihm auch einen neuen Namen gegeben; fortan hieß er Jupp. Und weil man daran dachte, dass er mal krank werden könnte und dann ins benachbarte Hospital gebracht werden müsste, gab man ihm auch einen neuen Familiennamen. Soweit, so gut!

Doch eines Tages fand Bruder Pförtner, als er einen alten Schrank umräumte, eine vergilbte Zeitung, und auf der Titelseite ein großes Foto des mehrfachen Mörders…

Erst verbarg er das Blatt, schließlich ging er zum Abt und hielt ihm wortlos die Zeitung hin. Der nickte – und ließ den Prior rufen; beide führten den Bruder in ihr »Geheimnis« ein. Von nun an schwiegen sie zu dritt…

So lebte Jupp mit den Mönchen – zurückgezogen, bescheiden, schweigend. Eben wie die andern auch. Sieben Jahre vergingen, dann erkrankte Jupp ernsthaft. Er wurde ins Kreiskrankenhaus gebracht, später in ein Altenpflegeheim. Abt und Prior besuchten ihn regelmäßig, und die anderen Mönche ließen ihn grüßen und übersandten gute Wünsche. Doch Jupp lebte nicht mehr lange. Als es zum Sterben kam, war Pater Prior anwesend; er betete mit ihm; er legte ihm die Hand auf die Stirn und schließlich faltete er ihm die erkaltenden Hände und ließ den Toten in die Abtei überführen. In der Klosterkirche wurde er aufgebahrt. Die Mönche beteten rund um die Uhr an seiner Bahre und ließen ihn keine Minute allein – als wäre er ein volles Mitglied ihres Konvents gewesen. Dann begruben sie ihn auf ihrem Friedhof.

Jetzt erst wurden die übrigen Mönche über ihren »Jupp« aufgeklärt. Und seitdem sieht man immer wieder den einen oder anderen an Jupps Grab verweilen…

Die Leute nannten ihn den Dorf-Deppen

Er hatte weder eine Schule besucht noch einen Beruf erlernt; alles, was er besaß, trug er bei sich – in einem alten Rucksack. Im Dorf nannte man ihn einen Tippelbruder. Er schlief auf Heuböden und in Pferdeställen, zwischen den Mehlsäcken einer Getreidemühle oder auf den Strohballen in einer

Scheune. Manchmal auch unter freiem Himmel, wenn es die Sommernächte erlaubten.

Irgendwie mochten ihn alle. Er habe ein »fröhliches Gemüt« sagten die Leute. Nie sah man ihn mürrisch, nie verärgert, nie traurig. Er ernährte sich von dem, was man ihm gerade anbot. Seine Kleider waren alt und abgetragen, aber das störte ihn nicht.

Eines Tages – niemand im Dorf wusste genau, wann – war er spurlos verschwunden. Und es dauerte lange, sehr lange, bis man es merkte. Denn er war ja schon immer unterwegs! Nun aber sprach es sich herum – und man fing an zu fragen: Was mag bloß aus ihm geworden sein? Tauchte er irgendwo unter? Ging er ins Ausland? Oder ist er irgendwo leise und unbemerkt gestorben?

Wie auch immer, er fehlte! Er, den man den Dorfdeppen und Taugenichts genannt hatte, den ewigen Vagabunden – er fehlte plötzlich allen. Warum eigentlich?

Weil er Freude, Gelassenheit und Sorglosigkeit ausstrahlte. Weil er jenen, die tagaus, tagein schufteten und sich abrackerten, wortlos zu verstehen gab, dass arbeiten und für die Zukunft planen allein nicht dass Ziel des Menschen sein könne!

Oder war es die leise Ahnung der Dörfler, dass ihnen hier einer voraus war – ein Mann, der das Leben meisterte?

So oder so, er fehlte in den Dörfern noch lange; er, der eigentlich nie etwas »Ordentliches« getan hat. Oder doch? Haben etwa seine Unbekümmertheit, sein leises Gottvertrauen und seine Kunst, glücklich zu leben, ohne viel zu besitzen, am Ende doch einen Maßstab gesetzt?!

Als der Arzt ihr etwas vorlas

Die 82-jährige hatte einen Herzinfarkt. Nach mehreren Tagen auf der Intensivstation wurde sie in ein Einzelzimmer verlegt. Als ich sie besuchte, war sie wieder halbwegs fit. Ehe ich ihr beim Abschied den Segen gab, bat sie mich um »Das große Sonntagslesebuch«, das gerade bei Herder erschienen war. Ein paar Tage später überreichte ich ihr den dicken Band – ein »Schlüssel zu den Evangelien« der Lesejahre A, B und C. Ehe ich wieder das Krankenzimmer verließ, bat sie mich noch, die Textseiten für den folgenden Sonntag aufzuschlagen…

Sie war noch am Lesen, als der Oberarzt zu ihr ins Zimmer kam; er war müde und abgespannt von den langen Nachtstunden, in denen er Dienst hatte – und setzte sich daher für ein paar Minuten ans Bett der Kranken. Er griff nach dem Buch, blätterte ein wenig und fragte schließlich die Patientin, ob er ihr die meditativen Impulse zum Sonntag vorlesen dürfe. – So kam es, dass der Oberarzt zum Vorleser wurde für die Herzkranke – und diese erzählte mir ein paar Tage später voller Freude: »Was glauben Sie, Herr Pater, was der Oberarzt für mich getan hat? Er hat sich viel Zeit für mich genommen; er hat mir etwas zum Sonntagsevangelium vorgelesen! Das war für mich wie Medizin! Es gibt mir Kraft und Hoffnung, dass es bald wieder aufwärts geht…«

Glauben Sie an Engel?

Herr Pater – so fragte eine ältere Frau, die mir gerade erzählt hatte, dass sie beim Rosenkranzbeten immer wieder einschlafe – Herr Pater, was kann man dagegen tun, wenn einem beim Beten die Augen zufallen?

Nix, antwortete ich; am besten schlafen Sie einfach weiter! – Und was passiert dann mit meinem Rosenkranzgebet? bohrte sie weiter. – Darauf zitierte ich unseren Pater Chrysostomos; der pflegte auf solche Fragen meistens mit einem liebevollen Schmunzeln zu reagieren: Den Rosenkranz? Den beten dann die Engel im Himmel zu Ende!

Und wenn einer nicht an den Himmel glaubt? fragte die Rosenkranzbeterin weiter. – Ich antwortete: Wer den Himmel ablehnt, wird Betende ohnehin nicht verstehen. Warum nicht? – Weil Betende die Erde mit dem Himmel verbinden und ihr eigenes Leben dem Schutz jener Lichtboten anheimstellen, die – wie wir glauben – Gottes besondere Geschöpfe sind… – Gewiss, Atheisten verneinen alles, was jenseits ihrer Vernunft angesiedelt ist. Sie glauben auch nicht an Engel!

Vielleicht hilft diesbezüglich eine jüdische Episode: Ein Rabbi wunderte sich über die regelmäßigen Sabbat-Besuche eines erklärten Atheisten in der Synagoge. Vom Rabbi zur Rede gestellt, warum er dies tue, obwohl er nicht an Gott glaube, antwortete der Ungläubige: »Gewiss, ich bin Atheist; ich glaube an keinen Gott. Und auch nicht an Engel! Aber weiß ich denn, ob ich letztendlich auch Recht habe?

Eine einfache Bauersfrau aus dem Bayerischen Wald, seit Jahren zuckerkrank und gehbehindert, sagte mir einmal, ihr eigenes Schicksal im Auge: Gott hat es sicher nicht gewollt, wie es gekommen ist, aber er hat es zugelassen – und wenn er es zugelassen hat, dann wird es auch Sinn haben!

Auf einer Bank im Rheinpark

Als ich sie kennenlernte, tropfte tiefe Traurigkeit aus ihren dunklen Augen. Sie hatte geweint. Um so mehr wunderte es mich, dass sie sich zu mir, dem völlig Unbekannten, auf die Bank setzte. Ob noch ein Platz frei sei, fragte sie leise. Ich nickte zustimmend und sagte dann, als ich ihr verweintes Gesicht sah: Glauben Sie mir; sitzend weint es sich leichter. Ein leiser Anflug eines schüchternen Lächelns huschte über ihr Gesicht. Ich hatte den Eindruck, sie suchte einfach einen Menschen, um nicht mehr allein durch den großen Park stolpern zu müssen. Zum Gespräch kam es aber erst später. Sie schloss die Augen, und wieder kullerten dicke Tränen über ihre Wangen. Ich sagte nichts, hielt vielmehr das Schweigen aus und gab ihr so zu verstehen, dass ich ihren Wunsch, einfach dasitzen zu dürfen, respektierte.

Während sie so mit geschlossenen Augen dasaß, begann ich sie vorsichtig zu mustern: Eine, vielleicht knapp vierzigjährige Frau, dunkles Haar, vollschlank. Ihr Gesicht, wenngleich von Tränen gezeichnet, wies edle Züge auf. Eine intelligente und gütige Frau, dachte ich; sie muss viel im Leben durchgemacht haben. Vor allem viele Enttäuschungen und viele Stunden Einsamkeit! Gerade, als ich anfing, ihren Beruf erraten zu wollen, schlug sie die Augen auf, lächelte ein wenig und sagte: Danke, dass Sie mich ertragen; ich bin eine Heulsuse, aber ich musste einfach unter die Leute gehen; zu Hause hielt ich es nicht mehr aus.

Nach einer längeren Pause fuhr sie fort: Warum hören Sie eigentlich mein Gejammer so geduldig an? Ich kenne Sie doch gar nicht! – Stimmt, sagte ich. Wir sind uns noch nie begegnet. Aber warum sollte ich Ihnen nicht zuhören? Ich tue es gerne, vor allem, wenn es um menschliche Schicksale geht. Und ich glaube, Sie hatten kein leichtes…

Sie wischte sich erneut die Tränen von den Wangen, stopfte das Taschentuch in ihre Jacke und fragte dann höflich, aber doch bittend: Haben Sie etwas Zeit? Wenn ja, dann würde ich Ihnen gerne etwas aus meinem Leben erzählen. So erfuhr ich eine lange Lebensgeschichte voller Hochs und Tiefs. Sie war gerade ein drittes Mal geschieden worden. Ihr erster Mann, ein Künstler, war schon nach zwei Jahren Ehe ausgezogen – zu einer ihren besten Freundinnen. – Den zweiten Mann hatte sie verloren, weil er trank und sie laufend verprügelte. Der dritte, fast zehn Jahre jünger als sie, war von einer USA-Reise nicht mehr zurückgekehrt. Übers Telefon ließ er sie wissen, er habe eine neue Freundin; sie, die Ex, solle sich frei fühlen! Er war bereit, ihr monatlich eine kleine Abfindung zu zahlen.

Leben konnte sie davon nicht. Daher suchte sie

eine Schwarzarbeit; erst in einer Gaststätte, deren Inhaber sie als Zweitfrau haben wollte, neben seiner offiziellen Ehefrau. Sie wechselte den Job, arbeitete erneut in einem Restaurant; einer der Kellner vergewaltigte sie. Die Polizei zu rufen, traute sie sich nicht – wegen ihrer Schwarzarbeit, aber auch, weil sie, als Ausländerin, keine Probleme mit den Behörden wollte. Sonst hätte man sie vielleicht in ihre polnische Heimat ausgewiesen.

Sie dachte an Selbstmord, aber ihr Glaube – sie war streng katholisch erzogen worden – hinderte sie daran, den letzten Schritt zu tun. Also übernahm sie wieder Gelegenheitsjobs, meist nur für ein paar Wochen.

Wieder schwieg sie eine Weile. Als ich sie fragte, warum sie nicht einfach zu ihren Eltern und Geschwister nach Polen zurückkehre, antwortete sie: Meine Eltern waren gegen meine erste Heirat; die beiden folgenden Partnerschaften missbilligten sie von Anfang an.

Inzwischen war sie etwas ruhiger geworden. Die Tatsache, einfach erzählen zu dürfen, hatte ihr gut getan. Weil ein leichter kühler Wind aufkam, wollte ich mich verabschieden. Sie merkte es und fragte, ob sie mich noch ein Viertelstündchen begleiten dürfe. So schlenderten wir durch den Park, fanden eine andere freie Bank, gingen aber schon bald wieder weiter; es war merklich kühler geworden...

Andere Parkbesucher mögen uns für Vater und Tochter gehalten haben, die gerade intensive Familiengespräche führten. Am Park-Eingangstor angekommen, reichte ich ihr die Hand. Sie drückte sie fest, voller Dankbarkeit. So trennten sich unsere Wege. Wir begegneten uns nie mehr. Und doch denke ich immer wieder mal an diese Gespräche auf der Parkbank zurück. Ich meine, gelegentlich ihre zaghaft-ängstliche Stimme zu vernehmen und sehe ihre traurigen Augen vor mir, die beim Abschied etwas weniger traurig aussahen…

Ein Tausendsassa auf Weltreise

Wir lernten uns in Tokio kennen, bei einem Bummel durch die Innenstadt. Aber er sprach ausschließlich über sein Heimatland USA – und über sich und seine Eltern, die aus Irland zugewandert waren. Er trug einen abgewetzten Anzug, rotbraune Schuhe, eine knallgelbe Krawatte, schon etwas gelockert, und mehrere Fingerringe. Er hatte sich verlaufen, und ich, selber ein Fremder in der japanischen Hauptstadt, half ihm, so gut ich konnte. Als Dankeschön lud er mich ein, eine Cola mit ihm zu trinken.

Nach einer Stunde kannte ich sein ganzes Leben; es war wie eine Generalbeichte; er hat nichts ausgespart. Er hat die ganze Welt bereist, aber zu sich hatte er noch nicht gefunden. Er erschien mir wie auf der Flucht vor sich selber. Geld spielte keine Rolle; sein Vater, ein mehrfacher Millionär, lieferte laufend Nachschub. Beruflich hatte er vieles probiert – als Lokführer, Kaufmann, Goldgräber, Touristen-Guide und dgl. mehr. Offensichtlich ein cleverer Tausendsassa, auf den viele Frauen reinfielen.

An jenem Abend erschien er mir wie ein in Seenot geratener Nichtschwimmer. Er suchte Halt, suchte Rat, wollte, dass wir uns anderntags erneut träfen. Er kam nicht, nicht zur vereinbarten Stunde. Wir haben uns aus den Augen verloren – wie Sandkörner in der Wüste; wie Wind in den Zweigen der Bäume… Aber vielleicht erinnert er sich doch noch an unsere Gespräche. Was ihn besonders tief zu treffen schien, war mein Tipp: Vergiss niemals: Deine Probleme sind nicht die Anderen. Wo immer du hingehst, du nimmst dich selber mit!

Eine junge Frau auf Island

Sie trug wunderschöne isländische Trachtenkleider; hübsch und farbig wie in Filmen oder Heimatmuseen. Kein Wunder auch, denn der Ort, wo ich sie traf, war das große Freilichtmuseum bei Reykjavik. Ihre Aufgabe war es, Besuchern behilflich zu sein. Als ich sie fragte, ob ich ein paar Fotos von ihr machen dürfe, winkte sie energisch ab. Nein, nein, sie wolle das nicht! Ständig lächeln und ein *Say-Tschieß-Gesicht vortäuschen* zu müssen.

Nachdem ich einen längeren Museums-Bummel beendet hatte, kam sie auf mich zu, musterte mich eingehend und sagte dann: Also, wenn Sie wollen, stehe ich Ihnen jetzt für ein paar Aufnahmen zur Verfügung.

Anschließend saßen wir noch eine halbe Stunde beisammen; die zunächst sehr reservierte junge Frau wurde von Minute zu Minute zutraulicher. Ihre tieftraurigen Augen fielen mir erst jetzt auf. Was hatte sie wohl für Enttäuschungen erlebt – in so jungen Jahren? Und da begann sie auch schon, aus ihrem Leben zu erzählen.

Es war ein gutes Gespräch, das wir miteinander führten; am Ende standen ihr Tränen in den Augen: Schade, sagte sie, dass Sie schon gehen müssen! Mit Ihnen hätte ich mich noch Tage unterhalten können…

Wieder einmal fragte ich mich: Warum vertrauen wir zuweilen Fremden mehr an als Freunden? Und überhaupt, warum ist uns der eine auf Anhieb sympathisch und vertrauenswürdig – und der andere noch nicht mal nach Wochen oder Monaten?

Gestrandet in einer fremden Stadt

Unsere Maschine, die aus Manila gekommen war, hatte zwölf Stunden Verspätung. Port Morseby, die Hauptstadt von Papua Neuguinea, schien abends um acht Uhr wie ausgestorben; nur ein paar Männer, offensichtlich einfache Gepäckträger, rannten hin und her. Ein alter, grauhaariger Kanake (übrigens kein Schimpfwort unter den Einheimischen!) schnappte nach meiner Reisetasche und ließ sie im Flughafenbus verschwinden. Ein anderer Kanake lenkte den Wagen. Wegen der stark verspäteten Ankunft war an einen Weiterflug nach Lae nicht mehr zu denken, nicht an diesem Abend. Eine australische Flughafen-Hostess hatte mir zuvor eine kostenlose Hotelübernachtung angeboten. Leider war das Fetzchen Papier nutzlos: Alle Hotels von Port Morseby waren überfüllt! Die Schulferien hatten begonnen – und da wurden für Eltern und enge Bekannte noch kleine Theaterstücke aufgeführt. Daher die vollen Hotels und Pensionen!

Nach fast zweistündigem Suchen und Warten bot mir ein junger australischer Geschäftsmann ein Bett in seinem Doppelzimmer an. Er hatte ebenfalls Probleme gehabt bei der Buchung, doch schließlich war es ihm geglückt, auf eigene Kosten im teuersten Hotel der Stadt ein freies Doppelzimmer zu bekommen. Macht nichts, meinte er, meine Firma zahlt! – So teilten wir uns sein Zimmer. Als ich ihm am späten Abend von meinen Reiseplänen erzählte und so nebenbei meinen Beruf erwähnte, rief er vor Aufregung: Mensch, das muss ich morgen meiner Frau erzählen! Die wird Augen machen: Ich, ein Atheist, teile das Hotelzimmer mit einem katholischen Pfarrer. Wenn das kein Knüller ist!

Am nächsten Morgen schieden wir wie gute Freunde. Lange noch habe ich über unsere Gespräche nachgedacht, und es bereut, nicht wenigstens seine Adresse notiert zu haben.

Man sieht nur, was man weiß

Die Welt ist bunt. Die Menschen sind sehr verschieden. Überall begegnen wir Menschen, deren Sitten und Bräuche uns fremd vorkommen – oder gar bizarr und verrückt. Aber je mehr man von der Welt kennenlernt, je weiter man reist und je mehr Menschen unterschiedlicher Rassen und Sprachen und Nationalitäten man begegnet, um so vorsichtiger wird man, Pauschalurteile zu fällen oder Anders-Denkende gar als *Minderbemittelte* zu betrachten.

Mit unserem Wissen um die Eigenarten des anderen sollten auch unsere Ehrfurcht und unser Respekt vor den jeweils »Andersartigen« wachsen. Anders gesagt, wir sollten uns der vorschnellen Urteile enthalten und uns mühen, Verständnis auch für jene aufzubringen, die nicht unseren Glauben teilen, nicht unserer Lebensphilosophie zustimmen, nicht die gleiche Hautfarbe haben, nicht die gleiche Sprache sprechen und vielleicht auch ganz andere Essmethoden haben als wir…

Dazu ein paar augenfällige Beispiele: In Kambodscha tragen die Frauen kurze Haare; in Burma rauchen sie Zigarren. – In Indien sieht man Männer häufig am Herd – und halbwüchsige Mädchen und junge Frauen beim Ziegelsteinlegen. – Die Japaner braten Eiscreme, essen Fische roh und kochen Austern! – In den Tropen trinkt man gerne heißen Tee und isst scharfe Gewürze, um »cool« zu bleiben. – Die Filipinos lieben violette Kartoffeln, die Chinesen bevorzugen Hundefleisch und die Zulu mögen Mäuse und Ratten, am liebsten gebraten. Warum ist dem so? Tja, warum eigentlich nicht? (Nach Faubion Bowers) – Jeder Mensch ist ein anderes Land, sagt man in Ostafrika. Jeder Mensch sei ein Geheimnis; jeden gelte es erst zu erforschen, ehe man mit ihm Kirschen esse, sagt man.

In der Französischen Revolution war die Rede von der Gleichheit aller Menschen; aber die Verwirklichung dieser Parole hinkte der Wirklichkeit lange Zeit hinterher…

Goethe, der Weise von Weimar, behauptete einmal, man sähe letztlich nur, was man bereits wisse. Auch er hatte seine Erfahrungen gemacht mit fremden Menschen und in fremden Ländern. Auch er wusste, was Aldous Huxley lange nach ihm so formuliert hat: »Erfahrung ist nicht das, was wir erleben, sondern das, was wir aus dem Erlebten machen.«

Es kommt also immer auch darauf an, dass wir Erlebtes gewinnbringend ummünzen für den eigenen Alltag. Das lässt sich fast überall beobachten und testen, aber vielleicht nirgends besser als auf einem Schiff, wenn auf hoher See. Die folgenden Begegnungen/Erlebnisse bringen gewissermaßen den Beweis…

Wie hält ein Mann das aus?

Den tipptopp geschniegelten Endfünfziger lernte ich auf einer Kreuzfahrt kennen: Er trägt eine elegante Hose – mit einer Bügelfalte, mit der man Brot schneiden könnte! Ich lerne ihn auf der Kommandobrücke eines griechischen Passagierdampfers kennen. Zehn Minuten später weiß ich alles, was ihn bewegt – kenne seinen Beruf, seine politische Überzeugung, seine Religion sowie den Grund, warum er seine Frau zu Hause lassen musste: Wissen Sie, wir können es uns nicht leisten, gleichzeitig Urlaub zu machen; da muss eine(r) daheim bleiben; das Geschäft muss weiter gehen; daher wechseln wir uns ab, im Urlaub, mal sie, mal ich...

Ich versuche, dem Gespräch eine andere Richtung zu geben. Vergebens. Er redet ununterbrochen weiter, ist halbwegs zufrieden mit sich und der Welt. Schließlich fängt er an, von Hitler zu reden: Damals sei doch noch Zucht und Ordnung gewesen... – Ich entschuldige mich und schlendere davon.

Kurz darauf laufe ich dem »Bremsenhorst«, einem anderen Endfünfziger, in die Arme. Er ist sauer. Am meisten auf seine Frau: Die gehe ihm furchtbar auf die Nerven; sie wisse nicht nur alles, sondern auch alles besser! Sie schreibe ihm vor, was er essen dürfe, und verbiete ihm, Alkohol zu trinken. Alles aus Liebe zur Gesundheit! – Mein Gott, denke ich, wie hält ein Mann das aus? – Und umgekehrt, wie verkraftet eine Frau dieses ewige Meckern?

Seine Frau, die ich später kennenlerne, piesackt ihn tatsächlich bei jeder Gelegenheit: Nein, Horst, das musst du so machen! Ja, Horst, wir machen da mit! Aber das geht doch nicht, Horst, das ist doch viel zu teuer! – So, und jetzt brauche ich eine gute Tasse Kaffee! Horst, da vorne ist die Bar; aber bleib nicht zu lange aus... – Der arme Bremsenhorst (so nennen ihn seine Kollegen in der Fabrik) duckt sich, lächelt gequält und verschwindet.

Abends treffe ich ihn wieder an der Reling, traurig vor sich hin sinnend. Ich trete neben ihn, ohne ein Wort zu sagen. Wir schweigen lange. Dann dreht er sich zu mir hin und plaudert abermals aus seinem

Leben: Er spricht von der Zukunft, vom Älterwerden – und von seiner schrecklichen Angst, lebenslänglich gegängelt zu werden.

In meiner Erinnerung frage ich mich allen Ernstes: Ob er es schaffen wird, ohne Herzinfarkt und Magengeschwür das Rentenalter zu erreichen und sich in gelassener Heiterkeit seiner späten Jahre zu erfreuen?

Eine Balletttänzerin in Liebesnot

Auf einem anderen Schiff, zu anderer Zeit, befand sich eine Gruppe junger Balletteusen. Sie hatten gerade eine Europa-Tournee hinter sich. Eine von ihnen, Charlotte, mischte sich gern unter die anderen Reisenden; sie plauderte viel, verstand aber auch zuzuhören. Ihr langes blondes Haar verdeckte zuweilen ihr hübsches Gesichtchen – je nach Seebrise. Neben Englisch und Französisch sprach sie auch ein paar Brocken Deutsch. Schon nach wenigen Tagen an Deck hatte sie sich in einen jungen Deutschen verliebt, aber sie traute sich nicht so recht, es ihm auch mitzuteilen. Nicht zuletzt wegen ihrer holprigen Deutschkenntnisse. So bat sie mich eines Tages, ob ich ihr dabei helfen könnte. Ich tat mein Bestes, dolmetschte aber nur ganz am Anfang. Die Liebe spricht ja ohnehin ihre eigene Sprache.

Solange wir an Bord waren, lief alles glatt. Dann kam der Abschied; der junge Deutsche hatte sein Reiseziel erreicht. Die Trennung fiel beiden schwer; es gab Tränen.

Nach rund drei Jahren erhielt ich Post – von Charlotte: Ob ich ihr die Adresse jenes jungen Deutschen vermitteln könne? (Wie sie an meine Adresse kam, blieb mir ein Rätsel.) Nein, ich konnte ihr nicht weiterhelfen. Nur ganz allgemein versuchte ich zu trösten: Das sei nun mal so im Leben: Man begegne Menschen, verstehe sich auf Anhieb – und dann trennten sich die Wege. Für immer. Und dennoch blieben Erinnerungen zurück. Gute Erinnerungen…

Interessant wäre auch zu erfahren: Wie sieht eine einst kesse junge Ballettänzerin nach 50 und mehr Jahren aus? Wurde auch sie – wie und wo – vom Leben gebeutelt? Und was wurde aus ihrem damaligen Schiffsfreund? Gab es am Ende doch noch ein Happy End?

Frau Reginas rare Ratschläge

Ehe ich die fast 90-jährige zum Gespräch über Familie und Ehe (Das Leben zu Zweit) einlud, zeigte ich ihr eine aktuelle Karikatur in der Tageszeitung: Ein älteres Ehepaar saß auf einem Kanapee; er guckte die Sportschau im Fernseher, sie las in einer Frauenzeitschrift. Zwischen beiden befand sich ein Wandschirm. Darüber, in Sprechblasen: Sie: *Hast du was gesagt?* – Seine Antwort: *Nein; das war letzte Woche!*

Frau Regina schmunzelte; sie kenne solche Situationen. Ihr Mann, ein eingefleischter Pessimist – Gott hab ihn selig! – habe mitunter vier Wochen lang kein Wort gesprochen! Und doch hätten sie Goldene Hochzeit gefeiert! Ihr Mann war damals schon schwer krank; sie pflegte ihn viele Jahre. Bis zu seinem Tod. Seitdem seien zwölf Jahre vergangen.

Inzwischen ist sie über 90 geworden – und immer noch Optimistin.

Als ich ihr sagte, ich sei gerade dabei, etwas für diamantene Ehejubilare zu schreiben (auf Anfrage eines bekannten Buchverlags) und sie bat, mir ein paar gute Ratschläge zu geben, sprudelte es nur so aus ihr heraus. Ich will versuchen, ihre wichtigsten Tipps wiederzugeben – vor allem für jene, deren rundes Ehejubiläum noch bevorsteht oder die es soeben gefeiert haben.

Als Erstes, so Frau Regina, würde sie den Jubilaren sagen: Seid dankbar für das Leben zu zweit! Seid dankbar für die Jahrzehnte, die euch gemeinsam zuteilwurden! Seid dankbar für eure Gesundheit – trotz altersentsprechender kleinerer Wehwehchen! Freut euch, in Frieden leben zu dürfen. Wisst ihr überhaupt, wie glücklich ihr seid? So viel Harmonie während so vieler gemeinsamer Jahre erleben zu dürfen!? Glaubt es mir, jeder zusätzliche Tag zu zweit ist ein Geschenk!

Nach einer längeren Pause fuhr die 90-Jährige fort: Es war rührend zu sehen, wie viel Rücksicht alle nahmen, als mein Mann und ich das Goldene feierten. Gewiss, es war kein Highlight; er lag ja im Krankenbett. Aber wir erfuhren viel Zuneigung, viel Freude und viel Dankbarkeit – von allen Seiten, nicht nur von unseren Kindern und Enkeln. Auch vonseiten unserer Nachbarn und Freunde…

Als ich erneut fragte, wie es denn gewesen sei zwischen ihrem Mann, dem Pessimisten, und ihr, der Optimistin, vor allem dann, wenn er gerade eine

Schmoll-Phase begonnen hatte? Wenn sein Schmollen länger anhielt? – Nach einer längeren Pause meinte sie, mit Tränen in den Augen: Es war alles anders als einfach! Er hat, zum Beispiel, unsere Hochzeitstage fast immer vergessen, und wenn er mir doch einmal Blumen mitbrachte, dann verwahrte er sie in seiner ledernen Aktentasche, wo ich sie am nächsten Morgen entdeckte, wenn ich seine leere Butterbrotdose mit frischen Stullen auffüllte. Und so freute ich mich dann im Nachhinein umso mehr… – Also, wer mit einem chronischen Schweiger oder Schmoller verheiratet ist, braucht viel Geduld, viel Nachsicht und unendlich viel und nie endendes Einfühlungsvermögen.

Pause mit anhaltendem Schmunzeln, ehe die greise Regina weitersprach: Wenn dann, nach Wochen des Schweigens, die *Schallmauer* durchbrochen war – den Anfang musste immer ich machen –, dann war auch er überglücklich, freute sich wie ein Schellenkönig und strich mir schon mal sehr sanft über den Rücken. Diesen seinen mutigen Vorstoß belohnte ich mit einem besonders leckeren Abendessen – oder auch mit einem Gläschen Sekt… – Wissen Sie, das Schlimmste bei einem echten Pessimisten sind allemal die Ängste, seine Gefühle könnten vorzeitig entdeckt werden!

Eine letzte Frage stellte ich an Frau Regina: Was müsse man lernen, um auch über die Goldene und Diamantene Hochzeit hinaus gerne miteinander noch älter werden zu wollen? – Ihre leicht zögernde Antwort: Geduld haben mit sich und dem Partner!

Auch Rom wurde nicht an einem Tag erbaut. Geduld bringt Rosen zum Blühen – auch im Winter! – Etwas später fügte sie leise lächelnd hinzu: Am besten ergeht es denen, die schon sehr früh gelernt haben, mit ihren Schwiegermüttern gut auszukommen! Und – ja, auch das ist eine große Hilfe: Wenn man den gleichen Glauben hat, gelegentlich gemeinsam betet – und auch im hohen Alter willens ist, jeden Tag neu Ja zueinander zu sagen…

Zum Abschied erwähnte ich gegenüber Frau Regina, jemand habe die Ehe mit dem Wein verglichen. Guter Wein brauche Zeit. Guter Wein reife mit den Jahren. – So sei es auch mit den Ehepaaren, ja mit uns Menschen überhaupt: Wir sollten sein/werden wie der Wein – und auf keinen Fall unbedingt älter werden wollen, sondern reifer!

Als Frau G. hundert wurde

Im St. Vincent-Seniorenheim in Köln war es üblich, dass jenen gratuliert wurde, die gerade Geburts- oder Namenstag feierten. Ein kurzer Hinweis vor der Messe sollte vor allem als Aufforderung verstanden werden, für den/die Betreffenden zu beten und ihnen Gottes Segen zu erflehen. – Eines Tages hieß es: Morgen wird Frau G. 100 Jahre alt! Kaum zu glauben, sie sah eher aus wie eine »flotte« 80-Jährige: glatte, frische Gesichtshaut, lustige kecke Augen – und noch durchaus in der Lage, sich allein fortzubewegen.

Einleitend zur Messe erwähnte ich, für mich sei

Frau G. die erste Hundertjährige, derer ich in besonderer Weise gedenken möchte. Es folgten ein paar persönliche Dankesworte: Dass sie so regelmäßig zu uns komme, immer gut gelaunt sei und was ihren Humor betreffe, sie es mit so manchen Jüngeren gut aufnehmen könne… – Die andern klatschten, und Frau G. strahlte übers ganze Gesicht. Nach der Messe (so hatten wir es in den 28 Jahren, in denen ich dort die Morgenmesse hatte, gehalten!) wurde denen, die gerade Festtag hatten, ein Ständchen gesungen. An das *Happy Birthday to you!* hatten sich längst alle gewöhnt. – So stand also diesmal Frau G. vor der Kapelle in der Mitte, und alle anderen um sie herum. Nach dem Ständchen wünschte ich ihr nochmals alles Liebe und Gute, vor allem gesundheitlich ein Weiter so! Ich beugte mich zu ihr hinunter. Frau G., klein und schier zerbrechlich zart, aber doch zäh und geistig fit, strahlte vor Freude und Witz. Laut und für alle Umstehenden vernehmlich, sagte sie zu mir: Herr Pater, wollen Sie mich nicht mal in die Arme nehmen!? – Alle lachten – und forderten mich ihrerseits auf, es doch zu tun. Ich beugte mich abermals zu Frau G. hinunter und nahm sie, dieses zierliche Persönchen, ganz vorsichtig in die Arme. Alle lachten; einige klatschten. Da hob Frau G. erneut an, schaute zu mir rauf und rief: Fester, Herr Pater; fester! – Ja, das war die humorvoll-witzige Frau G. an dem Tag, als sie 100 wurde. Knappe 14 Tage später schlief sie friedlich ein – und wachte nicht mehr auf…

Phil Bosmans liebevolle Art

Von unserer ersten Begegnung an – es war nach einem Treffen der freiwilligen Mitarbeiter bei Bund ohne Namen – waren wir gute Freunde – und blieben es bis zu Phils Tod. Er hatte harte Schicksalsschläge hinter sich: Der aus Belgien stammende Pater war zunächst Arbeiterpriester in Frankreich, pflegte eine Pfarrhausangestellte über lange Zeit, weil sie sonst niemand hatte, erlitt mehrere Schicksalsschläge (Autounfall und Schlaganfall – mit Teillähmung als Folge) und blieb dennoch sein Leben lang ein unverbesserlicher Optimist; einer, der Freude ausstrahlte und Gottvertrauen verbreitete. Sein bei Herder erschienenes Buch »Mehr Freude!« wurde Spiegelbestseller. Die von ihm begonnene Hilfeaktion »Bund ohne Namen« hat, durch zahlreiche freiwillige Helfer unterstützt, Tausenden von Hilfsbedürftigen beigestanden. – Wann immer ich ihm eines meiner neuen Bücher zukommen ließ, bedankte er sich telefonisch oder schrieb ein paar Zeilen. Gleichzeitig ermunterte er mich zu weiteren Publikationen. Phil gehörte zu denen, bei denen man sich geborgen fühlt; mit denen man sich auch schweigend gut unterhalten kann; die einem Gutes wünschen, einen segnen und für einen beten, und die nie darüber ein Wort verlieren; so selbstverständlich tun sie es – und bleiben dabei…

Dolmetscher für Kennedy-Biografen

Es liegt viele Jahre zurück. Da bat mich Dr. Peter-

Paul Pauquet – er war Chef einer Kölner Wochenzeitung – für ein, zwei Stunden seinen Dolmetscher zu machen. Ein amerikanischer Historiker und Kennedy-Biograf habe sich angemeldet und um ein Gespräch gebeten über den Einfluss der großen katholischen europäischen Politiker der Nachkriegsjahre (Konrad Adenauer, Charles de Gaulle, Robert Schuman, Alicide De Gasperi usw.) auf den jungen John F. Kennedy.

Es waren gute und interessante Gespräche, und das deutsch-englische Dolmetschen machte mir Spaß. Als der Amerikaner sich nach zweieinhalb Stunden verabschiedete, fragte ich ihn nach seinen weiteren Plänen. Er sagte, er fliege direkt nach Rom weiter, um dort ähnliche Gespräche zu führen… – Oh, sagte ich, da kann ich Ihnen vielleicht mit einer guten Adresse weiterhelfen. Er zückte sein Notizbuch, und ich nannte ihm den Namen eines Amerikaners, der im Sekretariat von Kardinal Bea arbeitete. Der Historiker stutzte und fragte nach: Nennen Sie bitte nochmal den Namen Ihres römischen Bekannten! – Jetzt brach er in schallendes Lachen aus: Mit dem bin ich doch schon seit Jahren befreundet! Wir kennen uns bestens!

Ich hatte ihm weiterhelfen wollen, mit der Adresse eines guten Bekannten – und sieh da, der Historiker aus den USA hatte ihn längst auf seiner Liste! – Jetzt sprach er mich persönlich an: Wissen Sie, Herr Pater, was Kardinal Cushing einmal gesagt hat: Auf der Welt gibt es nur dreitausend Menschen – und die kennen sich untereinander!

Oskars Neisingers unbewusste Hilfestellung

Kennen lernte ich Oskar Neisinger in den Nachkriegsjahren als Schüler an einem Würzburger Gymnasium. Neisinger war viele Jahre lang Diözesan-Jugendführer. Er besuchte uns Schüler im Kilianeum alle paar Wochen/Monate – und zwar im Auftrag des Würzburger Bischofs Julius Döpfner, dem sehr daran gelegen war, dass wir rechtzeitig mit der Arbeit der katholischen Jugendverbände vertraut gemacht würden.

Neisinger erzählte uns von seiner Arbeit, von seiner Art, mit jungen Menschen über Gott und Religion zu sprechen. Dabei streute er immer ganz aktuelle Erlebnisse ein. Das klang etwa so: Wie ich gerade auf dem Weg hierher war, kam ein älterer Mann auf mich zu; er sah schlimm aus, hatte Nasenbluten und wusste sich nicht zu helfen. Ich ging mit ihm zum nächsten Brunnen, tauchte mein Taschentuch ins kalte Wasser und legte es ihm an den Hals. Das Bluten stoppte – und als ich ihm sagte, ich müsse weiter, denn ich hätte noch einen Termin, da rief er mir nach: Junger Mann, vielen Dank – und wenn ich einmal groß bin, dann tue ich Ihnen auch einen Gefallen. Vergelts-Gott, vielmals!

Solche aktuelle Beispiele machten Neisingers Ausführungen immer so zeitnah und interessant – und ich habe in späteren Jahren oft daran gedacht, wenn ich über etwas referieren oder schreiben musste: Beginne mit etwas Selbsterlebtem oder mit einer ganz aktuellen Story! Das macht irgendwie auch neugierig – auf mehr!

Neisinger hatte damals, als er zu uns ins Kilianeum kam, schon mehrere kleine postkartengroße Heftchen (mit 32 Seiten, bebildert) herausgebracht – zu Themen, die uns alle interessierten. Bücher, von Schulbüchern einmal abgesehen, waren für uns viel zu teuer!

Neisinger (Oskar nannten wir ihn) vermittelte uns auch ein wenig vom Hauch der weiten Weltkirche. Dass er unter Matthias Ehrenfried (Döpfners Vorgänger) gute, aber völlig geheim gehaltene Dienste geleistet hatte, wussten wir damals noch nicht. Überhaupt, kaum jemand redete in den 1940er/ 1950er Jahren über das inzwischen beendete Dritte Reich! – Neisinger gehörte zu den engsten Vertrauensleuten des Bischofs; er hat, unter anderem, Hirtenworte und private Mitteilungen heimlich verteilt – und wurde, als die Nazibonzen davon erfuhren, polizeilich gesucht. Darauf stand die Todesstrafe oder zumindest Überstellung in ein KZ. Aber soweit kam es erst gar nicht, denn Freunde, vor allem katholische Beamte, hatten Neisinger rechtzeitig gewarnt – und so konnte er sich mit Hilfe von guten und mutigen Mitmenschen in Sicherheit bringen. Er wurde klammheimlich auf dem Dachboden einer fränkischen Dorfkirche untergebracht. Dieses Versteck verließ er erst wieder nach der Ankunft der amerikanischen Soldaten.

Für mich (und für die Missionare von Mariannhill) hatte Neisinger noch eine ganze andere Bedeutung. Als ich 1958 ins Bistum Bulawayo/Rhodesien (heute:

Simbabwe) versetzt wurde, war Neisinger, wenn ich mich richtig erinnere, bereits Herausgeber/Chefredakteur des katholischen Wochenblattes »Allgemeine Sonntagszeitung« (Echter Verlag Würzburg). Und so stand er alsbald auf der ziemlich langen Adressliste derer, denen ich meine Afrika-Rundbriefe zukommen ließ.

Oskar erinnerte sich an unsere gemeinsamen Gespräche im Kilianeum – und veröffentlichte meine Bettelbriefe in seinem Wochenblatt. Und zwar regelmäßig; ein paar Jahre lang. Natürlich hatte er meine Texte stilistisch aufpoliert; offensichtlich so gut, dass meine Ordensoberen bald zur Überzeugung kamen, ich könne mit dem Medium Presse ganz gut umgehen und mich deshalb schon nach drei Jahren Afrika wieder zurückrufen wollten. Von Oskar Neisingers fachmännischem Beistand (bei meinen Rundbriefen) hatten sie keine Ahnung. Ich wollte in Afrika bleiben, konnte die Rückversetzung noch ein paar Jahre hinauszögern, aber als ich dann 1964 (nach der Fertigstellung und Einweihung der neuen Kirche in Embakwe) endgültigen Bescheid bekam, weitere Verzögerungen seien nicht mehr möglich, trat ich die Rückreise an – im Frühjahr 1965 – und hörte jetzt aus dem Mund unseres Provinzials: Meine Afrika-Berichte in der Allgemeinen Sonntagzeitung sowie ein Artikel im Rheinischen Merkur hätten den Ausschlag gegeben, auf meiner baldigen Rückkehr zu bestehen…

So oder so – Oskar Neisinger hatte volens nolens nicht wenig dazu beigetragen, dass ich Mitte der

1960er Jahre meine Ausbildung als Journalist beginnen musste. Dass dies sich im Nachhinein mehrfach als gut erwiesen hat, steht ausführlich (in einem anderen Zusammenhang) in meinen späten Erinnerungen[4]. – Ich traf Oskar Neisinger (nach meiner Rückkehr aus Afrika) noch einige Male. Er war inzwischen Pressesprecher der Deutschen Bischofskonferenz, und dann Chef des Freiburger Bistumsblattes geworden. Wir begegneten uns meistens am Rande von Tagungen und Konferenzen. Als er starb, viel zu früh, trauerten viele um diesen mutigen Mann, dem vor allem die katholische Jugend im Würzburger Frankenland viel zu verdanken hatte.

Einer, der nicht klagte oder meckerte

Vor kurzem traf ich einen Mitbruder. Wir hatten uns mehrere Jahre nicht mehr gesehen. Als ich ihn nach seinem Wohlbefinden fragte, antwortete er freudestrahlend: Er sei durchaus recht zufrieden und glücklich, ihm gehe es gut; ihn kritisiere niemand, und er könne und dürfe fast noch alles essen, was ihm schmecke. Magenbeschwerden kenne er nicht. Das Herz schlage noch normal und der Blutdruck sei auch in Ordnung! – *Glaub es mir, mir geht's gut!*

Trotz seiner 80 Jahre – er geht am Stock und hört nicht mehr so gut – freue er sich an jedem Tag, den er erleben dürfe. Er finde es schön und sei dafür dankbar, dass er auch in seinen alten Tagen noch Schönes erleben dürfe…

---

[4] Vgl. ALB »In Dankbarkeit und Freude«, Engelsdorfer Leipzig, 2015

Es geschieht so oft nicht, dass man einen älteren Menschen findet, der sich noch so zufrieden über seinen Alltag äußert. Der nicht klagt, weil die Füße nachlassen. Der nicht störrisch geworden ist, weil die Jüngeren *alles besser wissen wollen*. Der nicht missmutig über jene schimpft, die mit den modernen Medien besser zurechtkommen als er. Er ist vielmehr dankbar dafür, dass es ihm trotz allem noch recht gut geht.

FRAGE: Warum fällt es vielen von uns so schwer zu danken? Warum geben wir so selten zu, dass wir eigentlich die glücklichsten Menschen auf dieser Erde sein müssten! Wie sagte doch einst die von Geburt an blinde Helen Keller: Ich weinte, weil ich keine neuen Schuhe hatte, bis ich einem begegnete, der keine Füße hatte!

Friedrich von Bodelschwingh hatte recht, als er schrieb: Das Reifwerden eines Christen ist im Grunde ein Dankbarwerden. So ist eben auch eine Binsenweisheit zu verstehen: »Wer lobt, vergisst zu klagen; wer dankbar ist, hat gar keine Zeit zum Meckern und Kritisieren; nur, mitunter muss man sich auch Binsenweisheiten öfters ins Gedächtnis rufen, um im Alltag entsprechend zu handeln«!

Ein blauer Fleck blieb zurück…

Es war im Winter 1944/45. Flucht aus den ehemaligen deutschen Ostgebieten. Von Schlesien nach Bayern – quer durch die Tschechoslowakei. Eine junge Frau, 23 Jahre alt, stapfte durch den Schnee, im Rucksack ein paar Habseligkeiten, an der Hand ihr zweijähriges Büblein; ein zweites Kind trug sie unter dem Herzen; sie war schwanger.

Es ging westwärts. Eisiger Wind trieb ihr Schnee ins Gesicht. Klirrende Kälte hing in der Luft. Polares Hochdruckgebiet. Die Straßen waren verweht, die Straßenschilder verdeckt. Unterschlupf gab es mal hier, mal dort – in Heuschobern, in Pferdeställen, in eisigen Holzhütten. Die Füße waren längst wundgelaufen. Der Rücken schmerzte. Das Kind neben ihr konnte nicht mehr. Sie musste den Buben tragen. Todmüde setzte sie sich schließlich in eine Schneemulde, um ein wenig auszuruhen. Dabei schlief sie ein; der Zweijährige neben ihr war schon vorher eingeschlummert…

Als die junge Frau erwachte – sie hatte keine Ahnung, wie lange sie geschlafen hatte –, schrie der Kleine. Sie selbst spürte einen stechenden Schmerz am Oberschenkel. Sie rieb sich die Augen, krabbelte mühsam aus der Mulde heraus und machte sich wieder auf den Weg – zusammen mit dem Büblein, hinein in die klirrende Kälte. Ein großer blauer Fleck blieb am Oberschenkel zurück; noch viele Tage lang. Woher stammte er bloß? Wie hatte sie sich ihn zugefügt? Sie hatte keinerlei Erinnerungen.

Vierzig Jahre später, inzwischen selbst Großmutter, hat sie mir erstmals ihre Erlebnisse als »Ostflüchtling« erzählt. Dabei kamen ihr wiederholt die Tränen. Freudentränen, wie sie mir erklärte: Wer immer mir damals den heftigen Fußtritt am Oberschenkel verpasst hat, er hat es offensichtlich gut mit mir gemeint. Wir wären, wenn nicht mehr aufgewacht, erfroren! Es war ein sehr kräftiger Tritt! Ich vermute heute, dass es ein anderer Flüchtling war, der ebenfalls des Weges kam; er hat mein Leben und das meiner beiden Kinder gerettet, des zweijährigen Buben neben mir und des Ungeborenen. Ohne diesen Fußtritt wäre ich wohl nie mehr aufgewacht; wären wir alle drei erfroren…

Wir machten eine lange Pause, ehe sie weiter erzählte: Manchmal, so sinnierte sie, manchmal braucht es einen Fußtritt; einen Rippenstoß. Manchmal ist ein solch massiver Tritt wichtiger als ein Stück Brot. Manchmal kann eine einfache Ohrfeige Leben retten…

Die Niederlagen im Leben, schreibt die französische Autorin Benoite Groult einmal, sind fruchtbarer als die Siege. Sie zwingen uns zum Nachdenken und Abwägen, während das Glück oft nur den Status quo festschreibt.

Der liebe Gott macht nur Wunder

Aufmerksam wurde ich auf Therese Neumann von Konnersreuth Ende der 1940er Jahre. Damals hatte unser Papa die »Seherin von der Oberpfalz« besucht, weil die Ärzte ihm keine Chance mehr gaben; sie gaben ihm nur noch ein paar Monate Zeit. Aber Papa und Mama hätten der »Resl« durchaus zugetraut, bei einem sehnlichst erwünschten Wunder mitzuwirken.

Die Resl galt als stigmatisiert; sie trug die Wundmale und wurde schon zu Lebzeiten wie eine Heilige verehrt. Sie selber aber gab sich äußerst bescheiden. Sie war alles andere als schwärmerisch. Zu einer devoten Nonne sagte sie einmal, der Besucherin gleichzeitig die Tür weisend: Es sei gar nicht nötig, dass wir viel reden; viel wichtiger wäre, wir würden mehr beten: *Beten heißt Gott loben. Und jetzt. Pfüat di Gott!*

Ein anderes Mal wies sie einen Uni-Professor zurecht, der ihre »angeblichen Wunder« kritisch untersuchen wollte: Das könne er sich sparen; Wunder wirke allein Gott, und sonst niemand. Jedes Frühjahr stünden die Bäume in Blüte – und dann kommt der Herbst und lasse die Früchte reifen: *Is des koa Wunder? Der liebe Gott macht lauter Wunder!*

Ähnliches empfand der libanesische Dichter Yussuf Assaf, als er schrieb: *Ich bin nur ein Wassertropfen, der von den Hügeln des Libanon herunterfließt und das Meer sucht. Ich gleiche einem Sandkorn am Meeresstrand, das vom Wind zur Wüste hin bewegt wird. Ich bin ein Ton aus der Musik des Weltalls. – Wir alle sind Teile des unendlichen Gottes…*

Das Brot der Liebe brechen

Auf der griechischen Mittelmeerinsel Rhodos ging einst der Völkerapostel Paulus an Land; wie später auch auf Kreta und Malta. Und auf dem nicht allzu weit von Rhodos entfernten Patmos lebte Johannes der Evangelist, der Autor der Geheimen Offenbarung; er war es auch, der zuvor sich bei Ephesus um die Gottesmutter gekümmert haben soll.

Also überall Spuren aus der Frühzeit des Christentums. Was mich allerdings auf Rhodos mehr interessierte als antike Ruinen und Relikte aus der frühen Christenheit, war die Herzlichkeit der Bewohner und die Selbstverständlichkeit, mit der griechisch-orthodoxe Mönche auch Fremde zur Agape einluden. Als ich am Fest des heiligen Konstantin und seiner Mutter Helena das Kloster Moni Thari besuchte, saßen die Mönche und ihre Gäste gerade unter einem schattigen Baum und bewirteten einander mit Fisch, Brot, Äpfeln und Wein. Kaum hatten sie mich erspäht, da luden sie mich auch schon ein, mit ihnen zu feiern. Einer ihrer Fratres, ein US-Amerikaner, führte mich anschließend durchs Kloster und erklärte mir die Ikonen in der Kirche. Es war eine rundum herzliche Atmosphäre; beim Abschied umarmte wir uns, als kennten wir einander schon seit Jahrzehnten.

Die Mönche von Moni Thari brachen ihr Brot mit jedem Fremden, der sie besuchte. Ihre Freude war dem Evangelium entsprungen – und das verpflichtet uns alle dazu, das Brot der Liebe zu brechen: Das Geschenk der Geduld. Das Geschenk der Freude. Das Geschenk der Zeit! Der Zeit, die man anderen zuhört; die man, auch bei großer Zeitnot, für andere bereithält…

Das Mädchen sagte nur: Komm!

Es war während einer Islandtour, da hatte eine deutsche Touristin ein eigenartiges Erlebnis in der Nähe von Höfn im Osten der Insel. Als sie eines Abends noch ein wenig alleine spazieren ging, traf sie ein 6–7-jähriges Mädchen, das sehr eindringlich zu ihr sagte: *Komm!* – Erst wollte die Touristin gar nicht darauf eingehen, doch die Kleine blieb beharrlich bei dem einen Wort: *Komm!* Schließlich ging die Deutsche doch mit der Kleinen, wenn auch zögernd. Das Mädchen führte sie zu einem Haus, wo sie eine Frau im Bett vorfand. Sie begrüßte die Kranke (wie in ihrer bayerischen Heimat gewohnt) mit Grüß Gott! – Da rief die Kranke ganz erregt: Um Gottes Willen, wo kommen Sie denn her?

Wie sich später herausstellte, im Laufe eines längeren Gesprächs, war die Frau, die Mutter des Mädchens, nach Kriegsende aus der DDR als Dienstmagd nach Island gekommen, zu einem Bauern, dessen Frau sie später wurde. Doch weil der Boden sehr karg war und wenig Ertrag abwarf, überredete die Deutsche ihren Mann, den Beruf zu wechseln. Daher zogen sie in die Gegend von Höfn, und der Mann wurde Fischer. Das heißt, er wollte Fischer werden. Aber er kehrte von der ersten Ausfahrt nicht mehr zurück. Seitdem war die kranke Frau mit der Kleinen allein. Heimweh plagte sie, ur-tiefes Heimweh. Und so sprach sie wohl auch hin und wieder Deutsch, wohl wissend, dass das Mädchen sie nicht verstehen würde. Auch das Wort Komm! hatte die Kleine auf diese Weise gelernt, ohne genau zu wissen, was es bedeutet.

Nachdem die deutsche Touristin und die kranke Frau (und Mutter der Sechsjährigen) eine Zeitlang miteinander gesprochen hatten, kehrte die Reisende zu ihrer Gruppe zurück und berichtete von ihrem Erlebnis – und gemeinsam gingen sie jetzt zum Haus der Kranken zurück und brachten ihr ein Ständchen mit deutschen Volksliedern. Tränen kullerten der Kranken über die Wangen. Freudentränen! Und die Kleine nahm ihre Mutter an der Hand und sagte auf Isländisch: Jetzt weißt du, was wir künftig miteinander singen müssen, wenn du wieder mal sehr traurig bist!

Ohne Religion aufgewachsen

Wir kamen ins Gespräch, als der IC anfuhr. Die junge Frau, die mir gegenübersaß, eine Studentin der Psychologie, wie ich erfuhr, war soeben erst aus Israel zurückgekehrt, wo sie ein Jahr verbracht hatte, um ihre Doktorarbeit zu überarbeiten. Sie erzählte mir aus ihrem Leben: Einserschülerin beim Abitur an einem Frankfurter Gymnasium; dann USA-Stipendium und schließlich Konversion zum Judentum…

Ich muss sie wohl etwas verblüfft angeschaut haben, denn sie fuhr gleich fort: Sie wisse sehr wohl, dass ein solcher Schritt für viele Menschen nicht so leicht nachvollziehbar sei. Auch ihre Eltern und Großeltern hätten total überrascht und verständnislos ihre Köpfe geschüttelt, als sie davon erfuhren.

Als ich nachfragte, warum sie als Deutsche, als Christin, wie ich vermutete, zur jüdischen Religion übergetreten sei und welche Gründe sie dazu bewogen hätten, da antwortete sie: Nein, sie sei vorher keine Christin gewesen, sei nie getauft worden und sei auch niemals Mitglied einer anderen Religion gewesen. Auf Wunsch ihrer Eltern sei sie völlig religionslos aufgewachsen. Was sie zum Judentum hingeführt habe, seien Begegnungen mit Juden in den USA gewesen; die hätten auf sie einen tiefen Eindruck gemacht, vor allem ihre Bereitschaft, ihr, einer Deutschen, auch finanziell zu helfen, als sie in großer Bedrängnis war.

Nach einer Pause, versuchte sie weiter zu erklären: Wissen Sie, ich konnte nicht mehr länger ohne Religion leben; ich suchte eine Art Heimat. Meine Kindheit und Jugend verliefen kalt und leer. Frostiger ging's nicht mehr. Man hatte mich eisiger Kälte ausgesetzt.

Übrigens habe sie das Alte Testament (AT) erst vor kurzem kennengelernt. Das sei für sie eine wahre Entdeckung gewesen... vor allem auch die Tatsache, dass das AT ein Teil der christlichen Bibel sei. Das habe ihr während ihrer Schüler- und Gymnasialzeit niemand gesagt. Auch nicht, dass Christus im jüdischen Kulturraum aufgewachsen sei und sich sehr wohl darum mühte, die Gesetze des AT einzuhalten...

Als Georgien noch sowjetisch war

Die einheimische Fremdenführerin sprach Englisch und Deutsch. Wir waren dabei, eines der uralten christlichen Gotteshäuser zu besichtigen, da fragte einer aus unserer Gruppe die junge Dame, ob sie persönlich an Gott glaube? – Sie zeigte sich sehr entrüstet: Wir sind Kommunisten – und Kommunisten glauben nicht an Gott! Basta! – Nach der Besichtigung hatten wir etwa zehn Minuten Zeit, ehe wir uns wieder trafen. Ich betrat die Kirche erneut, um heimlich noch ein paar Fotos zu machen (es war offiziell verboten), u. a. von der »wundertätigen Madonna«. Um nicht aufzufallen, versteckte ich mich hinter einem großen Pfeiler. Und was sah ich da? Unsere georgische Touristenführerin schlich sich, erst ein paar Mal um sich guckend, zum Marienaltar, zündete eine Kerze an und verrichtete offensichtlich ein kurzes Gebet, ehe sie wieder nach draußen ging.

Später, ganz bewusst unter vier Augen, erwähnte ich, dass ich sie eine Kerze anzünden und aufstellen sah. Sie erschrak und wurde kreidebleich, aber ich versicherte ihr, sie brauche keine Ängste zu haben; ich sei katholischer Priester und würde selbstverständlich alles für mich behalten.

Was mich noch interessierte: Warum sie erneut (und wie sie meinte, ungesehen) zum Marienaltar ging? – Ihre Antwort: Eines ihrer Kinder sei schwer erkrankt, und da habe ihre Großmutter vorgeschlagen, doch eine Kerze bei der Gottesmutter aufzustellen... – Ja, sie sei auch getauft worden, schon als Baby, aber weil im staatlichen Dienst, müsse sie dies absolut geheim halten...

Wenn man die Menschen liebt...

In einer einsamen irischen Landkirche, aus massiven Steinquadern vor Jahrhunderten erbaut, fand ich eine Art Gedenktafel; genaugenommen eine Aufforderung zum Innehalten, zur Stille. Eine Bitte an alle, die dieses Gotteshaus betreten:

Sammle dich, lass allen Lärm draußen, hieß es da. Komm erst mal zur Ruhe. Und falls du in Not bist oder Probleme hast, dann vergiss nicht: Gott ist bei denen, die anderen beistehen. Vielleicht kennst du jemand, der dein Gebet braucht; schließe ihn ein in deine Fürbitten. Erbitte auch ihm Segen und Gnade! Wenn du selbstlos denkst und betest, wächst deine Chance, erhört zu werden... Aber denke auch über dich selber nach, über dein Leben und frag dich ganz ehrlich, wo und wann du anderen wehgetan hast und wofür du den Herrn um Verzeihung bitten solltest... – Ehe du dieses Gotteshaus wieder verlässt, bitte den Herrn und seine Engel um Schutz und Segen; aber auch um Freude am Leben und um Dankbarkeit. Sei bescheiden, und hilf denen, die Hilfe brauchen, und sei es auch nur durch ein liebes Wort oder ein aufmunterndes, freundliches Lächeln...

Charles de Foucauld sagte mit weniger Worten Ähnliches: *Wenn man die Menschen liebt, lernt man Gott lieben.* – Und schon lang vor Foucauld meinte Clemens von Brentano: Die Liebe allein versteht das Geheimnis, andere zu beschenken und dabei selbst reich zu werden.

KAPITEL 2

Afrikanisches Potpourri
Allgemein interessantes Allerlei
Vorwiegend aus Regionen südlich der Sahara

Schwarz, aber hübsch!

Das Bibelwort kommt mir in den Sinn: Nigra sum sed formosa! Ich bin zwar schwarz, aber hübsch.

Sie komme aus Nigeria, und lächelt müde. Ihre großen, dunklen Augen wirken sanft, aber melancholisch. Und doch scheint sie das Leben zu kosten. Wie fast alle Afrikaner, wirkt sie zunächst leicht schüchtern, aber das trügt. Im Innern sprudelt sie vor tanzender Freude und einem unstillbaren Wunsch nach Leben, nach Gemeinschaft, nach Glück. Ihre 25 Jahre sieht man ihr nicht an. Zu Hause, in Westafrika, lernte sie als Krankenschwester. Dort traf sie einen jungen deutschen Ingenieur; er lud sie ein, nach Europa zu kommen. – Sie kam nach Europa – und er winkte ab; er sei inzwischen verheiratet. Sie blieb, arbeitete erst in England, dann in den Niederlanden, und seit einem Jahr, so sagt sie, arbeite sie in einem Kölner Krankenhaus.

Warum sie so traurig sei, wollte ich wissen. Ihr kommen Tränen: »Keine Post von zu Hause! Keine Freunde! Und ihr deutsches Diplom als Nurse stehe noch bevor… Aber das sei alles kein richtiger Grund dafür, warum sie traurig sei. Der wirkliche Grund sei ein ganz anderer: Ich bin von Geburt an traurig. Meine Mutter wusste es schon, ehe ich geboren wurde. Ein Zauberer hatte es ihr vorausgesagt!«

Sie sei doch getauft und habe Schulen besucht – und doch glaube sie an den Einfluss der Zauberer? – Sie: Alle Afrikaner glauben an die Macht der Zauberer! Wir können nicht anders; unsere Erfahrung warnt uns, dies zu leugnen…

Während sie ihren samtenen Rock glättet, an ihrer Bluse zupft und übers dicht-gekräuselte Haar streicht, studiere ich ihr »christliches Gesicht«: Glatt und klar wie das eines Kindes. Nur ihre Augen flattern unruhig. Dann lächelt sie wieder, sehr müde noch, holt ein Spiegelchen aus ihrer Handtasche und guckt halb verstohlen, halb kokett hinein.

So ganz traurig scheint sie mir jetzt nicht mehr zu sein. Sie steht auf und macht eine Andeutung, dass sie gehen müsse; die Pflicht als Krankenschwester rufe!

Im Gehen fragt sie, ob sie gelegentlich anrufen und eventuell auch wieder kommen dürfe. Ich bejahe beides. Sie reicht mir die Hand. Ihre Augen werden feucht. Schon im Türrahmen stehend, dreht sie sich noch einmal um und wispert: »Ich weiß, auch Zauberer irren schon mal...«

Bei den Swatch-Beduinen der Sahara

Wir waren sehr früh am Morgen, lange vor Sonnenaufgang, mit Landrovern unterwegs zu einer Wüstenfahrt. Mächtige Sanddünen, Ausläufer der nordwestlichen Sahara, waren das Ziel einer fast zweistündigen Anfahrt. Eine faszinierend Wüstenlandschaft lag vor uns. Nie zuvor hätte ich gedacht, dass eine Wüste so schön sein kann. Als dann gar noch Beduinen auf Kamelen auftauchten, waren die kameraschwingenden Touristen überglücklich. Aber die Berber entpuppten sich alsbald als tüchtige Geschäftsleute: Einige boten Kamelritte an, andere Halbedelsteine bzw. seltene Versteinerungen. Die meisten von ihnen waren noch jung; einige radebrechten in englischer oder deutscher Sprache, andere schienen auch ohne Worte auszukommen. Den Wert unserer Geldscheine kannten sie alle. Ein Jugendlicher lief lange hinter mir her. Als er mich bei einer Fotopause eingeholt hatte, zeigte er mir einige seiner exquisiten Steine. Ich wehrte ab: Nein, seine Preise seien mir zu hoch, und überhaupt… Weiter kam ich nicht, denn er gab mir zu verstehen, ich könne ihm ja auch meine Armbanduhr geben. – Ich schüttelte den Kopf und murmelte: Junge, das ist eine ganz billige Uhr. Guck mal, da drüben; der Herr dort trägt eine goldene; x-mal wertvoller als meine… – Der junge Berber, diesmal in fast akzentfreiem Englisch: »Ihre Uhr ist nicht irgendeine, sondern eine *Swatch* – und ich hätte gern eine *Swatch!* Die goldene Uhr des Herrn da drüben interessiert mich nicht.«

Ähnliches passierte mir noch etliche Male in Marokko, aber auch in Tunesien – und in einigen Ländern des Vorderen Orient.

Herr über Leben und Tod

In Nairobi/Kenia erzählte mir ein Missionar von einer Info-Reise im Auftrag von *Caritas International* in den nahezu wüstentrockenen Norden des ostafrikanischen Landes. Dort herrschte Hungersnot. Zwei sonst sich feindlich gesinnte Stämme hockten sich gegenüber – vorne die Männer mit Keulen und Speeren, dahinter die Frauen und Kinder sowie die alten Leute.

Unser Lastwagen voller Lebensmittel, berichtete der Pater weiter, war für beide Stämme bestimmt; jeder Stamm sollte die Hälfte erhalten. Aber die Lebensmittel reichten nicht für alle. Da übernahm der jeweilige Häuptlinge das Verteilen – auf sehr souveräne Weise: Er schritt die eigenen Reihen ab, deutete hin und wieder auf jemanden und stellte nüchtern fest: Du bist zu alt, du bekommst nichts mehr. Du da, ok, du darfst dir etwas holen. Und du, nein, aber dein Nebenmann! – Also der Stammeshäuptling entschied über Leben und Tod. Wer nichts bekam, war zum Tod verurteilt...

Eine erschütternde Geschichte! – Wir schütteln die Köpfe ob der grausamen Bilder afrikanischer Realität. Aber was hätten die beiden Häuptling anders tun können? Waren sie nicht gezwungen, so zu verfahren, wenn ihr Stamm überleben sollte? –

Erstaunlich: Jene, die dem Hungertod überlassen wurden, murrten nicht. Sie nahmen ihr Los an; waren bereit zu sterben, damit andere, jüngere Stammesleute, überlebten!

Ich weiß nicht, ob es bloße Schicksalsgläubigkeit schafft, Menschen so denken und handeln zu lassen. Wahrscheinlich nicht. Eine tiefere Verankerung muss wohl hinzukommen: Der unverbrüchliche Glaube an den Stamm als ganzen, der fortleben muss um jeden Preis!

Wir kennen andere Beispiele: Der polnische Franziskaner Pater Maximilian Kolbe sprang in Auschwitz für einen zum Tod verurteilten Familienvater ein. Und der Mariannhiller Pater Engelmar Unzeitig meldete sich freiwillig im KZ Dachau, um an Typhus erkrankten russischen Häftlingen in der Todesbaracke beizustehen. – Für beide, für Kolbe wie für Unzeitig, war es ein freiwilliger Gang in den Tod.

Ein anderes Beispiel: Vor 2000 Jahren nahm Jesus Schmach und Kreuzestod auf sich, damit wir zu Gott zurückfänden. Damals hieß es, es sei besser, einer sterbe, als dass ein ganzes Volk zugrunde gehe! – Gott hat es zugelassen – aus Liebe zu allen Menschen…

Der Oberhäuptling und seine Ratsherren

Bei den Barotse-Stammesleuten in Sambia, also im Herzen Afrikas, gibt es einen uralten Brauch: Wenn die Fluten des Sambesi und seiner Nebenflüsse steigen und die Feldfrüchte eingebracht worden sind, verlässt Oberhäuptling Lewanika auf einer großen Barke das Land, begleitet von zahlreichen kleinen Booten, und lässt sich von seinen Ratsherren stromaufwärts rudern. Während der Fahrt halten die königlichen Räte Gericht über das Verhalten ihres Herrschers: Sie erwähnen die guten wie die schlechten Taten ihres Regenten. Überwiegen die schlechten, dann wird die Barke des schwarzen Königs versenkt; er ertrinkt in seiner sargähnlichen Kabine. Waren hingegen seine guten Taten zahlreicher als seine schlechten, dann bekommt er eine neue Chance. Zuvor aber fordern ihn die Ratsherren zur Umkehr auf; der Lewanika muss seine Fehler und Schwächen eingestehen und Besserung versprechen.

Unterdessen warten des Herrschers Untertanen am Ufer des Oberlaufs – Frauen und Kinder auf der einen, Männer auf der anderen Seite. Beim Erscheinen der königlichen Barke singen und tanzen die Leute in wildem Durcheinander – aus purer Freude darüber, dass ihr Oberhäuptling die Anklagen der Ratsherren überlebt hat. Ein weiteres Jahr seiner Herrschaft kann beginnen.

Von der königlichen Barke wird das Feuer, das Lewanika von seiner Sommerresidenz mitgebracht hat, in die Räume des Winterpalastes getragen und dann weitergereicht an die Leute. Das Freudenfest kann beginnen – mit Trommeln, Klatschen, Liedern – und viel Tanz!

Graham Greene bei den Kikuyus

In seinen Lebenserinnerungen[5] berichtet der britische Autor unter anderem auch von seinen Eindrücken in Ostafrika. Ein Kikuyu sei von der britischen Kolonialregierung in Nairobi zum Tod verurteilt worden – es war zur Zeit der berühmt-berüchtigten Mau-Mau-Aufstände –, weil man Sprengstoff in seiner Hütte gefunden hatte.

Ein Pater habe damals die Häftlinge sehr regelmäßig besucht. Neun von zehn Verurteilten seien in der Todeszelle katholisch geworden. Vielleicht, meinte Graham Greene, lag es am irischen Priester, einer starken Persönlichkeit; der habe mitunter ganze Nächte bei den Verurteilten verbracht.

Einmal gab es einen Ausbruchsversuch aus der Todeszelle. Daraufhin wurde der betreffende Trakt von Polizisten und Soldaten der Kolonialregierung abgeriegelt und mit Tränengas besprüht. Zuletzt gaben die Häftlinge auf – unter einer Bedingung:

---

[5] G. Greene, Fluchtwege, Zsolnay Wien 1981

Sie wären wohl bereit, die Todesstrafe auf sich zu nehmen und ohne weiteren Widerstand zu sterben, wenn man zuvor dem katholischen Priester erlaube, zu ihnen in die Todeszelle zu kommen. Ihm, dem Pater, vertrauten sie; er ignorierte nicht nur jede Rassenschranke, sondern teilte mit ihnen auch Todesängste und persönliche Nöte…

Eine Ohrfeige für Mobutu

Missionare standen schon oft im Schnittpunkt der Kulturen, Sitten und Bräuche. Was man in dem einen Milieu nur kopfschüttelnd zur Kenntnis nimmt, kann in anderer Umgebung durchaus zum guten Ton gehören.

Vom früheren Präsidenten Mobutu (Kongo/Zaire) wird Folgendes erzählt: Eines Tages besuchte er den Heimatkral seines älteren Bruders. Tief drinnen im afrikanischen Urwald. Viel Gefolge war dabei – Beamte, politische Gesinnungsfreunde, gierige Schmarotzer und ekelhafte Schleimer – allesamt falsche Beweihräucherer des Präsidenten! Da Mobutu sich nicht an die Bräuche der Kral-Gemeinschaft hielt, tadelte ihn sein älterer Bruder sehr vehement – und zwar in Anwesenheit der politischen Prominenz des Landes. Er verabreichte ihm eine saftige Ohrfeige, sodass Mobutu stolperte und zu Boden fiel. Er erhob sich schweigend, ohne ein Wort der Widerrede: er wagte es nicht, seinem Bruder zu widersprechen oder es ihm zu vergelten. Und alle afrikanischen Umstehenden und Augenzeugen wussten Bescheid:

Im afrikanischen Kraldorf gelten die traditionellen Bräuche und Stammesgesetze auch weiterhin; hier untersteht auch ein Armeegeneral oder Staatspräsident den überkommenen Sitten und Regeln.

Wo der Respekt vor der Tradition schwindet, wo man die Ehrfurcht vor dem Alter vergisst, wo Überkommenes grundsätzlich missachtet wird, da finden auch neue und moderne Regeln keine Basis. Ehe man alten Wein in neuen Schläuchen aufbewahren will, sollte man die Qualität der neuen Schläuche prüfen. Nicht alles, was neu aussieht, ist auch von Nutzen…

Freudenschüsse zum Mond

Ein 85-jähriger Ostafrikaner aus Tansania wurde von einem Missionar gefragt, wie er seinerzeit (1969) die Nachricht von der ersten Mondlandung der Amerikaner aufgenommen habe. Der Pater traute seinen Ohren nicht, als ihm der greise Mann etwa so antwortete: Als ich hörte, die Amerikaner sind auf dem Mond gelandet, rannte ich schnurstracks in meine Hütte, holte mein Gewehr aus dem Schrank, mit dem er sonst die Affen von seinem Maifeld fernhielt, und schoss dreimal zum Mond hinauf: Peng-peng-peng! Dann kniete er sich auf die Erde nieder und betete zum Allmächtigen:

Guter und allmächtiger Gott, du bist groß und weise. Du hast den Menschen viel Verstand gegeben. Dein Atem wirkt in jedem von uns. Zu deiner Ehre und mit deiner Hilfe haben sie nun den Mond betreten. Ich freue mich darüber und danke dir für alles, was Menschenverstand erfinden und bewerkstelligen kann. Pen-peng-peng!

Eigentlich müssten wir versnobten und verkopften Europäer uns in Grund und Boden schämen, wenn wir von den Freudenschüssen dieses Afrikaners hören. Und von seiner Dankeshymne an den Schöpfergott...

Weihnachten im afrikanischen Busch

Zu meinen prägenden Erlebnissen im südlichen Afrika gehören zweifellos auch meine Begegnungen mit Weißen, die vor Ort lebten: Dazu gehörten neben einzelnen Landwirten und Geschäftsleuten vor allem erfahrene Missionare und Missionsärzte. Unter den Letztgenannten habe ich Frau Dr. Hanna Decker[6] in besonderer Erinnerung:

Es war kurz vor dem Weihnachtsfest. Der Eselkarren, auf dem eine junge Afrikanerin zur Entbindung ins Missionskrankenhaus gebracht werden sollte, hatte einen Achsenbruch. Daraufhin bat der Ehemann die Dr. Hanna Decker, doch bitte mit dem Landrover (Jeep) in den Busch zu kommen – zu seiner hochschwangeren jungen Frau. Es war sehr spät am Abend, und unterwegs mussten mehrere völlig versandete Bäche und kleinere Flüsse durchfahren werde. Wie befürchtet, blieb der Landrover mehrmals stecken; schwarze Jugendliche der benachbarten Krals halfen mit, ihren Wagen wieder flott zu ma-

[6] Vgl. ALB, »Keine Götter, die Brot essen, sondern Brückenbauer zwischen Schwarz und Weiß«, Mariannhiller Märtyrer-Missionare in Simbabwe, Würzburg 2001

chen. Doch dann passierte eine weiteres Malheur: Der Buschpfad endete abrupt an einem Flussufer; die steile Böschung ermöglichte kein Weiterfahren, doch der Mann der jungen Frau drängelte. Da ruderten zwei starke Männer Dr. Decker in einem ausgehöhlten Baumstamm über den Strom. Es war zum Glück mondhell. Am anderen Ufer trugen die Männer die Ärztin noch ein paar hundert Meter – bis zum Kral. Die junge Frau hatte bereits geboren und ihr Kind in einen großen Schal gewickelt. In der Ferne hörte man Hyänen heulen und Wildhunde. Nachdem die Ärztin sich um Mutter und Kind gekümmert hatte – es war inzwischen früher Morgen geworden, kehrte sie auf die Missionsstation zurück.

Ein paar Tage später schrieb Dr. Decker in einem Rundbrief an ihre Lieben zu Hause in Bayern: Auch diese nächtliche Fahrt war nicht umsonst; sie wurde für mich zu einem weihnachtlichen Erlebnis, denn die Freude der jungen Mutter über ihr Erstgeborenes und die Dankbarkeit der Einheimischen machten alle Mühe und Anstrengung wieder wett.

Dr. Hanna Decker, die dieses Erlebnis kurz vor Weihnachten 1976 geschrieben hat, wurde ein halbes Jahr später im Missionskrankenhaus zu St. Paul's (Lupane) von schwarzen Rebellen überfallen und zusammen mit einer Mariannhiller Ordensschwester grausam ermordet.

Dr. Decker war bei der schwarzen Bevölkerung von Simbabwe sehr beliebt; die Frauen schätzten ihr Fachwissen, aber auch ihre Bereitschaft, für alle dazu sein. Sie war zudem künstlerisch begabt, zeichnete, schrieb Gedichte und war auch sonst an allem interessiert, was das Wirken der Missionare betraf.

Warum wurde ausgerechnet sie ermordet? Aus purem Hass der Rebellen gegen alle Weiße, könnte man antworten. Mir sagte einmal ein junger, links orientierter Afrikaner: Wir haben an sich nichts gegen euch Missionare; im Gegenteil, wir schätzen eure Arbeit in der Entwicklungshilfe, auch auf dem sozialen, medizinischen und schulischen Sektor. Wenn unsere Leute dennoch einige von euch umbringen, dann tun wir's, weil wir die »anderen Weißen« nicht so leicht erwischen; die haben alle Gewehre und wissen sich zu verteidigen. Ihr Missionare seid sozusagen die »jüngeren Brüder und Schwestern der bösen weißen Politiker«. Letztere wollen wir eigentlich treffen…

Auch morgen nicht müde werden!

Bei den Amandebele in Simbabwe gib es die Redewendung: *Lingadinwa lakusasa!* – Wörtlich: *Werdet nicht müde; morgen!* – Was sie damit meinen: Werdet nicht müde, auch morgen wieder etwas zu tun; auch morgen zu helfen; und nett zu sein zueinander!

Die Sympathie früherer Jahre und Jahrzehnte vieler Europäer (und US-Amerikaner) gegenüber den aufstrebenden jungen Nationen Afrikas ist seit langem gebrochen; zu viele politische Umstürze; zu viele schwarze Diktatoren; zu viele Politiker, die – statt ihrem Volk beizustehen, nur sich selber und ihre Familien bereichern.

Chaos, Rebellionen, Hungersnot – fast überall auf dem Kontinent, auch dort, wo früher sogar landwirtschaftliche Überschüsse zu vermelden waren. Interne politische Machtkämpfe soweit das Auge reicht! Mitunter Stamm gegen Stamm, oder politische Parteien, die sich wie Todfeinde bekämpfe. – Und die Ärmsten der Armen leiden und darben und hungern weiter.

Kein Wunder, dass viele Christen der nördlichen Halbkugel sich darüber aufregen – und nur noch unwillig sich für Spenden begeistern, wenn MISEREOR, Brot für Welt oder die eine oder andere Ordensgemeinschaft um Hilfe betteln!

Aber auch hier gilt das Sprichwort aus Simbabwe: Nicht müde werden; auch morgen nicht – und trotz Enttäuschungen und Misswirtschaften auch weiterhin den wirklich Armen und Kranken und Hungernden beistehen: Recht zu haben, entbindet uns nicht der Pflicht, Gutes zu tun!

Erst in Dachau –
dann im Busch von Sambia

Als ich Adam Kozlowiecki kennenlernte, war er Erzbischof in Sambia; die Kardinalswürde bekam er in sehr späten Jahren, nachdem sich auch in Rom herumgesprochen hatte, dass der polnische Jesuitenpater in den 1940er Jahren Häftling des KZ's Dachau war, dort, wo auch der Mariannhiller Pater Engelmar Unzeitig vier Jahre einsaß; Letzterer offiziell wegen *Kanzelmissbrauch*.

Weitere 3000 katholische und evangelische Geistliche waren in den Priesterbaracken 26, 28 und 30 untergebracht. Adam Kozlowiecki, übrigens wie Pater Engelmar Jahrgang 1911, hat das KZ Dachau überlebt, ohne später Hassgefühle gegen seine ehemaligen Bewacher aufkommen zu lassen.

Seine Antwort auf eine diesbezügliche Frage eines Journalisten lautete: Wir sollten nicht länger davon reden, ob wir Hass empfunden haben gegenüber unseren Feinden oder heute noch solchen hegen! Stattdessen sollten wir auf alle Menschen zugehen, egal welcher Hautfarbe, Herkunft oder Nationalität…

Auf eine weitere Frage der Journalisten antwortete der Erzbischof: Wir sollten uns schämen, in Grund und Boden schämen, dass in Europa (und Amerika) immer wieder wertvolle Nahrungsmittel vernichtet werden, etwa tonnenweise Milch, Käse und Butter; oder auch Weizen und Mais, einfach um die Preise zu halten! So zu handeln ist ein Verbrechen angesichts der hungernden Menschen in anderen Teilen der Welt…

Übrigens, nach seinem Rücktritt als Erzbischof betreute Kozlowiecki als einfacher Pater noch drei Missionspfarreien und eine Mittelschule bis ins hohe Alter. Damals pflegte er zu sagen: Ich bin allein, habe kein Auto und kein Motorrad. Meine afrikanischen Christen holen mich ab und bringen mich nach den Gottesdiensten wieder zurück. Zwei- bis dreimal pro Woche feiere ich zwei oder gar drei Gottesdienste am Tag, weil es allenthalben an Priestern mangelt.

Dazu gehören Predigten, Katechesen, Beichthören, Taufen und die Einsegnung von Gräbern.

Schade, dass solche Beispiele selbstloser Seelsorge und praktizierter Bescheidenheit nur selten an die Öffentlichkeit gelangen.

Eines von zehn Hühnern

Als Rhodesien (Simbabwe) noch von britischen Kolonialbeamten verwaltet wurde, hieß es immer wieder ganz pauschal: Die Schwarzen sind faul; sie lügen und stehlen – und sind undankbar. – Meine Erfahrungen waren anders. Sicher, da gab es Hinweise, die sich mit den Behauptungen vieler Weißer deckten, aber um die Afrikaner wirklich zu verstehen – und ihre Haltung gegenüber den Kolonialherren, brauchte es zusätzliche Erfahrungen. Vor allem im Alltag. Zum Beispiel in der *Old Location* von Bulawayo, der ältesten Slum-Siedlung der zweitgrößten Stadt des Landes, wo ich im ersten Jahr angesiedelt war – zusammen mit noch drei Priestern, einer davon der erste Afrikaner aus dem Stamm der Amandebele.

Da brachte uns eines Tages eine schwarze Frau eine Tasche voll Grünzeug; sie hatte ein winziges Hausgärtchen neben ihrer Backsteinhütte mit Wellblechdach – und weil sie sonst nichts zu verschenken hatte, wollte sie ihren ersten selbst gepflanzten Salat mit uns teilen.

Ein anderes Mal besuchte ich schwarze Christen in Umziligazi, einem anderen Viertel von Bulawayo. Da lernte ich den Vater von drei Buben kennen, die bei uns die Volksschule besuchten. Die Freude über meinen Besuch war so groß, dass der Schwarze mir erst sein Häuschen und dann auch seinen *Hühnerstall* zeigte: Schau, Baba, wir haben zehn Hühner, aber nächsten Samstag schenke ich euch eines davon; ich bin ja so froh, dass ich getauft wurde! – Und so kam es, dass er uns am Wochenende eines seiner Hühner schenkte – aus purer Freude und Dankbarkeit.

Als Gott die Zeit gemacht hat

Da ist eine Trauung angesagt, auf einer kleinen Außenstation von Embakwe. Um neun Uhr früh soll sie stattfinden. Der Pater trifft eine halbe Stunde früher ein, stellt den Landrover unter einen schattigen Baum und richtet alles her: Für die Messe und für die Trau-Zeremonie. Aber nirgends auch nur die leiseste Spur von Braut und Bräutigam!

Es wird 10 Uhr, es wird 11 Uhr, es wird 11.30 Uhr. Der Missionar schickt einen Ministranten zum Kraldorf des Bräutigams. Mit dem Landrover wäre eine Fahrt dorthin kaum möglich gewesen; zu viele Dornenhecken sowie steinige und versandete Furten!

Nach 20 Minuten strampelt der Bräutigam auf einem wackeligen Fahrrad in den Schulhof; er pustet und schwitzt, reibt sich den Schweiß von der Stirn, zieht einen alten schwarzen Zylinder vom Kopf und begrüßt den Pater und die Umstehenden.

Und die Braut? Wo ist die Braut? – Kein Grund zur Aufregung! Die sitzt hinten auf dem breiten Schutzblech! Kreuzfidel, und voller Stolz auf ihren mobilen Bräutigam. Inzwischen ist es kurz vor 12 Uhr geworden.

Was tut der Pater, der seit seiner Ankunft aus Europa hatte lernen müssen: Zeit hat man in Afrika immer. – Die Iren sagen: Als Gott die Zeit erschuf, hat er viel davon gemacht. Die Afrikaner sind kaum anderer Meinung; sie sagen: Als Gott die Zeit erschuf, war von Eile nicht die Rede.

Also, wie reagiert der Pater? – Er schmunzelt, lange und anhaltend, sogar ein wenig verständnisvoll. Er schaut auch nicht mehr auf seine Uhr – und ehe er sich umguckt, sind die anderen Bewohner des benachbarten Kraldorfs gekommen und beginnen auch schon zu tanzen und zu singen, um das junge Brautpaar zu beglückwünschen…

Es war sein Pausenbrot

Eines Morgens klopfte es an meiner Bürotür. Zwei schwarze Buben, vielleicht elf, zwölf Jahre alt, baten um Einlass. Der eine war der Erstgeborene eines unserer afrikanischen Lehrer; den andern kannte ich noch nicht. Das sei sein bester Freund, erklärte der Lehrerbub, der übrigens neben seinem christlichen Namen – er wurde auf Elmar (Elima!) getauft, nach dem Namen meines Vorgängers auf der Station – noch einen Kralnamen bekommen hat: Seine (bereits christlich getauften) Eltern nennen ihn *Watatu*, wörtlich: *Jetzt sind wir zu dritt!* – Der Junge war der Erstgeborene seiner Eltern. Ein wirklich schöner und sinnvoller Name!

Erst waren die beiden Buben ein wenig schüchtern, aber dann rückten sie doch mit ihrem Anliegen heraus: Sie möchten später einmal studieren und auch Pater werden! Ich ermunterte sie, zunächst einmal durch gute Schulnoten zu beweisen, dass sie das nötige Rüstzeug mitbrächten. Dann erzählte ich ihnen ein wenig über meine Ausbildung und Laufbahn, auch über meine Familie – meine Mutter und meine Geschwister, und dass mein Vater schon gestorben sei, als ich erst 16 war.

Ehe sich die beiden Buben wieder verabschiedeten, griff Watatu in seine Hosentasche, holte einen gekochten Maiskolben hervor (eine Delikatesse für jeden Afrikaner!) und schenkte ihn mir. Ich musste den Maiskolben annehmen, obgleich ich wusste, dass es das Pausenbrot des Jungen war. Ein von Herzen überreichtes oder gar vom Mund abgespartes Geschenk darf man auf keinen Fall ausschlagen...

Namen voller Musik und Melodie

Geheimnisvoll wie seine Flüsse, Wälder und Wüsten – so sind auch die Sprachen, Namen und Bräuche der einzelnen Stämme. Afrika hat viele mysteriös klingende Namen, zum Beispiel *Monomotapa*; das ist der Name eines sagenhaften Goldkönigs, dessen Königskral in den geheimnisvollen alten Simbabwe-Ruinen gestanden haben soll.

Oder: *Bulawayo* (wörtlich: Ort des Schlachtens), einst Name des Königskrals Lobengulas. Letzterer war der Sohn des fast schon mysteriösen Königs

Mzilikasi, der einst sein Heer vom sagenhaft tapferen Zulu-König Tschaka in Südafrika gelöst hatte und gen Norden gezogen war, eben ins heutige Matabeleland im Südwesten von Simbabwe.

Ferner sind da weitere mysteriös klingende Namen wie: Kalahari (Halbwüste), Makorokoro, Lomnagundi und Pandamadenka. Für viele Fremde (Europäer) lauter Namen voller Musik und Geheimnisse!

Aber nicht weniger interessant sind die Namensgebungen der afrikanischen Großmütter und Eltern, wenn um es sinnvolle Beinamen geht für die Kleinen: Von *Watatu* war schon die Rede. Ein Mädchen, so erinnere ich mich, wurde von seinen christlichen Eltern *SibongNkosi* genannt, d. h. Wir danken dem Herrn. Ein Junge erhielt den Namen des ersten schwarzen Kardinals: Laurian Rugambwa.

Später, als Mandela aus dem Gefängnis entlassen und Präsident von Südafrika wurde, hatte der Name Mandela in ganz Afrika Hochkonjunktur. – Ich möchte an dieser Stelle noch hinzufügen, dass ich in mehreren afrikanischen Staaten auf Erwachsene gestoßen bin, die Napoleon hießen; bzw. Tito, Stalin, Mao und Hitler…

Ein letztes Beispiel: In einer Schulklasse stieß ich auf den Namen *iDokotela* (Arzt). Spaßig, dachte ich, ein Baby Doktor zu nennen! Der Lehrer klärte mich auf: Der Vater des Jungen war vor vielen Jahren bei einem weißen Arzt in iGoli (Spitzname für Johannesburg; wörtlich: Goldstadt!) tätig. Als dann zuhause in Simbabwe seine Frau einen Jungen zur Welt brachte, nannte man den Filius einfach *iDokotela*.

Der Vater muss wohl immer wieder von seinem südafrikanischen Arbeitgeber gesprochen haben.

Ohrfeigen – ja, aber ohne Brille!

Pater Kuno war kein Angsthase; mittelgroß, aber stämmig, und alles andere als ein Feigling. Vorübergehend vertrat er einen schwarzen Lehrer an einer Mittelschule. Die Schüler stammten von überall her, gehörten aber mehrheitlich zu den Amandeble. Eines Tages wurde Pater Kuno von einem der Schüler angefaucht: Was er da über seine Stammesleute gesagt habe, stimme so nicht; sie seien schon immer tapfere Männer gewesen, auch unter ihren eigenen Königen.

Pater Kuno: Das wolle er gar nicht abstreiten; über jene, die nicht mehr unter uns seien, rede er nicht. Seine Behauptung treffe die Leute heute: Dass sie allesamt politische Feiglinge seien, und faul und träge obendrein!

Die schwarzen Schüler hielten dagegen: Schließlich hätten die Weißen die Gewehre – und auch seien sie allein in der Lage, Geld zu drucken, so viel sie wollten. Einer von ihnen redete sich in Rage – und drohte dem Pater gegenüber handgreiflich zu werden. Doch das schreckte Pater Kuno überhaupt nicht. Er erwiderte vielmehr: Okay, ich bin bereit, mich schlagen zu lassen, aber vorher möchte ich meine Brille ablegen!

Ohne Brille stellte er sich dem Burschen und schaute ihm unerschrocken in die Augen. Den überkamen Ängste! Brillenlos hat er den Pater bisher noch nie gesehen. Irgendwie hatte er plötzlich Angst vor dessen stierenden Augen – er drehte sich um und flüchtete in den Schulhof.

Was der Afrikaner nicht wusste, nicht wissen konnte: Pater Kuno hatte nur ein gesundes Auge; das andere war ihm in der Volksschule, wohl unbeabsichtigt, von einem Mitschüler mit einem Zirkel ausgestochen worden. Seitdem trug er ein Glasauge anstelle des ehedem gesunden – und der etwas *stierende Glas-Augen-Blick* des Paters scheint dem sonst recht geweckten schwarzen Schüler große Ängste eingeflößt zu haben…

Wo man den Atem der Schöpfung hört

Als ich (1959) nach einem Jahr in Bulawayo nach Embakwe geschickt wurde, hätte der Unterschied zwischen Großstadt und Busch kaum größer sein können. Anfangs fand ich diese Region (benachbart zur Kalahari-Halbwüste von Botswana) eintönig und fad. Aber schon bald gewann ich die *Bundu* oder *Veldt* (wie man landesüblich den halb-offenen Busch auch zu nennen pflegt) richtig lieb.

Dieser Niedrig-Busch-Dschungel hat etwas Geheimnisvolles an sich: Da ist vieles noch so, wie Gott es wachsen ließ. Also keine lauten Jagderlebnisse mit Löwen und Elefanten sind hier angesagt, sondern das Lauschen auf den Atem der Schöpfung: Da sprechen die Blumen, da gurren die Wildtauben, da brummen und surren Millionen von Insekten! Da spürt man die Größe des Schöpfers im scheinbar unauffälligen Kleinen.

Aber auch sonst zeigt sich der Kontinent als geheimnisvoll und verschwiegen, als unerklärlich und voller Mysterien. Denn nach dem ersten großen Regen im Oktober oder November ist die Bundu kaum mehr wiederzuerkennen: Ein saftig-grüner Mantel bedeckt die sonst graubraune staubige Erde. Alles scheint aufzuatmen. Quietschfideles Leben erwacht all-überall. Wolkenbruchartige Regenfälle verwandeln sonst strohtrockene Flussläufe in rauschende, reißende Ströme; selbst kleine Bäche führen Felsengeröll mit sich. Die Bundu ersteht in einem total neuen Gewand. Manche Bäumen blühen schon lange, bevor sie Blätter treiben.

Ex Africa semper alquid novi

Jeden Tag entdecke ich etwas Neues. Im Busch, am Sternenhimmel, im Umgang mit den Menschen. Lauter seltsame Erlebnisse – und fast immer augenfällige »Beweise«, dass hinter allem, was wir Kosmos, Weltall, Schöpfung oder Natur nennen, etwas Höheres, etwas Grandioses stehen muss; etwas, was die meisten Völker und Stämme weltweit ein »Höheres Wesen« oder eine Gottheit nennen.

Aber auch ganz einfache, alltägliche Beobachtungen ringen mir immer wieder neue Bewunderungen ab für diese unsere »gute Erde«, die die Astronauten/Kosmonauten stets von neuem den »schönen blauen Planeten« nennen. Aber auch »unsere gemeinsame Heimat«!

Was mir in meinen ersten Monaten in Afrika

immer wieder auffiel: Dass zum Beispiel die afrikanischen Vögel knallig bunte Federn tragen, schöner und leuchtender als ihre Verwandten in Europa, aber, im direkten Vergleich, nur halb so schön singen können wie ihre nordischen Kollegen! Das herrliche Schlagen einer Nachtigall oder das frische Jubilieren der Lerchen vermisst man bei den afrikanischen Singvögeln schier völlig.

Eine andere, ähnliche Beobachtung machte ich bei der Flora: Die afrikanischen Blumen und Blüten sind weit bunter und farbenprächtiger als die europäischen, aber, wie mir scheint, auf Kosten ihres Duftes: Den starken Duft eines Wiesen-Veilchens, einer Rose, einer Schlüsselblume oder eines Maiglöckchens findet man bei den typisch afrikanischen Blumen eher selten.

Vom Tropenregen überrascht

Es ist sechs Uhr früh. Ich klettere in den Landrover. Auf drei Außenstationen findet ein Gottesdienst statt. Die erste Messe ist um neun in Makuzese. Vorher Beichthören, nach der Messe Kindertaufe. Und Pastoralgespräche mit den Leuten. Dann geht's weiter nach Tschitschi. Blau und wolkenlos strahlt der Himmel. Um halb zwölf Uhr beginnt die zweite Messe; gegen ein Uhr, nachdem ich den Messkoffer mit dem provisorischen Altar im Wagen verstaut habe, ziehen vereinzelt weiße Wölkchen am Horizont herauf. Ich erkundige mich bei einem schwarzen Lehrer; er meint, das bedeute Regen, vielleicht heute noch. Ich schüttle den umstehenden Christen die Hände, winke zum Abschied und brause davon, weiter nach Bulu, zur dritten Außenschule. Sie liegt 65 Kilometer von der Missionszentrale entfernt.

Ich habe ungefähr die Hälfte der Strecke zurückgelegt, da verdunkelt sich der Himmel – und schon prasseln die ersten dicken Tropfen auf das Blechdach der Fahrerkabine. Ich gebe Vollgas; ich muss den Embakwefluss unbedingt noch vor der ersten großen Flutwelle überqueren! Aber es klappt nicht. Minuten nach den ersten Tropfen kommt ein Wolkenbruch; es schüttet, eimerweise. Der gesamte Busch gleicht einem einzigen See. An ein Weiterfahren ist vorerst nicht zu denken. Ich stelle den Motor ab und hole das Brevier aus der Tasche; aber es ist zu düster!! Ich greife zum Rosenkranz. Grell aufflackernde Blitze und langanhaltendes Donnergrollen liegen miteinander im Wettstreit; man weiß nicht, was zuerst war – das Blitzen oder das Donnern. Dazwischen das Rauschen der Wassermassen!

Ich fühle mich mutterseelenallein im endlosen halboffenen Busch im Südwesten von Simbabwe. Wie in einem Blechkäfig schwimme ich in einer gigantischen Wasserlache. Nach einer guten halben Stunde lässt der Regen nach; Bäche und Rinnsale verlaufen sich nur langsam. Ich riskiere die Weiterfahrt, hinunter zum Fluss; fahre im Schritttempo auf schlüpfriger Unterlage. Der Embakwefluss führt Hochwasser. Was soll ich tun? Da taucht ein schwarzer Hütebub wie aus dem Nichts vor mir auf; er trägt nur einen Lendenschurz aus Ziegenleder, kleiner als ein Taschentuch. Ich bitte ihn, für mich die naheliegende überflutete Hochfurt zu testen; das Wasser reicht ihm weit über die Knie. Das zu wissen genügt; ich schalte den ersten Gang ein und fahre langsam und sehr vorsichtig in die Flut; ich möchte auf jeden Fall vermeiden, dass die Zündkerzen nass werden; das wäre ein kleines Fiasko. Schwitzend, aber aufatmend erreiche ich das andere Ufer. Ohne die Hochfurt (genannt Brücke!) hätte ich es niemals schaffen können!

Eine Viertelstunde später erreiche ich Bulu, die dritte Außenstation, höre Beichte; feiere die Messe und taufe mehrere Kleinkinder. Dann entdecke ich etwas sehr Unangenehmes: Die quer über den halb offenen Landrover liegende Zeltplane hat dem tropischen Gewitterregen nicht standgehalten; mein Feldbett und meine Decken sind patschnass. Was soll ich tun? Zur Station zurückzufahren, wäre unmöglich; nicht in der Nacht, denn ich müsste den Fluss zweimal überqueren, ohne Beton-Furten... (Fortsetzung: Nächster Absatz!)

Wenn nachts die Sterne flüstern

An Schlaf ist nicht zu denken. Die Aufregung des Tages lässt mich nicht zur Ruhe kommen. Also streife ich einige Stunden im Busch umher – mit einer Taschenlampe. Funkelnder Sternenhimmel über mir. Dann entdecke ich einen gelbrötlichen Schimmer am Horizont. Ein Buschfeuer? Ein in

Brand geratenes Kraldorf? – Der Feuerschein wird stärker; schon überlege ich, ob ich die schwarzen Lehrer alarmieren soll – da klärt sich der Feuerzauber von selbst: Majestätisch und faszinierend kriecht der Mond hinter den Büschen herauf, wird groß und größer, bis er als riesiger gelbrot strahlender Ball am Himmel hängt. Nie zuvor habe ich ihn in so prächtigem Farbenkleid gesehen, ihn nie zuvor so exotisch zauberhaft empfunden. Das ist Afrika – das Afrika der mondhellen Nächte!

Altheidnische Riten und die Zusammenkünfte der Medizinmänner und Regenmacher finden seit eh und je in den Vollmondnächten ihre Höhepunkte; der Mond ist der treueste Helfer der Hexen und Zauberer.

Schweigende Verklärung liegt über der Bundu (halboffene Buschlandschaft); man fühlt sich von Geheimnissen umgeben, spürt das Überirdische, hört das Raunen der Natur, das Flüstern der Schöpfung. Das Gefühl der Einsamkeit schwindet, Freude und Dankbarkeit überkommen mich. Ich atme die Weite der Landschaft, winke den Sternen, inhaliere die Mysterien der Nacht. Frohe Gelassenheit mischt sich mit Dankbarkeit und einem unausgesprochenen Lobpreis auf die Schöpfung.

Von meiner nächtlichen Wanderung zurück, setze ich mich neben den Landrover, sinne über den Tag nach, denke an meine Verwandten und Freunde in der Heimat – doch dann, urplötzlich läuft es mir eiskalt über den Rücken, vom Kopf bis zur Sohle! Das Gefühl der Geborgenheit weicht einer lähmenden

Furcht. Ich glaube, ganz in der Nähe ein Rascheln zu hören, ein verräterisches Knistern im Busch nebenan. Etwas nähert sich auf leisen Sohlen; ich will mich umdrehen, aber wage es nicht zu tun. Wie hypnotisiert starre ich auf zwei leuchtende Punkte, die sich direkt auf mich zubewegen. Ich wehre ab, will um Hilfe rufen, aber meine Stimme gehorcht mir nicht. Ein letzter Versuch: Ich schreie aus Leibeskräften – und erwache, in Schweiß gebadet, aber froh und dankbar über den beendeten Alptraum.

Am Morgen erzählen mir die Schulkinder, sie hätten ganz frische Spuren eines Leoparden gesehen, nur ein paar Dutzend Fuß vom Landrover entfernt…

Vater von 29 Sprösslingen

Ein benachbarter Afrikaner erzählt mir freudestrahlend von der Ankunft eines neuen Erdenbürgers, seines 29. Kindes! – Erst stutze ich verwundert, doch dann kommt er mir auch schon zu Hilfe: Er habe vier Frauen, zwei seien schon gestorben, und so erklärt sich auch die Vielzahl seiner Kinder. Zwanzig seiner Kinder gingen bei uns in die Missionsschule, und die jüngeren würden später auch folgen, und alle seiner Kinder würden auch getauft werden; das habe er meinem Vorgänger, Baba Elima Ndlovu versprochen, und so werde er es auch halten.

Als ich ganz vorsichtig anfrage, ob er nicht auch schon daran gedacht habe zu konvertieren, winkt er energisch ab: Nein, das gehe nicht; da müsste er ja auch drei seiner Frauen entlassen, das sei grausam.

Alle seiner Frauen seien gute und fleißige Arbeiterinnen und ausgezeichnete Mütter für die Kinder. Nein, das könne und das dürfe er ihnen nicht antun. Und wer solle denn dann seine Äcker bestellen und Wasser herbeischleppen und Brennholz sammeln!? Nein, niemals werde er das tun, auch nur eine seiner Frauen zu entlassen… Im Übrigen freue er sich über jedes Kind, und auch darüber, dass seine Kinder immer genug zu essen hätten und auch, dass er in der Lage sei, für alle Schulgeld zu zahlen. Aber all das verdanke er vor allem seinen fleißigen Frauen…

Eine schwarze Schülerin

kam eines Tages ganz aufgeregt in mein Büro und sagte, sie brauche dringend meinen Rat. Als ich ihr einen Stuhl anbieten wollte, lehnte die 17-Jährige ab; sie habe es sehr eilig; sie wolle nur wissen, ob es stimme, dass die Welt in einem Jahr untergehe? Und wenn dem so sei, dann wolle sie sofort nach Hause gehen, um zu heiraten, damit sie vor dem Weltuntergang schnell noch ein Kind zur Welt bringe…

Ich konnte das Mädchen beruhigen: Niemand, kein Mensch weltweit, auch kein Zauberer und kein Hellseher, wisse, wann die Welt untergehe!

Ich schickte das Mädchen in ihre Klasse zurück; sie wurde später eine sehr tüchtige Lehrerin, überzeugend und stets bereit, auf die Nöte ihrer Schülerinnen und Schüler einzugehen.

Tatsache ist aber auch, dass es kinderlose »unfruchtbare« Frauen in weiten Regionen Schwarzafrikas sehr schwer haben. Früher wurden sie gar nicht selten von ihren Männern verstoßen.

Ich erinnere mich an einen unserer Volksschullehrer, dessen Frau keine Kinder bekam; beide waren schon in jungen Jahren getauft worden. Sie hatten auch christlich geheiratet. Eines Tages erklärte mir der betreffende Lehrer, er müsse wegziehen, weit weg. Weg von all jenen, die ihn und seine Frau kennen. Schon seit über zehn Jahren seien sie nun schon verheiratet und hätten viel Geld für die ärztliche Behandlung seiner Frau ausgegeben – und auch heidnische Medizinmänner befragt – und denen natürlich große Gegengaben machen müssen. Alles ohne Erfolg! Das verlorene Geld sei nicht das Schlimmste. Was er nicht länger ertragen könne, sei die abgrundtiefe Traurigkeit seiner Frau. Sie wage es kaum noch, an die Öffentlichkeit zu gehen...

Frau sein heißt in Schwarz-Afrika immer auch Mutter sein und Kinder haben dürfen. In dieser Eigenschaft, als Mutter, (ver)schenkt sie Leben und Liebe. So – und nur so – kommt sie in der Stammes-Gesellschaft auch zu Ehren.

Die Buschmänner der Kalahari

Schon das Wort *Kalahari* hat etwas Magisches an sich. Für mich, der über fünf Jahre am Rande dieser Halbwüste lebte, waren die afrikanischen Buschmänner im südlichen Afrika immer schon etwas Besonderes. Ich kannte die Bücher von Laurens van der

Post[7] und war begeistert. Die Buschmänner gehören zu den Ureinwohnern dieser Region, sprechen eine Sprache, die sehr reich ist an Klicks- und Schnalzlauten. Die Frauen werden mit einem *tablier egyptien* geboren, eine Art natürlicher Mini-Lendenschurz, und die Männer sind stolz auf ihren stets halb-aufgerichteten Penis.

Dass die Kalahari-Buschmänner erstklassige Pfadfinder sind, ist bekannt. Sie kennen jeden Busch und jeden Strauch; sie können jederzeit die Himmelsrichtung bestimmen und mit ausgehöhlten Stöcken sogar Wasser aus dem trockenen Flussläufen hervorzaubern.

War die Jagd auf Wild erfolgreich, dann verzehren sie Unmengen von Fleisch; sie können aber auch tagelang hungern, wenn es nichts zu essen gibt. Oft sind Kürbisse und Wassermelonen ihre einzige Nahrung.

Manchmal jagen sie stundenlang hinter einer Großwildherde her, wissen genau, wieviel männliche und wieviel weibliche Tiere darunter sind und beschließen lange bevor sie die Herde sichten, welches Tier sie erlegen wollen. – Einmal, so erzählt Laurenz van der Post, wurde mehrere Kilometer von ihrem Dorf entfernt ein Kudu erjagt. Stunden später, als die erfolgreichen Jäger mit der Beute ins Dorf zurückkehrten, war bereits alles zum gemeinsamen Fest vorbereitet. – Woher »wussten« die zurückge-

---

[7] L.van der Post: »The lost world of the Kalahari« und »Das Herz eines Jägers«. (L.v.d.Post war übrigens auch einer der Privatlehrer von Prinz Charles von England!)

bliebenen Frauen, dass die Jagd ihrer Männer erfolgreich war? – Per Buschtelefon (Trommeln)? Kaum! – Wahrscheinlicher via Wunschdenken oder mysteriöser Gedankenübertragung!

Übrigens: Von einem Kalahari-Forscher gefragt, ob sie an eine Art *Höheres* Wesen (an einen Schöpfergott) glaubten, antwortete ein greiser Buschmann: »Da ist ein Traum, der uns träumt!« Theologisch gedeutet, hieße das: Die Schöpfung hält an; denn auch der Traum des »höheren Wesens« hält an, dauert fort! Von diesem höheren Wesen »geträumt« kommen wir ins Dasein; von ihm weiter-geträumt bleiben wir am Leben...

Wo man (wörtlich!) Liebespfeile abschießt

Andere Länder, andere Sitten; andere Bräuche, andere Kuriositäten: Wenn zum Beispiel ein junger Buschmann der Kalahari einem Mädchen zu verstehen geben will, dass er es gern hat und eventuell heiraten möchte, dann fällt er seiner Angebeteten nicht um den Hals; er fensterlt auch nicht. Stattdessen schnitzt er sich einen zierlichen Bogen und fertigt ein paar kunstvoll verzierte Pfeile an. Dann lauert er seiner Geliebten auf und schießt aus seinem Versteck heraus ihr einen seiner Pfeile in den Hintern. – Zieht sie den Pfeil sofort und energisch wieder heraus und zerbricht ihn, dann kommt dies einer klaren Absage gleich. Lässt sie hingegen den Pfeil eine Weile stecken, dann hat der Bursche mit seiner Liebeserklärung direkten Erfolg.

Eine solche Szene wollten einmal westliche Kameraleute nachspielen lassen. Das hübscheste Mädchen, das allerdings schon verheiratet war, sollte die Hauptrolle übernehmen. Sie war einverstanden. Der fesche Junge Mann hingegen, der den Pfeile-abschießenden-Liebhaber spielen sollte, lehnte energisch ab: Nein, das wolle er seinem Freund, dem Mann der jungen Frau, nicht antun. Sie seien gute Freunde, von Jugend auf, und so zu tun, als flirte er nur mit der Frau des Freundes – nein, das widerspreche ihren Stammesbräuchen…

Die junge Mutter hatte recht

Eine Schwangere kommt auf die Missionsstation. Schwester Barbara, Ordensfrau aus Schottland und diplomierte Nurse, nimmt sich ihrer an. Nach ein paar Tagen versucht Sr. Barbara ihr klarzumachen, dass man mit Komplikationen rechnen müsse. Daher bringt man sie ins staatliche Krankenhaus nach Plumtree. Dort stellt man eine Totgeburt fest und will sofort operativ eingreifen, ehe es zu Vergiftungen komme. Die Schwangere lehnt ab, weigert sich energisch und rennt schließlich davon. Sie wiederholt nur eins ums andre Mal: Mein Kind lebt, ich spüre doch sehr deutlich!

Der Chefarzt warnt darauf Sr. Barbara: Äußerste Vorsicht sei geboten, falls die Schwangere abermals ins Missionskrankenhaus komme! – Drei, vier Tage vergehen. Dann klopft ein Afrikaner beim Stationsoberen: Bitte, Herr Pater, kommen Sie sofort und bringen Sie Sr. Barbara mit! Meine Frau liegt im Sterben...

Wir erreichen den Kral und finden die Kranke: Es ist die Schwangere, die Hals über Kopf aus dem Hospital in Plumtree geflohen war!

Ich lasse Sr. Barbara allein und warte im Landrover. Mehrere Männer kommen; wir unterhalten uns. Plötzlich hören wir Babygeschrei – und Sr. Barbara verkündet die gute Nachricht: Das Baby sei quicklebendig. Eine halbe Stunde später geschieht ein weiteres »Wunder«: Die Schwangere bringt ein zweites Kind zu Welt. Beide Babies sind wohlauf!

Eine hübsche Schokobraune am Straßenrand

Wir sind unterwegs in KwaZulu-Natal, nördlich von Durban. Neben mir Dietmar, ein junger Misereor-Helfer. Da bittet ein schwarzes Mädchen um einen Lift; sie möchte, dass wir sie ein paar Kilometer mitnehmen, bis zu ihrem Arbeitsplatz. Dietmar stupst mich an: Nettes, hübsches Gesichtchen! Tadellose Figur! Schokobraun...

Ich weiß, was er sagen will, halte an und lasse sie zusteigen. Dietmar versucht herauszufinden, wo und für wen sie arbeitet. Bei einem Weißen, sagt sie. Im Haushalt oder im Garten, oder auch in einem Büro? Fragte er nach. – Nein, in keinem Büro, sagt sie. Sondern sie müsse sich nur um das Schlafzimmer ihres Chefs kümmern; sie lächelt leicht verlegen.

Schweigend fahren wir weiter. Nach einiger Zeit beginnt die junge Frau von sich aus: Sie sei Christin, und wisse, das, was sie für ihren Boss tue, sei nicht in Ordnung. Aber sie brauche das Geld; ihre Mutter sei krank; ferner kümmere sie sich auch um zwei kleinere Brüder...

Vor dem Aussteigen gibt ihr Dietmar ein paar Geldscheine; sie bedankt sich, vor Freude weinend. Wir fahren schweigend weiter, nur einmal fragt Dietmar: Wie heißt es doch in der Bibel, wo Christus mit einer Dirne konfrontiert wird? – Ich murmle nickend: *Wer von euch ohne Sünde ist, werfe den ersten Stein!*

Blitzbesuche in Sambia

Nach Sambia eingeladen hatte mich Aaron schon wiederholt. Lange vor meiner Zeit war er Schüler an der Embakwe High-School. Inzwischen gehörte er zum engeren Vertrauten-Kreis des Staatschefs Kenneth Kaunda.

Aaron stand verschiedenen Ministerien vor, ist viel gereist, hatte Audienzen beim Papst in Rom, bei Mao in Peking, bei Golda Meir in Israel, bei Tito in Jugoslawien und vielen anderen Prominenten.

Als in Peking über den Bau der TanZam (Eisenbahn von Daressalam/Tansania nach Lusaka/Sambia) verhandelt wurde, war Aaron als Verkehrsminister dabei. Es müssen zähe Verhandlungen gewesen sein und es kam immer wieder zu Stagnationen. In solchen Situationen zog sich Aaron auf sein Hotelzimmer zurück. Da fiel sein Blick auf die Mao-

Bibel, das rote Büchlein, das in allen Hotelzimmern auflag – so wie hierzulande das Neue Testament. Aaron blätterte darin, und nahm das rote Büchlein anderntags mit zu den Verhandlungen. Als die Gespräche erneut ins Stocken gerieten, zitierte er den Großen Vorsitzenden: Alles ist möglich, wenn man will, dass es möglich wird! – Betretenes Schweigen. Dann erhob sich der Verhandlungschef der Chinesen, drückte Aaron die Hand und sagte: Stimmt! Alles ist möglich, nichts ist unmöglich, wenn man will! Wir unterzeichnen heute noch den ausgehandelten Tan-Zam-Vertrag…

Vor der Abreise der sambischen Delegation gaben die Chinesen ein Festmahl, währenddessen ging eine kleine, nicht mehr ganz junge Dame von Tisch zu Tisch und unterhielt sich mit den Gästen. Bei Aaron angekommen, erkundigte sie sich nach seiner Familie, seiner Herkunft (sein Vater war ein Jude aus Rumänien, seine Mutter eine einfache Afrikanerin aus Bulawayo) und auch nach seiner Religion. Als er erwähnte, dass er römisch-katholisch erzogen worden sei, schüttelte sie energisch den Kopf und behauptete: Alle christlichen Religionen sind kolonialistisch geprägt!

Aaron widersprach vehement: Er sei gerne katholischer Christ und wolle es auch zeitlebens bleiben! – Später erfuhr Aaron, dass die kleine, »nicht mehr so ganz junge« Dame Maos Frau war, also die damals mit großem Abstand einflussreichste Frau im Reich der Mitte…

Ich verbrachte einen interessanten Nachmittag/

Abend bei Aarons Familie auf einer Farm in der Nähe von Lusaka; er hat 400 Hektar Acker- und Weideland, lässt 4000 fleißige Hennen Eier legen und kümmert sich auch um seine Kaffee- und Obstplantagen. Mir vermittelte er auch eine kurze persönliche Begegnung mit Kenneth Kaunda: Ich war angenehm überrascht von dessen Freundlichkeit und Aufgeschlossenheit. Als ich ihn nach einer Spruchkarte mit dem Aufdruck »Prayer changes things« an der Wand seines Büros befragte: Warum er ausgerechnet diesen Text ausgewählt habe, antwortete Kaunda ohne sich zu zieren: Ich glaube an diesen Spruch; denn ich bin überzeugt, dass wir auch durch unsere Gebete Einfluss nehmen können auf das Geschehen in der Welt!

Ein Schwarzer namens Hitler

Weit hinten im Busch von Sambia traf ich auf Khumalo, einen Urenkel des Königs Lobengula; aufgewachsen ist er in Nyathi bei Bulawayo. In der Nähe seines Krals fand ich ein Lokushäuschen – im afrikanischen Hinterland eher eine Rarität! Es trägt die Aufschrift: *Appollo 17*.

Nicht allzu weit entfernt gibt es eine Brauerei, die Kaffernbier herstellt und dies auch als Flaschenbier vertreibt. Die Afrikaner nennen dieses Getränk *Shake-Shake*, denn früher trugen die Flaschen die Aufschrift »Shake bottle before drinking!« (Flasche vor Gebrauch schütteln!).

Ein einfacher schwarzer Farmarbeiter rief mir freudestrahlend entgegen (nachdem er erfahren hatte, dass ich aus Deutschland komme): *Baas, ich heiße Hitler!* – Ich hatte mich nicht verhört! Als er geboren wurde (1941) war Adolf Hitlers Name in aller Munde. Was lag für seine Eltern näher, als ihn Hitler zu nennen!? – Der Mann machte auch keinen Hehl daraus, dass er diesen Namen gerne trägt. Schwarzafrikas Bewunderung für Hitler hält immer noch an, nicht erst seit Generals Amins offenem Bekenntnis zum *Führer*. Für viele war und bleibt Hitler eine Art Supermann, der die Welt das Fürchten lehrte, und, vor allem, die britischen Kolonialherren bekämpfte.

Solche und ähnliche Äußerungen hörte ich auf vielen meiner Reisen, auch in Ägypten und in Tunesien, im Libanon, in Irland und mitunter sogar in Schottland.

Dolmetscherin für Stalin und Roosevelt

Jetzt besuchen wir die Zigeunerin, sagte Kuno. Eigentlich sei sie eine polnische oder russische Prinzessin; genau wisse das niemand. Auf jeden Fall sei sie ein Original! Sie sei einst Dolmetscherin gewesen für Stalin und Roosevelt – lange bevor sie nach Sambia kam und hier einen reichen britischen Großfarmer heiratete.

Als wir ankamen, war früher Nachmittag; niemand schien uns zu bemerken, bis auf einen riesigen Hofhund, der uns intensiv beschnüffelte, von oben bis unten: Er fand nichts zu beanstanden. Dann kam der Hausherr (der Zigeunerin), schlaftrunken, aber sehr freundlich, und schließlich auch seine Frau, die Zigeunerin: Lockeres schwarzes Haar über den Schultern – im bunten Morgenrock, verschmitzt lächelnd, müde – und doch hellwach und voller Charme und Koketterie.

Schließlich erzählte sie, stoßweise und abgehackt, aus ihrem Leben: Mit 12 wurde sie in ein Arbeitslager nach Sibirien verbannt; ihr Vater, ein ehemaliger zaristischer Offizier, wurde von den Kommunisten erschossen…

Dann wechselte sie das Thema: 1943 sei sie in Teheran dabei gewesen – als junge Dolmetscherin für Stalin, Churchill und Roosevelt. Stalin sei in einem Panzer vorgefahren, die beiden anderen im offenen Wagen! Der Georgier habe den naiven Amerikaner belogen nach Strich und Faden… – Mehr wollte sie nicht verraten: *Sonst bringen die mich heute noch um!*

Sie hatte die Hosen an, diese »slawische Zigeunerin«, wie Kuno sie nannte. Sie war die Chefin in Haus und Hof. Die Afrikaner nannte sie gelegentlich Baboons (Affen), wenn sie nicht spurten, aber sonst war sie gut zu ihnen. Eine Art Übermutter für alle!

Abends, wieder in Lusaka, malte ich mir aus, was für eine tolle Romanfigur sie abgäbe – diese slawische Prinzessin im Zigeunerlook! Eine Amazone im afrikanischen Busch, umgeben von einem halben Dutzend breit-mäuliger Bulldoggen; gelegentlich auch von Bewunderern, jüngeren Männern, wenn sie aus ihrem Leben erzählte. Eine Ester-Vilar-Figur, geboren und geschaffen, Männer zu befehligen. Von den »dressierten Männern« tat mir ihr britischer Gatte noch am meisten leid.

Dr. Ngombe – kein gewöhnlicher Zauberer

Jaulende Hunde weckten mich in aller Herrgottsfrühe. Undefinierbare afrikanische Mischungen! Sie bellten zum Vollmond hinauf. Das Kreuz des Südens war gut zu erkennen. Die Hunde heulten weiter. Man gewöhnt sich an vieles in Afrika, auch an Wanzen, Moskitos, Schlangen und anderes Getier, aber sich an zwei Dutzend gleichzeitig kläffende Hunde zu gewöhnen, fiel mir nicht leicht.

Ich griff nach einer alten Zeitschrift und begann über Sambias großen Zauberer Dr. Ngombe zu lesen: Er ist kein gewöhnlicher Herbalist; auch kein Heilpraktiker, sondern eher ein Prophet: Er sagt den Ausgang eines Fußballspiels voraus. Oder das politische Schicksal prominenter Politiker – zum Beispiel den Sturz Milton Obotes in Uganda!

General Amin erfuhr von dieser Weissagung und holte Dr. Ngombe nach Kampala, wo er zu Amins Hofpropheten aufstieg und zu einem der reichsten Männer Ostafrikas. Für sieben Dollar, lasse ich mir sagen, *liest* er aus der Hand des Patienten. Mit Hilfe einer kleinen Kristallkugel deutet er dessen Zukunft. Wie es heißt, ist er ein M. D. (Medizinischer Doktor) der Universität von Madagaskar. (Die Vereinbarkeit von echten medizinischen Studien und afrikanischen Zauberei-Praktiken ist für ihn kein Widerspruch!)

Zuweilen bitten ihn junge Frauen um Schönheitsoperationen, oder zu klein geratene Männer um etwas mehr Leibesgröße. Diese Bitten lehnt das schwarze Schlitzohr konsequent ab: Wer bin ich denn? pflegt er zu sagen!? Solche Operationen liegen nicht in meiner Macht! Das sind Dinge, die Gott selbst entscheiden muss!

Per Flugzeug zu den Maasai-Nomaden

Dr. Herbert Watschinger (Arusha/Tansania) lud mich zu einem Flug zu den Wander-Nomaden am Natronsee ein. Bruce, ein junger Engländer, flog die einmotorige Cessna des »Fliegenden Ärzte-Teams« von Nairobi nach Loliondo. Wir überquerten das Rift-Valley und blickten hinunter auf grüne Hügel und Täler, wo einst Ernest Hemingway Großwild zu jagen pflegte. Beim Anflug auf Wasso stoben ganze Herden von Zebras, Giraffen und Antilopen auseinander. Wir landeten am Rande der Serengeti, auf einem Hochplateau von 2300 Meter. Hier stieg Dr. Watschinger zu, begleitet von einem schwarzen Doktaboi, einem Arzthelfer. Dr. Watschinger ist Österreicher, von Beruf Arzt und katholischer Priester.

Wir landen mitten in einer Halbwüste voller verkrüppelter Bäume und Dornhecken. Die Cessna schieben wir unter einen schattigen Steppenbaum. Dr. Watschinger stellt ein wackliges Tischchen und einen Klappstuhl auf, der Doktaboi schleppt ein paar Kisten an – und fertig ist das Behandlungszimmer – unter freiem Himmel!

Und schon strömen sie herbei, die Maasai-Nomaden: Große, schöne Menschen, stolze Männer und Frauen, hübsche Jugendliche und Kinder. Sie ernähren sich weithin von Milch – und dem Blut ihrer Rinder.

Man sagt den Maasai nach, sie seien ein uraltes Volk, dessen Ursprünge im alten Ägypten lägen: Nilo-Hamiten, also keine Bantu. Früher wechselten sie von einem Land ins andere, jeweils auf der Suche nach guten Weidegründen für ihre Herden.

Die Missionare brauchten viel Geduld und Liebe, bis sie das Vertrauen dieses freien und kämpferischen Stammes gewannen.

Dr. Watschingers Sprechstunden

Nach über zwei Stunden saß der Priesterarzt immer noch unter dem Steppenbaum; soeben hat er den 70. Patienten behandelt! Welche Art von Krankheiten, erkundige ich mich später beim Rückflug: Malaria, Geschwüre, Beinbrüche, Mangel-Erkrankungen und Löwenbisse. Letztere, sagt Dr. Watschinger, sind bei den Maasai keine Seltenheit, denn ein junger Mann hat erst dann seine Tapferkeit bewiesen, wenn er eine Löwenmähne nach Hause bringt!

Dr. Watschinger und die Mariannhiller Missionsschwestern (CPS) vom Wasso-Krankenhaus haben so manche Löwenabenteuer »miterlebt«: Einem jungen Maasai fehlte ein Arm, einem anderen ein Bein. Nicht jeder, der mit Löwen kämpfte, hat überlebt. Aber jeder Maasai-Bursche, der etwas auf sich hält, hat schon mal versucht, einen Löwen mit dem einfachen Speer zu erlegen. Wer es schaffte, der Riesenkatze zu trotzen, gilt zeitlebens als Held.

Wie lange sich solche Sitten und Bräuche noch halten können, ist ungewiss. Dr. Watschinger hat große Bedenken:

Oft bete ich, dass unsere jungen afrikanischen Christen mit der fortschreitenden technischen Entwicklung nicht ihre Seele verlieren mögen! Ich bete darum, dass nicht morgen schon vielleicht einer unserer Maasai-Christen mit einem Terminkalender daherkommt. Und ich bete für die Menschen in Europa, dass sie nicht vom Tempo, der Hektik und der Hast des Alltags erdrückt werden – und darüber ihre Seele verlieren...

Pater Donovans Maasai-Mission

Wenige Missionare haben so viel dazu beigetragen, dass die Maasai sich dem Christentum öffneten wie Pater Donovan. Es galt, zunächst die Stammesältesten zu gewinnen; denn nach altem Brauch und überkommenem Gesetz haben sie, die Alten, das Sagen.

Als Donovan erstmals eine Boma (Maasai-Dorf) besuchte, erklärte er den Senioren des Stammes, er sei nicht gekommen, um Kinder zum Schulbesuch zu anzuwerben; er bringe ihnen weder Bonbons noch Medizinen, sondern möchte nur zu ihnen, zu den Alten, über Gott sprechen. Ob sie damit einverstanden wären? – Aber sicher! antworteten sie; wer möchte das nicht? Sie hätten sich schon lange gefragt, warum die Missionare dies nicht schon früher angeboten hätten! – Stundenlang hätte ich dem Pater zuhören können.

Schon bald meldeten sich die Ältesten von anderen Dörfern; auch sie wollten den Pater hören. Schließlich baten sie darum, er möge auch ihre Frauen und Kinder über Gott unterrichten. Eines Tages beschloss eine ganze Dorfgemeinschaft, sich taufen zu lassen: Sie, die gemeinsam ihre Tiere auf die Weiden brachten, die gemeinsam sich den Gefahren von Löwen und Leoparden aussetzen und gemeinsam Dürre und Hungersnöten trotzen, wollten nun auch alle zusammen eine lebendige christliche Gemeinde bilden.

Nach weiteren Details gefragt, wie er die Maasai für den christlichen Glauben gewinnen konnte, holte Pater Donovan etwas weiter aus:

Meistens begleitet mich ein Maasai-Katechet. Wir treffen uns am frühen Morgen hinter einem Dornenverhau der Boma, noch ehe die Äquatorsonne das Gehirn austrocknet. Wir lassen die Leute wissen, dass wir nicht von ihren Kühen oder von Schulen und Medizinen sprechen wollen, sondern von Gott, und dass wir erfahren möchten, was sie glauben, an welchen Gott – und überhaupt, welche Vorstellung sie von Gott hätten.

Nach einer längeren Pause fährt der Pater fort: Die Maasai-Vorstellungen von der Schöpfung riechen noch etwas nach Kuhmist. Das heiße, sie verstünden alles am ehesten im Zusammenhang mit ihrem Hauptgewerbe, der Viehzucht. Als sie erstmals von Kain, dem Bauern erfuhren, der seinen Bruder Abel, den Hirten, erschlug, waren sie außer sich!

Gott und Religion seien für die Maasai so lebensnah wie das Gras für die Herde oder der Tau, der es jede Nacht neu befeuchtet. Deshalb hätten sie (Pater Donovan und sein schwarze Gehilfe) ihre Katechesen biblisch ausgerichtet: Abraham, der es liebte, seine »Augen mit Rindern zu füllen« sei ein echter Maasai-Patriarch, und Moses, der sein Volk aus Ägypten herausführte, gleiche einem ihrer Ahnherrn. Auch die Geschichte vom »Gelobten Land«, das von Milch und Honig fließt, begeistere sie immer wieder, denn auch die Maasai feierten kein Fest ohne Honigbier!

Die Kirche werde von den Maasai-Christen als Bund mit Gott betrachtet, und die Aufnahme in diese Gemeinschaft (die Taufe) verpflichte jeden einzelnen auf das Gebot der Gottes-, Nächsten- und Feindesliebe.

Kleines Resümee großer Bemühungen

Bei allen guten Erfahrungen und geglückten Experimenten blieben Pater Donovan Rückschläge und Enttäuschungen nicht erspart: mehrere einheimische Katecheten wurden sorgfältig ausgewählt und ausgebildet; als sie einsatzfähig waren, zogen sie es vor, Lehrer in staatlichen Schulen zu werden. Auch das Maasai-Seminar in Arusha war zunächst kein wirklicher Erfolg, denn viele junge Studenten änderten anlässlich ihrer Beschneidungsriten ihre Berufswünsche.

Große Hoffnung setzt Pater Donovan auf die kleinen Kernzellen der Laienführer in den einzelnen

Maasai-Dörfern. Aber auch da ist Geduld angesagt, wie überall, wo junge Christengemeinden im Entstehen sind. Dass sich ganze Maasai-Gemeinden taufen ließen, war und blieb eher eine Seltenheit.

Während ich in einem Maasai-Dorf mit der Kamera unterwegs bin, beobachte ich etwas Kurioses: Eine noch relativ junge Mutter, die ihr Baby nach Maasai-Art trockenlegt: Sie pfeift einen ihrer Hunde herbei, der haargenau weiß, was er zu tun hat – nämlich ziemlich flugs und begierig den Babypopo abzulecken. Er tut es geschickt und zur vollen Befriedung des Kleinen, das sich offensichtlich sehr wohl dabei fühlt und lustig mit den Beinchen strampelt. Da den jungen Müttern keine Waschlappen und auch sonst keine Wasch-Utensilien zur Verfügung stehen, ist diese *Hundemethode* die schlechteste nicht, um eine maasai-gerechte Hygiene auch nur halbwegs zu garantieren.

Wieder in Wasso – und kurz vor dem Rückflug nach Nairobi – lerne ich Schwester Amadea (CPS) kennen; sie ist die Mutter der Station; die Art und Weise, wie sie mit den Afrikanern umgeht, verrät neben Liebe und Ehrfurcht viel mütterliche Anteilnahme am Schicksal der schwarzen Bevölkerung. Ehe Bruce, der Cessna-Pilot, mich herbeiwinkt, überreicht Sr. Amadea mir ein paar Souvenirs, darunter das Halsband eines Maasai-Mädchens. Ich schnuppere daran; es ist echt! Ein frischer Kuhfladen könnte nicht schärfer riechen!

Als die Nabelschnur gekappt wurde

Die jungen Maasaifrauen[8] und Mädchen sind bekannt für ihre schönen Arm- und Halsreifen. Es sind wunderbare Zierstücke. An die Reifen festgebunden befinden sich oft winzige kleine Lederstückchen; das sind Teile der eigenen Nabelschnur, zur steten Erinnerung an die Mutter, die das neue Leben zur Welt brachte – und dass die Mutter wiederum von ihrer Mutter (über die Nabelschnur) das Leben erhalten hatte!

Ein Maasai-Katechet sagte in diesem Zusammenhang zum Missionar: So geht die Lebenskette schlussendlich zurück auf Engai, auf Gott, von dem wir Maasai sagen: Wie eine Mutter ihren Kindern das Leben schenkt, so gab Engai einst dem Urvater/der Urmutter das Leben.

Frühe Maasai-Legenden bringen die Nabelschnur sogar in direkte Verbindung zu ihrem Gott Engai: Der sei einst mit den Menschen mittels der Nabelschnur in direkter Verbindung gestanden. Doch als die Menschen diese kappten, habe sich Engai ins Weltall zurückgezogen…

Ihm, Engai, diesem geheimnisvollen göttlichen Wesen, danken die Maasai immer wieder für das Gras auf ihren Viehweiden und auch dafür, dass ihre Wasserlöcher immer wieder neu gefüllt werden.

---

[8] Vgl. J. Henschel »Christus wurde Maasai«, Mainz 1991. Die alte Schreibweise (*Massai*) wird immer häufiger durch *Maasai* ersetzt.

Porträt eines schwarzen Kardinals

Maurice Otunga (Jg. 1923) war der Sohn eines Stammeshäuptlings der Bakukusa in Kenia; sein Vater hatte 15 Frauen und an die hundert Kinder. Er war, wie alle schwarzen Buben, zunächst für das Vieh, die Schafe und Ziegen seines Vaters verantwortlich. Mit zehn Jahren besuchte er erstmals eine katholische Missionsschule, wo er auch getauft wurde. Als feststand, dass er Priester werden wolle, schickte man ihn zum Studium nach Rom. Seine Lieblingsfächer waren Kirchenrecht, Dogma, Moral und Liturgie. Nach der Priesterweihe kehrte Otunga nach Kenia zurück, wo er vorübergehend Privatsekretär des Apostolischen Delegaten für Ostafrika wurde. Papst Paul VI. ernannte ihn schließlich zum Erzbischof von Nairobi und (1973) zum Kardinal.

In einem mehrstündigen Pressegespräch erwähnte Otunga auch die Probleme der Kirche in Ostafrika: (1) Viel zu wenige einheimische Priester, (2) die finanzielle Lage (»Ohne Zuschüsse aus Rom, von Missio und den Ordensgemeinschaften in Europa und USA könnten wir kaum leben!«, (3) spirituelle Hilfe bei der Ausbildung unserer einheimischen Priester und Ordensleute.

Das aktuelle Verhältnis zu den schwarzen Politikern nannte Otunga gut: Jomo Kenyatta habe die christlichen Kirchen immer respektiert, seine Kinder seien katholisch getauft worden, seine erste Frau besuche sonntags die Messe, ohne selber getauft zu sein.

Zu Tom Mboya (er wurde von Kikuyu-Stammesleuten ermordet) äußerte sich der Kardinal so: Er war ein feiner Mann, praktizierender Katholik, weitsichtig und sozial eingestellt!

Während Otunga in schlichter Sprache weiterplauderte – unser Pressegespräch schien ihm Spaß zu machen –, musterte ich sein Gesicht: Frisch und fromm, fast jugendhaft, zuweilen sogar ein wenig schelmisch. Sein weißer Habit mit den roten Knöpfen verstärkt seine innere Gelassenheit. Aber er kehrt seine bischöfliche Würde nicht hervor. Meine Sympathie für ihn wächst, als er auf die sozialen Probleme seines Landes zu sprechen kommt. Gefragt, welche westlichen Politiker er am meisten bewundere, nennt er Konrad Adenauer, Charles de Gaulle, Franco und Kennedy. – Ja, auch Julius Nyerere vom Nachbarland Tansania schätze und respektiere er sehr!

Eine letzte Frage: Wie er den Einfluss des Islam in Ostafrika einschätze? – Otunga wird ernst und nachdenklich; er sehe Probleme, viele Probleme …

Mehr will er wohl nicht dazu sagen. Sein Aloysius-Gesicht wirkt spitzbübisch, als er sich verabschiedet: Ich habe mich sehr gerne mit Ihnen unterhalten, betont er. Kommen Sie bald wieder – und schreiben Sie die Wahrheit – auch über mich!

Ein schwarzer Poet schießt scharf

Aufmerksam auf ihn machte mich eine Ordensschwester in Nairobi: Auf Okot p'Bitek! Er ist Dichter, stammt aus Uganda und lebt in Kenia im Exil.

Okot, so erfahre ich bald, ist viel mehr als ein Poet – er ist auch Tänzer, Theaterspieler, Soziologe und Fußballnarr! Ein Afrikaner, der in kein Schema passt, und der sich auch kein Korsett überstülpen lässt. Ein Original: Er schreit, kickt, provoziert, lacht dazwischen wie zehn alte Rösser – und wird plötzlich wieder ernst und poetisch, vor allem, wenn er meint, von europäischen Zwängen eingeholt und gefesselt zu werden. Nichts liebt er mehr als die Freiheit. – Ich las kurz vor unserer Begegnung eines seiner Bücher: »Song of Lawino, Song of Okol«. Phantastische Verse, grandiose Bildvergleiche, voller Sarkasmus und Feuer!

Die deutsche Schwester kennt Okot seit Jahren. Wir treffen ihn in der Uni-Kneipe: Ein knallrotes Hemdchen hängt schlampig über seine breiten Schultern; sein Lachen steckt an; er gefällt sich in der Rolle dessen, der andere überrascht und angreift, auch um sie bloßzustellen. Ist er betrunken? Keine Spur; so schnell trinkt keiner dieses Prachtexemplar von einem Mannsbild unter den Tisch! Aber er gibt offen zu, mitunter trinke er zu viel, manchmal haue es ihn um. Aber das gehöre zum Afrikaner-Sein, zum Ich-selber-Sein, zum Poeten-Dasein.

Wir sprechen von den christlichen Kirchen, von der Arbeit der Missionare in Ostafrika, vom Papst in Rom – Okot winkt ab. Für ihn sind sie Schwächlinge, und die christliche Moral lässt er für die Afrikaner nicht gelten. Ich fühle mich an Nietzsche erinnert, aber Okot hat, wie er behauptet, noch nie etwas von dem deutschen Philosophen gelesen.

Wir kommen auf die heidnische Polygamie und

christliche Ehe zu sprechen. Okot spöttelt süffisant: Einehe? Unmöglich für schwarze Männer! – Zölibat für Priester? Er lacht lauthals; er kann durchaus grob sein, auf seine Weise, ohne vielleicht verletzen zu wollen. Wo andere Afrikaner aus Höflichkeit Negatives schönreden, wenn sie sich mit Weißen unterhalten, sagt der Poet aus Uganda seine Meinung, schonungslos und offen!

Ein letzter Themenwechsel: Paulus, dem Völkerapostel, wirft Okot vor, das Christentum verfälscht, es mit Regeln und Vorschriften einseitig kommentiert und eingeengt zu haben. Paulus sei ein Frauenhasser…

Auf Gegenargumente lässt er sich erst gar nicht ein. Basta! – Ganz anders sehe und schätze er Christus: Eine ganz große Persönlichkeit! Mit niemandem sonst vergleichbar: Menschlich, verstehend, tolerant, einfühlsam, zärtlich!

Als wir uns von Okot verabschiedet hatten, sagte ich zur Ordensschwester: Eigenartig, Okot erinnere mich an Heinrich Böll – zwei ehrlich Suchende; echte Poeten, die aber nicht immer wort-wörtlich genommen und gedeutet werden dürfen!

Gottes Lob aus tausend Kehlen

In Afrika südlich der Sahara gibt es nicht nur Hunderte, sondern Tausende von Sekten, die sich christlich nennen: Oft sind es nur ein paar Dutzend Leute um einen ehemaligen redegewandten Lehrer oder Katecheten. Sie versammeln sich unter einem schattigen Baum oder in einem Klassenraum; der Chef der Sekte stülpt nicht selten ein buntes Gewand über, setzt sich eine Art Bischofsmütze (Mitra) auf, hat einen Stab in der Hand und liest eine Passage aus der Bibel vor, ehe er dann diese Bibelstelle auf seine Weise auslegt und deutet.

Viel Zulauf all-überall in Afrika südlich der Sahara haben im Durchschnitt die pfingstlich, sprich: charismatisch geprägten Sekten. Es sind meistens bunte Mischungen aus Freikirchen und biblisch beeinflussten Predigern, die sich nicht selten in Rage reden – und auf diese Weise auch ihre Zuhörer mitreißen. Ihre eigene biblische Begeisterung steckt an und schafft es nicht selten, entsprechend Zuhörer und Mitglieder anzuwerben.

Am Rande von Nairobi/Kenia besuchte ich mal eine Versammlung der »All Nations of Africa-Church« (Kirche aller Nationen Afrikas). Was hier geboten wurde, übersteigt alle europäische Vorstellung und Logik: Es wurde getanzt, geklatscht, geschrien, gegrölt und gebetet – mit erhobenen Händen, händeringend, Fäuste ballend, zungenredend.

Vom Geist (welchem Geist?) Erfüllte standen auf und ergriffen das Wort; vom Rhythmus Faszinierte stampften auf den Boden; von fiebriger Rage Betörte gestikulierten und schrien wild durcheinander. Nichts als feurige Faszination, die ansteckt und mitreißt; die hinunterreicht bis zu den kleinen Zehen. Für einen Europäer, der so etwas noch nie hautnah erlebt hat, kaum zu beschreiben.

Parallel dazu dirigiert ein hemdsärmeliger Afrikaner den Kirchenchor, ein anderer ergreift eine Quetschkommode und spielt rhythmische Takte; Hände falten sich, Hände recken sich gen Himmel – und alle lallen durcheinander, jeder in der ihm momentan gegebenen Sprache.

Pfingsten in Ostafrika, möchte man kommentieren. Oder: Sprachenbabel von Nairobi?

Im Nachhinein – und noch nach Jahren –, denke ich: Wenn Gott solch mitreißendes Bitten und Beten nicht erhört, wessen Wünschen wird er dann nachkommen?

Kann Gott sich solch drängendem Schreien nach Hilfe verschließen? Bittrufen um Erleuchtung! Nach Hilfe und Erlösung! – Kann Gott solcher Inbrunst, Dynamik und Gottes-Leidenschaft widerstehen?

Schließlich tritt eine nicht mehr ganz junge Amerikanerin ans Rednerpult: Sie weile mit ihrem husband gerade für ein paar Tage in Nairobi und möchte der Gemeinde eine Botschaft mitteilen. – Sie wirkt blass, puppenhaft, kraftlos, ohne Inspiration im Vergleich zu ihren Vorrednerinnen. Sie piepst ein paar weitere nette Worte (beautiful, nice, exciting, outstanding) ins Mikrophon. Die Schwarzen lassen sie schnattern; sie lockt keinen Hund hinterm Ofen vor.

Erst als ein junger Afrikaner ans Mikrofon tritt, die Amerikanerin vorsichtig wegschiebt und die Ärmel hochkrempelt – wird's wieder lebendig. Er liest ein paar Sätze aus dem Buch Ezechiel vor und schreit dazwischen immer wieder ein paar Mal

Halleluja, was von der Gemeinde überlaut und frenetisch erwidert wird.

Anschließend erfolgt die Taufe von 150 Erwachsenen; Taufen durch Untertauchen! Und wieder wird getanzt, getrommelt, gelallt, geschrien und gesungen; Leib und Seele geraten in überbordende Ekstase.

Nach drei Stunden – es ist noch lange nicht zu Ende – verlasse ich die All-Nations-of Africa-Church. Die halluzinatorische Begeisterung dieser Leute klingt lange nach. Noch Stunden später meine ich das Gotteslob aus tausend schwarzen Kehlen zu vernehmen – als nähme es nie mehr ein Ende!

Du bist eine ganz prima Schwester!

Beim Besuch eines Muslimdorfes in der Nähe von Nairobi lernte ich die mühsame, doch wichtige Arbeit der Mariannhiller Missionsschwestern kennen: Sie bieten den erwachsenen Männern und Frauen, die noch nie eine Volksschule besucht hatten, Unterricht im Lesen und Schreiben an. Gratis. Es ist echte Geduldsarbeit. Aber es lohnt allemal – für andere da zu sein – und vielleicht »nur« durch das Da- und Sosein die Botschaft des Evangeliums zu künden.

Mit einem alten scheppernden Bus fuhren wir hinaus auf die Dörfer; es ist später Nachmittag, die Kneipen sind überfüllt. Auf der Straße blockiert ein umgekippter Wagen den Verkehr; ein mitfahrender Schwarzer macht sich Luft: Dieser Blödmann; soll doch sein Auto zu Hause lassen, wenn er gern säuft!

– Er merkt, dass ich zuhöre und dass auch andere Passagiere auf ihn aufmerksam geworden sind – und plappert unbekümmert weiter: Ich fahre mit dem Bus, wenn ich gesoffen habe; so wie jetzt, und lasse mein Auto daheim. – Da ruft ein anderer dazwischen: Was fährst du denn, du Großmaul – einen kleinen Japaner oder eine französische Ente? – Ein zweiter meldet sich und schreit: Glaubt ihm nicht; der hat doch gar keinen Führerschein, nicht mal für einen Kinderwagen! – Alle im Bus lachen, klatschen in die Hände und amüsieren sich. Das Großmaul von vorhin lacht laut mit. Nach einer kurzen Pause ruft er: Mann, was bin ich hungrig! Und wir fahren immer noch nicht weiter! Ich sterbe vor Hunger! Er lacht über sich selber, wiehert wie ein altersschwacher Gaul und wird unwillig, denn der Busfahrer muss weiter warten, bis das umgekippte Auto von der Fahrbahn geschafft ist; bis die Polizei sich dazu bequemt, freie Weiterfahrt zu signalisieren.

Inzwischen hat sich der hungrige Schwarze, der alle anderen Fahrgäste zu unterhalten pflegte, umgedreht und eine der Ordensschwestern angesprochen: Sista, ich bin hungrig! Hast du nichts für mich? – Die Nonne greift in ihre Handtasche und reicht ihm ein Bonbon. – Er bedankt sich laut und deutlich: *Sank yu*, Mother! Wenn du keine Schwester wärst, dann würde ich dich heiraten! – Alle lachen und amüsieren sich.

Nach einer weiteren kurzen Pause spricht er die Schwester abermals an: Sista, sag mal, wie heißt du? Du bist eine prima Schwester; ich lade dich ein zu mir nach Hause. Ich werde dir Tee kochen. Guten Tee! Du hast mir ein Bonbon gegeben. Sank yu ever so much! – Alle im Bus lachen und amüsieren sich, am meisten der junge Mann selber. – Ob er morgen, wenn er wieder nüchtern ist, noch an seine Einladung an die Missionarin denkt?

Schwestern am Kilimandscharo

Auf dem Weg nach Huruma (wörtlich: Platz des Erbarmens) sehe ich Bananenhaine und Kaffeeplantagen; Errungenschaften fleißiger Wachagga-Stammesleute. Viele fröhliche Gesichter winken uns zu; eine schwarze Schwester sitzt am Steuer; sie fährt schnittig, aber sehr sicher; man spürt es allenthalben: Fahren macht ihr Spaß.

»Mutter und Königin« von Huruma war jahrzehntelang die deutsche Mariannhiller Missionarin Schwester Felizitas CPS; die afrikanischen Schwestern nannten sie liebevoll »unsere Mama«; sie war Gründerin und erste Generaloberin dieser einheimischen Schwestern-Gemeinschaft.

Früher, viel früher, noch unter den schwarzen Häuptlingen, befand sich bei Huruma der Galgenberg des Stammes. Hier wurden die Leichen der Hingerichteten verscharrt. Die Afrikaner mieden den Ort – bis die Schwestern kamen.

Mit drei Tischen und drei Hockern, so erinnert sich eine der Pionierinnen, fingen wir an; sonst hatten wir nichts. In der provisorischen Kapelle saßen wir auf alten Kisten; den ersten Schrank hat übrigens die praktisch veranlagte Mutter Felizitas selbst geschreinert…

Damals, zur Zeit der Gründung, herrschte bittere Armut und größte Einfach- und Bescheidenheit im Konvent der Schwestern. Autos konnten sie sich überhaupt nicht leisten; sie gingen alle Wege zu Fuß, oder ritten auf Eseln. Einer der gefräßigen Vierbeiner soll einmal ein Bündel Haus- und Kirchenschlüssel verschlungen haben. Da musste eines der schwarzen Mädchen den Esel drei Tage lang begleiten – bis der Schlüsselbund wieder zum Vorschein kam!

Den ersten Anstoß zur Gründung einer Schwesterngemeinschaft für Afrikanerinnen gab das Jubiläum einer weißen Missionarin; nach der Feier meldeten sich fünf schwarze Mädchen und baten darum, Ordensschwestern werden zu dürfen.

1934 legte die erste Afrikanerin ihre Profess (Gelübde, Ordensversprechen) ab; heute zählt diese Gemeinschaft (mit tausend und mehr Mitgliedern) zu den größten dieser Art in Afrika überhaupt; beruflich sind viele hochqualifizierte Frauen unter ihnen.

Am Nachmittag (meines Aufenthalts in Huruma) lerne ich – welch ein Gegensatz! – drei nicht mehr ganz junge deutsche Frauen kennen. Beim Kaffeeklatsch erfahre ich einiges aus ihrem Leben in Ostafrika: Die eine arbeitet für einen skandinavischen Zuckerrohrkönig; die andere führt ein vornehmes Hotel am Fuße des Kilimandscharo und die dritte ist eine erfahrene Krankenschwester, die zufällig gerade bei der Erstgenannten zu Besuch war.

Alle drei leben seit Jahrzehnten in Ostafrika; alle drei schimpfen über die schwarzen Politiker – sie benähmen sich wie einst die Nazibonzen im Dritten Reich: Die Großen werden reich und fett und dominieren die Kleinen!

Die drei Kaffeetanten schwätzen lustig weiter, als ich mich von den Huruma-Schwestern verabschiede, deren hervorragende Zusammenarbeit mit den Einheimischen nicht hoch genug angesetzt werden darf.

Im Countrybus unterwegs

Der altersmüde Bus vibriert und wackelt ununterbrochen, egal, wo man sich hinsetzt. Aber die Räder drehen sich. Unser Chauffeur, ein junger Afrikaner, stoppt alle Augenblick, um Leute aus- und einsteigen zu lassen. Darunter viele Maasai – in schmutzige filzige Tücher gehüllt, Schwärme von lästigen Mücken hinter sich herziehend.

Die anderen Schwarzen rümpfen die Nasen, dünken sich etwas Besseres. Aber die stolzen Maasai stört das nicht; ihr Selbstbewusstsein steht hoch über dem der anderen. Selbstsicher und selbstbewusst sitzen sie auf den gepolsterten Plätzen, Speere, Knüppel und Flaschenkürbisse neben sich.

Strohtrockene Steppenlandschaft huscht vorbei, Kinder winken gelegentlich, Viehherden weiden am Straßenrand. Dazwischen gibt's immer wieder ruckartige Stopps, Leute steigen aus, andere steigen zu; darunter ein Blinder, der sich nur mühsam im Bus vorwärts tastet. Ich verhelfe ihm zu einem Sitzplatz.

Er bedankt sich, indem er mir die Hand drückt. Sein Gesicht wirkt gelassen; vergeistigt. Von Bitterkeit über sein Schicksal keine Spur. Wie mir scheint, ein Mensch, der sich selbst angenommen hat – sich und sein Blindsein. Er sieht glücklicher aus als viele Sehende.

Der Bus klappert und rattert weiter, Kilometer um Kilometer. Die Sonne sticht, Staub dringt durch die Fensterritzen. Es ist schwül. Eine Maasaifrau, mir schräg gegenüber, stillt ihr Baby. Fliegen setzen sich auf ihr Gesicht, lassen sich nur kurz verscheuchen, kehren wieder. Sie duldet es – mit afrikanischer Gelassenheit. Das Baby schläft; ein süßes Gesichtchen!

Ich bin der einzige Weiße im Bus, auch noch nach mehreren Stunden. An der Grenze zwischen Kenia und Tansania ist strenge Kontrolle. Die schwarzen Beamten lassen sich Zeit, viel Zeit. Unter den Wartenden, die neu zusteigen wollen, sind zwei amerikanische Mädchen; sie trampen quer durch Ostafrika. Welcher Kontrast – ihre kurzen ausgefransten Khaki-Höschen und die langen, farbigen Tücher der schlanken Maasai-Frauen!

Uhuru na kazi – Freiheit & Arbeit

Auf dem Weiterweg fahren wir an Kaffeeplantagen vorbei Richtung Arusha: Dieses Städtchen, auf halbem Weg zwischen Kairo und Kapstadt, wurde einst durch Nyereres *Arusha-Declaration* kurzweilig weltbekannt. Hier stellte der Präsident von Tansania erstmals den »afrikanischen Sozialismus« vor – als moderne, soziale Lebenshaltung der Menschen in Ostafrika. Aber Nyereres Landsleute lehnten weithin seine sozialistische Lebensphilosophie ab; der anfängliche Enthusiasmus über parallel laufende großzügige Hilfen aus Rot-China wich im Laufe der Zeit einer kalten Ernüchterung...

Nyerere, einst Lehrer an einer katholischen Missionsschule, hatte seine sozialen Ideale zu hoch angesiedelt; die eigenen Leute bejahten mehrheitlich die Entwicklung ihres Landes, aber nicht auf Kosten zusätzlicher Arbeit – und nicht, um am Ende auch die Faulenzer und Taugenichtse unter ihnen damit zu unterstützen!

In missionarischen Kreisen lobte man die sozialen Ideen des Präsidenten, wenngleich erfahrene Afrikakenner sich darin einig waren: Mit zu hoch angesetztem Idealismus lassen sich keine Wahlen gewinnen; das Volk will Brot und Spiele, wie die alten Römer schon wussten.

Nyereres Slogan *Uhuru na kazi* (Freiheit und Arbeit), wenngleich schier schon benediktinisch formuliert (Bete und arbeite!), kam beim einfachen Volk nicht an. – Gewiss, die Leute wollten UHURU, aber warum sollte man dafür auch noch schuften müssen?

Schade, dass Abt Franz Pfanner und Julius Nyerere in zu unterschiedlichen Zeiten lebten. Der Gründer von Mariannhill und Apostel Südafrikas war zeitlebens ein Vertreter des Gebetes wie der (Hand)-Arbeit; seine Version, auf die Schwarzen bezogen, lautete ähnlich: Neben dem Studium die Handarbeit nicht zu vernachlässigen!

Pater Pirmins Südafrikareise

Er war über Jahrzehnte Lehrer an einer Schweizer Oberschule; Mitbrüder und frühere Schüler, die am Kap der Guten Hoffnung wirkten, hatten ihn wiederholt zu einem Besuch eingeladen. Jetzt wollte es Pater Pirmin endlich wahrmachen.

Während einer Südafrika-Rundreise lernte er mehrere katholische Missionsstationen kennen. Nach einem Abendgottesdienst luden die Frauen der Pfarrei zum Essen ein: Es gab Reis mit Hühnchen. Pater Pirmins Eindrücke: Wir, der Priester der Missionsstation und ich, aßen mit guten Appetit. Dabei fiel mir auf, wie mehrere Kinder herumstanden und uns beim Essen aufmerksam beobachteten. Irgendwie störte mich das. Da erklärte der Missionar: Die Kinder warten auf das, was wir übrig lassen; auch auf die Hühnerbeinchen! Das ist hier so üblich; und die guten Frauen bestehen darauf: Erst der Missionar, dann die hungrigen Kindermäuler! Und, so fügte er lächelnd hinzu: Jetzt ist es unsere Ehrensache, an den Knöchelchen noch etwas dranzulassen; je mehr, desto besser für die Kinder!

Bei einem anderen Mitbruder, auf einer anderen Station, wo Pater Pirmin ebenfalls als Schweizer Landsmann vorgestellt wurde, griff er nach der Messe in die Tasche und überließ den Kindern eine Tüte leckerer Schweizer Bonbons.

Dazu Pirmins Kommentar: Ich kam mir zwar vor wie der gute Onkel aus Amerika, aber die Kleinen langten freudig zu und lutschten genüsslich.

Doch dann fiel dem Pater auf, dass eines der Schulmädchen die erhaschten Bonbons sorgfältig in seine Westentasche steckte. Vom Missionar nach dem Grund gefragt, sagte es leicht verlegen: Ich habe daheim noch vier kleinere Geschwister; mit ihnen will ich meine Bonbons teilen!

Das weiße Mädchen und der schwarze Student

Es war in den 1950er Jahren. Ein schwarzer Student aus Simbabwe, Schüler des St. Francis College in Mariannhill (KwaZulu-Natal) bummelte durch die Straßen Londons; er war auf Zimmersuche – und schon wiederholt abgewiesen worden. Traurig und des langen Suchens überdrüssig, setzte er sich auf eine Parkbank und nickte ein. Da zupfte ihn ein kleines Mädchen am Ärmel und sagte: He du, du bist ja ganz schmutzig. Warum wäschst du dich nicht? – Der Afrikaner erwiderte: Nein, das ist kein Schmutz. Das ist meine Hautfarbe. So hat Gott mich erschaffen, mich und viele andere Menschen… – Die Kleine, vielleicht fünf Jahre alt, blieb hartnäckig: Da wollen wir erst mal meine Mutti fragen. Komm mit, wir wohnen da drüben! – Und der schwarze Student folgte dem kleinen weißen Mädchen, lernte dessen Mutter kennen – und sie vermietete ihm eine Studentenwohnung…

Später, Jahre später, heiratete der Afrikaner eine weiße Kanadierin, wurde UNO-Beamter, wirkte u. a. in Addis Abeba (Äthiopien) und Nairobi, zuletzt in

Genf; Papst Paul VI. berief ihn in den Laien-Rat der Katholischen Kirche – und Robert Mugabe machte ihn 1980 zum Superminister (Finanzen und Wirtschaft) seines ersten Kabinetts in Harare; sein Name: Dr. Bernard Chidzero. Schon nach wenigen Jahren trat er zurück – zutiefst enttäuscht über die plötzlich »negative Wende« des Staatschefs… –

Zuvor schon hatte ich über Sr. Adelgisa Herrmann (Mariannhill) ein langes Gedicht in englischer Sprache erhalten; es stammte von Dr. Chidzero und handelte von der Ankunft der Weißen am Kap der Guten Hoffnung. Ich betitelte es »Sie standen am Ufer der Zeit« und publizierte es in einem Sammelband[9] mit afrikanischen Märchen und Mythen. Es gehört zu den schönsten und tiefsten Gedichten aus der Feder eines Afrikaners.

Sein letzter Wunsch

Er lebte und wirkte viele Jahre in Simbabwe, als das Land noch Rhodesien hieß – zwischen den 1930er und 1960er Jahren, war Rektor auf mehreren Missionsstationen. Er beherrschte die Sprache der Afrikaner wie nur wenige Weiße. Er kannte ihre Fehler und Schwächen, aber auch ihre starken Seiten. Er liebte sie – und sie vertrauten ihm.

Dann erkrankte er eines Tages und wurde in seine Heimat zurückgeschickt. Und da blieben ihm nur noch die Erinnerungen an seine Jahre in Afrika.

---

[9] ALB: »Sie standen am Ufer der Zeit«, Märchen, Sagen und Mythen aus Afrika südlich der Sahara. Würzburg

Eines Tages raffte er sich auf und schrieb an eine seiner früheren Missionsstationen:

Sicher werde manch einer in Rhodesien – jetzt, nach Jahrzehnten seines Weggangs – hin und wieder fragen: Wie mag es ihm wohl gehen, dem alten Mann im fernen Deutschland?

Nun, insgesamt nicht schlecht! Nur spüre er überdeutlich, dass es mit ihm bald zu Ende gehe. Er werde zusehends schwächer und wackeliger, sei immer müde – und diese Ermüdungserscheinungen nähmen von Woche zu Woche zu. Was ihn niederdrücke, sei das Wetter: Dieser ewige Regen, diese nebligen Herbsttage! Grausam für einen alten Mann, der die meisten Jahre seines Leben unter afrikanischer Sonne verbracht habe. Die Herbsttage in Europa machten ihn zusätzlich schwermütig, ließen einem das Blut in den Adern zu Blei werden…

Dann gab er sich offensichtlich einen Ruck und notierte weiter: Jetzt aber Schluss mit der ewigen Melancholie! Schließlich sei er inzwischen 83 Jahre alt, und jedermann bewundere seinen klaren Kopf. Gewiss, er mache noch jeden Tag einen kleinen Spaziergang. Der sei ihm am allerliebsten; dann sei er den ganzen Tag lang ziemlich allein – und seine Gedanken und Erinnerungen flögen übers Meer, hinüber nach Afrika, hinunter ans Kap der Guten Hoffnung.

Ja, und was er eigentlich noch wissen möchte: Ob man sich in Afrika noch seiner erinnere?

Nein, nicht des Familiennamens, auch nicht des klösterlichen Rufnamens, sondern seines Spitznamens bei den Leuten. Darauf sei er immer so stolz gewesen. Sie nannten ihn: *Der mit dem guten Herzen!* Ja, das war sein Name bei den Leuten gewesen, und er freue sich heute noch darüber.

Nach einer weiteren Unterbrechung, wie es schien, schrieb der greise Pater: Jetzt Schluss mit all den wehmütigen Rückblicken! Nur eines wünsche er noch vor seinem Tod zu erfahren, ob es in »seinem Afrika« noch *einen* Menschen gebe, der sich seiner erinnere. Wenn ja, dann wäre ihm das Gewissheit genug, dass sein Wirken in der Mission nicht ganz umsonst gewesen sei…

An dieser Stelle brach der Brief ab. Eine andere Hand in anderer Schrift hatte hinzugefügt: Das waren seine letzten Zeilen. Heute morgen fanden wir ihn tot an seinem Schreibtisch. **R.I.P.**

Schade, dass er die Antwort auf seine Frage nicht mehr erfahren hat: Viele erinnerten sich noch an ihn – an den Pater »mit dem guten Herzen«. Zum Gedächtnisgottesdienst kamen zahlreiche afrikanische Christen!

KAPITEL 3

Romantische Erlebnisse und nüchterne Begegnungen auf Papua Neuguinea und anderen Inseln der Weltmeere

Die Philosophie des alten Fischers

Der Pater unterhielt sich immer gern mit dem greisen Fischer. Der saß oft stundenlang vor seiner Hütte, rauchte seine Pfeife und sinnierte nach über das aufgeregte Treiben der anderen Insulaner.

Als ihm der Missionar zum ersten Mal begegnete, blieb der von Wind und Wetter gegerbte alte Mann noch sehr wortkarg. Im Laufe der Wochen und Monate änderte sich das – und wenn der Pater mal länger ausblieb, wurde er schier unruhig. – So ganz allmählich gewöhnten sich beide aneinander – der Pater stellte Fragen und der betagte Fischer mühte sich, sie zu beantworten.

Nein, antwortete er kopfschüttelnd und fast schon vehement auf die Frage, ob er einmal reich sein möchte. Solange er gerade mal genug zum Essen habe – für sich und die Seinen – so genüge ihm das. Und das Meer sei noch allemal freigebig gewesen! Sofern er und seine Leute sich sattessen könnten – und an Fischen und frischem Obst fehle es eigentlich nie – seien sie auch zufrieden und glücklich und dankbar.

Der Pater bohrte weiter: Was ihm denn in seinem langen Fischerleben am besten gefallen und worüber er sich am meisten gefreut habe? – Erst zögerte der Fischer, darauf direkt zu antworten, dann sprudelte es nur so aus ihm heraus: Gar nichts habe ihm am besten gefallen; über gar nichts habe er sich am meisten gefreut. Alles, sein ganzes Leben, sei gut und interessant gewesen; alles habe ihm Spaß gemacht: Das Fischen auf dem Meer und das Tanzen der Männer auf ihrer Insel; das endlose Palavern untereinander, aber auch das Schweigen, wenn sie den nächtlichen Himmel beobachteten oder dem Rauschen der Wellen lauschten. Alles, das ganze Leben, sei schön und aufregend gewesen…

Schließlich wunderte er sich – und sagte es auch: Warum der Pater immer nach dem Schönsten und Besten frage; sei nicht das Leben überhaupt, das ganze Leben, interessant und schön und begrüßenswert!?

Der Pater schwieg eine längere Zeit. Und gab dann dem greisen Fischer recht, für den das Leben etwas Ganzes, etwas Nicht-Aufteilbares, sondern eine Einheit war und für immer bleiben wird.

Das Leben, so ließ er den Pater etwas später wissen, lasse sich nicht aufteilen in Schönes und Unangenehmes, in Gutes und Böses. Das Leben sei zu bejahen – in seiner Ganzheit! Und genau das tue er, heute, morgen, solange er lebe…

Der Beschluss der Busch-Kanaken

Vorweg eine Klarstellung: Kanake ist auf Papua Neuguinea kein Schimpfwort. Ich habe es oft gehört, dass einer sich selber so bezeichnete: *Mi bushkanaka tru!* Ich bin ein echter Kanake – direkt vom Busch.

Dort, auf der Insel, ging ein Diözesaner Katholikentag zu Ende. Es wurden viele Impulse gegeben, auch interessante Denkanstöße für die jungen Christen-Gemeinden. Von einem Hochlandstädtchen wurde anschließend berichtet, die Pfarrgemeinderäte hätten nach ihrer Rückkehr vom Diözesantag den Beschluss gefasst, künftig direkt nach ihrer Geburt einige Babys auszuwählen, die Priester bzw. Ordensschwestern werden sollten.

Diese Buschkanaken, so erzählte mir der örtliche Missionar weiter, seien fest entschlossen gewesen, dem einheimischen Priester- und Ordensleute-Defizit schnellstens ein Ende zu bereiten.

Die weißen Missionare hatten alle Mühe, die übereifrigen Stammesleute davon zu überzeugen, dass sich kirchliche Berufe so nicht machen ließen. *Berufung* sei nicht zuletzt der innere Wunsch eines einzelnen. Und um solche Berufungen zu beten, sei natürlich nicht zuletzt auch die Sache der Pfarrgemeinde.

Saint-Exupéry schrieb einmal, eine Gemeinschaft (Gemeinde) sei nicht einfach die Summe von Interessen, sondern eher die Summe von Hingabe!

Einsamkeit frisst Seele

Da schrieb mir ein Pater, der allein – als einziger Weißer – lange Zeit auf einer kleinen Insel vor der Küste Papua Neuguineas verbracht hatte, er verlasse auf Wunsch seines Bischofs die Inselgemeinde, um in der Stadt eine andere Pfarrei zu übernehmen. Erst habe er sich gegen den Wunsch des Bischofs aufgelehnt, dann aber doch zugestimmt. Warum? Weil ein Mensch selber zu Insel werde und Schaden leide, wenn ihm das menschliche Korrektiv auf längere Zeit völlig fehle. Gewiss, da seien die einheimischen Christen gewesen, die ihn gerne hatten und auch um ihn besorgt waren. Aber ihn zurechtzuweisen, wenn er sich auf irrigem Weg befand – dass konnten sie nicht. Für sie war er die Liebe in Person, und wen man gern hat, den kritisiert man nicht!

Also sei die Entscheidung des Bischofs, keinen Missionar länger als sieben Jahre auf einem einsamen Posten zu lassen, völlig richtig! – Und, so vertraute er mir an, hoffe er, nach ein paar Jahren in städtischen Pfarreien wieder zu seinen Insulanern zurückkehren zu dürfen…

Ein Nachkomme der Kopfjäger

Mal trägt er einen weißen Habit mit schwarzem Gurt, mal ein buntes Hawaiihemdchen; mal dunkle Lackschuhe, mal billige Schaumgummisandalen. Es kommt darauf an, welcher Arbeit er sich gerade widmet. Bei 35 und mehr Grad im Schatten muss man nicht unbedingt klerikal gekleidet sein!

Father Francis kümmert sich ohnehin sehr wenig um Äußerlichkeiten. Er fährt Motorrad, liebt Beethoven und spielt Gitarre. Vielleicht glaubt man es ihm nicht so recht, wenn er spitzbübisch hinzufügt: Mein Großvater war noch Kopfjäger! – Aber warum sollte man es bezweifeln? Auf vielen Südseeinseln steckte man früher seine Feinde in den Kochtopf. Basta! Mit denen musste man sich nicht mehr länger herumschlagen!

Father Francis wurde auf Manus geboren, einer Insel, nordöstlich von Papua Neuguinea (PNG) gelegen. Neben seinen pastoralen Aufgaben war er – als ich ihn kennenlernte – auch mit der Übersetzung des Alten Testaments (AT) in die Pidgin-Sprache beschäftigt. Keine einfache Sache, wenn man weiß, dass es auf PNG vier Pidgin-Dialekte gibt! Also galt es, eine Art Hoch-Pidgin zu entwickeln, ein wenig Martin Luther vergleichbar, der sich mit seiner Bibelübersetzung um ein allgemein verständliches Hoch-Deutsch bemühte.

Die einzelnen Bücher des AT, meinte Fr. Francis, seien für die Insulaner leichter zu verstehen als große Teile der neutestamentlichen Schriften, etwa der Apostelbriefe. Die Geschichten des AT glichen mehr dem Alltag der Kanaken als etwa die Briefe des heiligen Paulus. Mitunter ziehe er Schüler und Studenten zu Rate: Wenn sie einen (übersetzten) Begriff nicht auf Anhieb verstünden, dann wisse er, dass er es nochmals versuchen müsse.

Pidgin-Englisch, wie es auf PNG gesprochen wird, ist eine Mischung aus Englisch, Deutsch und lokalen Ausdrücken. Ein paar Beispiele: Die »Pforten der Hölle« werden im Englischen meist mit »gates of hell« übersetzt; Father Francis wählte stattdessen »dor bilong hell« (Tür zur Hölle). – Oder: Vogel heißt in der Lokalsprache »balus«. Genauso nennt man ein Flugzeug. Den Piloten nennt man folgerichtig *draiver bilong balus* (Fahrer des Vogels!); eine Stewardess ist eine *missus bilong balus* (Frau des Vogels) und ein Flugplatz heißt entsprechend: *ples bilong balus*. (Der Platz, der dem Vogel gehört).

Ein anderes Beispiel. Wenn ich sagen möchte: Ich habe dich gern, dann lautet das etwa so: Mi laikim yu plenti tu mas. – Und wenn man diese lapidare Aussage noch verstärken möchte, dann hängt man ein »tu mas ol taim, ol taim« daran (für immer und ewig!).

Ein letztes Beispiel: Wenn der Priester im Beichtstuhl auf Pidgin-Englisch eine Buße aufgeben möchte, dann könnte diese etwa so lauten: *Papa bilong mipela tri taims* (Unser Vater; mein Vater – dreimal! = *Das Vaterunser dreimal!*)

Allein auf einer Südsee-Insel

Auf Mandok, einer Papua Neuguinea vorgelagerten Mini-Insel, hatte ein Sing-Sing stattgefunden. Groß und Klein war auf den Beinen. Es wurde viel getanzt, viel gelacht, viel palavert. – Als mich spät am Abend Janus, ein niederländischer Missionshelfer, auf die nur ein paar Kilometer entfernte noch kleinere Insel Por zurückbrachte, herrschte auf dem Meer fast vollkommene Stille: Kaum eine Welle! Nur hie und da ein Fisch, der ein paar Meter übers Wasser »flog«. Über uns die Sterne und der Mond – und das Kreuz des Südens. Die letzten hundert Meter wateten wir über das Korallenriff. Ich war müde und wollte mich zum Schlafen zurückziehen, doch da lernte ich noch einen Australier kennen, der immer wieder einmal bei den Missionaren vorbeischaute: Etwa 35 Jahre alt, seit Geburt behindert. Er fungierte lange Zeit als Zwischenhändler für eine australische Fischfabrik – kaufte die Fische der Insulaner und verkaufte sie weiter. Doch dann machte die Fischfirma pleite, und der Behinderte blieb zurück. Zum Glück besaß er noch ein kleines Motorboot und ein Funkgerät. Sonst wäre er total abgeschnitten gewesen von der Außenwelt!

Für die Insulaner ist er jemand auf völlig verlorenem Posten, der irgendwann untergeht, sich das Leben nimmt oder den man umbringt... Ein vom Schicksal Gebeutelter! Ohne Verwandte! Ohne Freunde! Ohne Zukunft?

Ein Mann lebt mutterseelenallein auf einer sonst völlig unbewohnten Insel. Unheilbar krank! Sich selber überlassen. Für die Insulaner ist er ein großes Rätsel: Wie kann ein Mensch ohne Mitmenschen leben? Wie überleben? – Solange er als Fischhändler tätig war, respektierten sie ihn. Aber jetzt, wo er keinem von ihnen von Nutzen sein kann!? Ob sie, die Insulaner, ihn je werden verstehen können?

Vielleicht dann, wenn er nicht mehr allein für sich selber lebt und sorgt, sondern zu begreifen beginnt, dass auch er auf irgendeine Weise für andere da sein muss, damit andere sich für ihn interessieren und vielleicht auch beginnen, sich seiner anzunehmen…

Es wird spät, sehr spät, an jenem Abend, bis ich zum Schlafen komme. Der total behinderte Australier beschäftigt mich noch lange. Was mag am Ende aus ihm geworden sein?

Ich dachte an Robinson Crusoe

Es war eine Mischung aus Abenteuer und Romantik – unsere Bootsfahrt von Por (fast so groß wie ein Fußballfeld) nach Aupwel, einer Missionsstation auf Umboi, eine PNG vorgelagerte Insel. Die Fahrt war aufregend und waghalsig. Wir schaukelten und tuckerten fast sieben Stunden auf dem Ozean dahin, gerieten in ein Tropengewitter und wurden die meiste Zeit wie eine Nussschale hin und her gerüttelt. Henk, ein Mitbruder aus den Niederlanden, begleitete mich; Francis, ein Insulaner aus Mandok, machte den Steuermann.

Kaum dass wir Aupwel erspähten, da kam uns schon Pater Gerard entgegen. Fast hätte ich ihn nicht wiedererkannt. Sein Bart war lang – und grau geworden, seine Haut, von der Sonne gebräunt, wie Leder gegerbt. Nur die Augen waren die gleichen – gut, wohlwollend, freundlich, aber auch ein wenig nachdenklich. Wir hatten uns rund zwölf Jahre nicht mehr gesehen, zuletzt in Bulawayo/Simbabwe, kurz vor Gerards Abreise in die Südsee. Jetzt stand er vor mir, in Schaumgummisandalen und kurzer Hose. Ich dachte an Robinson Crusoe…

Aupwel, nur 100 Meter vom Strand entfernt, auf einer leichten Anhöhe gelegen, ist eine junge Station; sie wurde von Gerard zu einem missionarischen Zentrum ausgebaut – mit Schulgebäude und Kirche. Das Trinkwasser ist Regenwasser, in großen Blechtanks aufgefangen. Nachts liefert ein von einem Dieselmotor angetriebener Generator ein paar Stunden elektrischen Strom. Die Insulaner wohnen nur 300 Meter entfernt in einem Dorf; ihnen steht ein Brunnen zur Verfügung, der, sage und schreibe, nur zehn Meter vom Meer entfernt, Süßwasser liefert.

»Gott war hier, bevor wir kamen«

Die Aupweler sind »Südsee-Zigeuner«, meint Henk; Gerard ergänzt: Ja, liebenswerte Zigeuner; lustiger und leichtlebiger als die Insulaner von Mandok! Sie lachen gerne und laut, hauen ihren Gesprächspartnern x-mal auf die Schultern (ein Zeichen der Freundschaft!) und nehmen es mit der Moral nicht so genau… Gerard meldet Einspruch an: Mit welcher Moral? Die kennen doch keinerlei Moralkodex oder Gesetzbuch? Gewiss, sie haben sich taufen lassen; wir haben inzwischen an die 9000 Christen auf den Siassi-Inseln; davon sind etwa tausend katholisch, die Mehrzahl ist lutherisch/protestantisch. Aber was bedeutet das schon? Sie haben total andere Ansichten über Familie, Eigentum, Heirat, Kindererziehung, Gott und Geister…

Gerard hält kurz inne, ehe er grübelnd fortfährt: Wie kann man eine christliche Ehe-Gemeinschaft auf einer weltentlegenen Insel beginnen, wo kaum eine Partnerschaft hält? Wo der Geschlechtsverkehr den Mädchen ab 15 und den Jungen ab 17 Jahren freisteht!? Wo sie oft schon in diesem Alter von ihren Eltern einander versprochen werden? Wo alles allen gehört, wo man persönliches Eigentum kaum kennt!? Wo Stehlen als Tugend, Nicht-Stehlen als Dummheit betrachtet wird!?

Pater Gerard ist gewiss kein eingefleischter Melancholiker. Er glaubt an das Gute im Menschen, in jedem Menschen. Und er betont daher auch, diese Leute seien tief im Innern gut und herzlich: »Gott war hier, bevor wir kamen!«, sagt er nachdenklich. Wie sonst könnte man sich ihre natürliche Herzlichkeit und Freundlichkeit erklären? Oder ihre Sehnsucht nach Freundschaft, ihren Sinn fürs Übernatürliche, ihren Hunger nach Wissen, Leben und Lebensfreude? Und dann erzählte Gerard das folgende Erlebnis:

Es war einmal ein Insulaner

Es war schon sehr alt, als ich ihn kennenlernte – und er lebte auf unserer kleinen Insel. Er kränkelte schon seit Jahren – und eines Tages schien es, als ob seine Tage gezählt seien. Mühsam schleppte er sich auf die Veranda seiner Grashütte, rief alle Dörfler zusammen und begann ein Preislied zu singen, eine Hymne auf sein langes Leben. Er erzählte den andern von den vielen und schönen Dingen, die er im Laufe der vergangenen Jahrzehnte hatte erleben dürfen. Gebannt lauschten die Inselbewohner seinen Worten. Als er geendet hatte, legten sie ihn in seine Hütte zurück und flüsterten untereinander. Seine Seele ist im Aufbruch!

An jenem Abend brachte ihm Pater Gerard von der benachbarten Missionsstation einen Teller Suppe, einen großen Teller voll dampfender Bohnensuppe. Der Alte griff zu; die Suppe schien ihm zu schmecken. Als er fertig war, wischte er sich mit der Linken über die Lippen, schmatzte zufrieden und legte den Löffel auf die Erde: Es sei das beste Süppchen gewesen, das er je gegessen habe, beteuerte er mehrmals, und die Leute klatschten Beifall. Dann lehnte er sich zurück – und schlief ein. Er erwachte nicht mehr.

Gerard, der uns dieses Erlebnis erzählte, war so gerührt und so gepackt von dem Loblied des alten Mannes, dass er ganz vergaß, seinerseits dem Sterbenden noch etwas Kirchlich-Sakrales anzubieten. Im Nachhinein bereute er es nicht; er meinte: Ein Mensch, der am Ende seines irdischen Lebens seinem Schöpfer so froh, glücklich und dankbar zujubele, brauche keine weiteren Trostworte. Er sei wirklich, eins mit Gott und seiner Schöpfung, frohen und dankbaren Herzens aus diesem Leben geschieden. Mehr könne man eigentlich niemandem wünschen…

Leben auf einer Vulkaninsel

Wir hatten an zwei Tagen zwei schwere Gewitter, mit wolkenbruchartigem Regen. Von den nahen Vulkanbergen ergossen sich kleine und größere Bäche direkt ins Meer.

Gerard kommentierte: Regenbruchartige Gewitter gehören hier zum Alltag genauso wie Erdbeben und Vulkanausbrüche! Vor einiger Zeit gab es ganz in der Nähe einen maritimen Vulkanausbruch; über Nacht war ein neues Inselchen im Meer aufgetaucht, das am Abend davor noch nicht existierte!

Noch viel mehr, fuhr Gerard fort, regne es in den Bergen hinter Aupwel; in einem eine Stunde Fußmarsch entfernten Tal befinde sich ein herrlicher Wasserfall. Den hätte ich gar zu gerne gesehen, aber wegen meiner von der Kanufahrt (Salzwasser und pralle Sonne!) immer noch geschwollenen Füße riet man mir dringend davon ab. Schade.

Pater Gerard liebt den Dschungel – und die Arbeit in den Hausgärten. Der Boden ist vulkanischen Ursprungs und somit sehr fruchtbar. In den Bergen gibt es heiße Quellen. Ende des 18. Jahrhunderts soll einmal eine 30 Meter hohe Sturmflut ganze Stranddörfer in wenigen Minuten ins Meer gespült haben; die älteren Leute in Aupwel können sich noch an Menschen erinnern, die damals alles miterlebt haben. Sie berichten, dass damals nur ein paar wenige Menschen überlebten, die sich gerade in den Bergen aufgehalten hatten. Moderne Wissenschaftler vertreten die Meinung, auch heute könnten die Vulkane auf Umboi (hinter Aupwel) jederzeit wieder aktiv werden. Die ganze Insel ist bereits von einer Vulkanschicht überzogen, eine Mischung aus Lava, Asche sowie Humus aus feuchtem Urwaldlaub.

Gut, dass die Insulaner sich von möglichen Vulkanausbrüchen bzw. von verhängnisvollen Sturmfluten nicht einschüchtern lassen. Die Sorgen des Alltags sind vordringlicher, aber sie sind durchaus auch hilfswillig gegenüber Fremden, wenn darum gebeten. Als zum Beispiel Johanna, eine deutsche Misereor-Helferin, an starken Blutungen litt, ging ein älterer Insulaner zu Gerard und raunte ihm geheimnisvoll ins Ohr, er kenne ein Heilkraut und auch die Zauberformel, wie man solche Krankheiten kuriere; sein Vater und auch sein Opa, beide seien Dorf-Zauberer bzw. *Kräuterdoktoren* gewesen – und sie hätten ihm auch die mysteriöse Formel überliefert.

Gerard ging nicht näher darauf ein, aber er bat den Alten, der auch als guter Läufer bekannt war, so schnell wie möglich über die Berge zum nächsten Regierungsposten zu gehen (ein Sieben-Stundenmarsch!) und die Beamten zu bitten, sofort ein Flugzeug zu bestellen, um Johanna so schnell wie möglich ins städtische Krankenhaus nach Lae zu fliegen.

– Der Dörfler war sofort einverstanden, sagte Gerard, und er ist heute noch stolz darauf, möglicherweise der jungen Frau aus Deutschland das Leben gerettet zu haben.

Als ich eine Cessna vom Himmel holte

Erst kamen wir drei uns vor wie Noah in der Arche, aber ohne Tiere, nur dass unser Mini-Boot eher wie eine Nussschale auf dem Ozean schaukelte. Mit Henk und Francis befand ich mich auf dem Rückweg von Aupwel nach Lab-Lab, wo wir – nach einer Woche – wieder die einmotorige Cessna besteigen wollten, um uns nach Lae zurückzubringen.

Weil in aller Frühe schwere Tropengewitter niedergingen, drei Stunden lang, hatte sich unsere Abfahrt stark verzögert; wir waren viel zu spät dran. Dennoch wollten wir es versuchen. Schafften wir es nicht rechtzeitig, dann müssten wir eine volle Woche warten, auf den nächstmöglichen Rückflug!

Also flitzten wir ziemlich flott dahin. Francis steuerte unser Boot mit sicherer Hand, der Außenbordmotor gab sein Bestes, zwei, drei Stunden lang. Dann fing er plötzlich an zu stottern, und verstummte schließlich völlig. Beim hastigen Versuch, ihn wieder anzuwerfen, riss die Anlasser-Kordel. Das kleine Boot schwankte erbärmlich.

Nervös und aufgeregt fummelten Henk und Francis am Motor herum, ohne ihn wieder zum Laufen zu bringen. Nach einer knappen Stunde sahen wir die Cessna, von Lae kommend, auf Lab-Lab zufliegen und dort landen. Wir befanden uns rund zehn Kilometer entfernt, auf offener See. Schließlich schafften wir es doch, den Außenbordmotor wieder zum Laufen zu bringen, aber kurz danach erblickten wir die Cessna über uns, diesmal mit Kurs zurück nach Lae. Henk murmelte resigniert: Verdorichnochmal! Jetzt sitzen wir eine Woche fest! – Ich, halb naiv, halb verzweifelt, winkte dem Piloten, der über uns dahinglitt. Wenige Sekunden später flog er eine Schleife. – Hatte er uns gesehen? Ich winkte erneut; jetzt taten es auch Henk und Francis. Der Pilot flog eine weitere Schleife, wippte mit den Flügeln – und flog nach Lab-Lab zurück.

Als wir den dortigen Strand erreichten, stand Bob, der lutherische Pastor von Lab-Lab, schon da, samt Traktor und Gummiwagen, um unser Gepäck direkt hinauf zur Flugpiste zu bringen. Henk und ich verabschiedeten uns von Francis, der das Boot nach Por zurückbringen würde, und wateten durch das seichte Wasser, Taschen und Gepäckstücke über unseren Köpfen haltend, schwangen uns dann auf den Wagen – und schon ratterten wir mit nassen Sandalen und Hosenbeinen zum Flugplatz hinauf. Ein paar Minuten später saßen wir in der Maschine – und schon hob die Cessna ab.

Während des Rückflugs sahen wir nochmal die beiden Mini-Inselchen Por und Mandok: Zwei blaugrüne Flecken in einer endlosen See!

An jenem Abend, wieder bei meinen Freunden in Lae, schrieb ich ins Tagebuch: Danke, Herr, dass alles so gut verlaufen ist! – Ich weiß, manche nennen so etwas Glück; sie sagen: Mann, hast du Schwein gehabt! – Nein, ich bleibe dabei: Es gibt viele gute Menschen; auch wildfremde, die es gut mit einem meinen. Und wenn mir einer sagt, es stehe nicht gut um die Ökumene, dann erzähle ich ihm von Lab-Lab, und wie selbstverständlich man da allen hilft und alle bewirtet, ohne nach der Religions-Zugehörigkeit, Rasse oder Nationalität zu fragen...

Auch der Busch-Kanake von Aupwel hat nicht gefragt, an welchen Gott Johanna glaubt; er hat geholfen, selbstlos und unter großen Anstrengungen...

Der enttäuschte Wissenschaftler

Die Schwarzen sind anders, hörte ich allenthalben in Afrika. Die Brasilianer sind anders, sagte man mir in Rio de Janeiro. Die Russen sind anders, hieß es in Moskau...

Stimmt. Sie sind alle anders – die Japaner, die Chinesen, die Kanadier, die Australier und die Neuseeländer! Alle sind sie anders; anders als wir. Wir sind anders als sie...

Und auf Papua Neuguinea hörte ich es auch: Im Hochland sind die Leute anders als an der Küste; auf den Inseln anders als auf dem Festland; und im Übrigen ist jedes Volk und jeder Stamm anders! In Papua Neuguinea gibt es über 700 verschiedene Sprachen...

Niemand scheint das stärker empfunden zu haben, keiner tiefer enttäuscht gewesen zu sein als der amerikanische Forscher, der ein Jahr auf Por-Mandok verbracht hatte, um die Sitten und Bräuche der Insulaner zu studieren!

In seiner dickbändigen anthropologischen Studie erwähnt er übrigens, auf die Einheimischen bezogen, keine Gottheit, kein höheres Wesen, keine Religion. War das Übersehen oder bewusstes Ignorieren?

Nur, wie konnte man in einer gewissenhaft erarbeiteten wissenschaftlichen Studie die religiösen Motive der Insulaner einfach unerwähnt lassen? Sind sie nicht ein wichtiger Teil der Sitten und Bräuche der Insulaner?

Zurück zur Feststellung, dass wohl kein Europäer je so enttäuscht gewesen sei wie dieser Forscher! Ausgerechnet er, dem die Insulaner ein Holzhaus gezimmert hatten, für das er teuer gezahlt hatte? Und der, als er nach einem Jahr auf der Insel seine Forschungsarbeit beendet hatte, alle seine Habseligkeiten – und es waren viele – den Insulanern überlassen hat!? Seine (naive) Großzügigkeit ging so weit, dass er sogar seinen Kühlschrank einem einfachen Fischer schenken wollte. Nur mit Mühe konnte ihn der Pater auf dem benachbarten Por davon abhalten. Denn niemand auf Mandok hätte etwas damit anfangen können.

Schon Wochen vor seiner Abreise umlagerten die Leute sein Haus; jeder darauf bedacht, ein Kleidungsstück, einen Kochtopf oder sonst etwas zu ergattern, das der Amerikaner nicht in die Staaten mit zurücknehmen wollte.

Etwa drei Tage vor seiner Abreise hatte er nichts

mehr zu verschenken. Alles war bereits verteilt. Von diesem Moment an, als er den Leuten erklärte, dass er wirklich nichts mehr zum Verschenken habe, zogen sie sich zurück; einer nach dem andern. Keiner grüßte ihn mehr, keiner schien ihn zu kennen. Der Forscher war ein gebrochener Mann. Er verstand die Welt nicht mehr. Und er fing an, darüber nachzugrübeln, was er falsch gemacht habe, und ob bei den Insulanern Dankbarkeit anders, total anders buchstabiert werde als in den USA.

Oder – so schien er sich weiter zu fragen: Sind die Mandoks am Ende doch nur pure Materialisten, die nie etwas für nichts geben? Die jeden scheel angucken bzw. verdächtigen, der etwas gratis gibt? Welche Gründe bewegen ihn dazu?

Pater Gerard: Vielleicht sollten wir wirklich eingestehen, dass unser *gratis* (umsonst) mit *gratia* (Gnade) verwandt ist – und dass vielleicht doch nur Christen (oder eben völlig uneigennützig Denkende) zu selbstlosem Handeln, Denken und Danken fähig sind – wohlwissend, dass letztendlich nur EINER[10] vergelten kann?

»Good night, Master, good night!«

Ehe ich Papua Neuguinea wieder verließ, wurde ich in Port Moresby vom Post Courier, der größten Tageszeitung des Landes, zum Interview gebeten. Eine immer wiederkehrende Frage – auf fast allen meinen

---

[10] Wäre damit nicht auch das (bayerische) Vergelts-Gott in seiner ursprünglichen Wortbedeutung ähnlich zu verstehen?

größeren Reisen: Wie hat es Ihnen bei uns gefallen? Was halten Sie vom Zusammenleben der verschiedenen Stämme auf PNG? Was hat Sie auf der Insel eher abgestoßen? – Es ist immer schwer, solche Fragen ehrlich zu beantworten, ohne jene zu vergraulen, deren Gastfreundschaft man genossen hat. Ich lobte also zunächst die Freundlichkeit der Menschen, auch das anscheinend reibungslose Mit- und Nebeneinander von Kanaken und Weißen. Alles in allem sei ich sehr positiv überrascht von der Entwicklung des Inselstaates. Viel Lob gebühre diesbezüglich den Australiern, die (nach dem 1. Weltkrieg) die ehedem deutsche Kolonie, und zwar im Auftrag des Völkerbunds, den Versuch unternommen hätten, PNG in die Moderne zu führen – ohne kriegerische Aufstände, bürgerkriegs-ähnliche Unruhen und dergleichen.

Nach dem Zeitungs-Interview machte ich noch einen nächtlichen Bummel durch Port Moresby. Ich allein. Die Straßen waren nur schwach beleuchtet, kaum Verkehr. Hin und wieder begegneten mir Kanaken; fast alle grüßten freundlich mit *Good Night, Master!*

Mir war nicht ganz wohl zumute. Überall, wo ein untertäniges Verhalten zwischen Weißen und Schwarzen geschaffen wurde (wie in vielen ehemaligen afrikanischen Kolonien), kam es früher oder später zu schlimmen Auseinandersetzungen. Hoffentlich, dachte ich bei mir, bleibt PNG diese böse Erfahrung erspart! Papua Neuguinea – quo vadis?

Ich versuchte meine Erfahrungen zu bündeln, ehe

ich dieses Land verließ: Ich erinnerte mich an die Enttäuschungen mancher unserer Missionare – und doch kam ein wenig Neid auf, genauer gesagt: Sehnsucht nach dem Leben auf einer kleinen Südsee-Insel: Der blaue Strand, die fruchtbaren Kokospalmen, das riesige Schwimmbecken, genannt Meer, die allmorgendliche Brise, die mollig-melancholische Einsamkeit inmitten urtiefer Geborgenheit, das Alleinsein unter Milliarden Sternen, das Ineinanderfließen von Ich und Weltall…

Gewiss, die Welt der Südsee ist noch weithin in Ordnung. Aber sind sich die Insulaner dessen auch bewusst? Wahrscheinlich nicht. Denn es ist doch so, dass man das Schöne meistens erst im Gegensatz zum Hässlichen, das Gute im Kontrast zum Bösen, das Licht erst durch die Finsternis zu schätzen weiß.

Heile Südsee? Romantische Oasen unserer heimlichen Träume? Eine Welt, die auch nach sieben Uhr früh noch in Ordnung ist? – Ja, aber vielleicht nur in den Augen jener, deren eigene Umwelt nicht mehr heil ist…

Besiedelt von Nomaden des Windes

Polynesien nennt man die gesamte Inselwelt von Hawaii bis Neuseeland – also einschließlich so bekannter Inselnamen wie Fidschi, Tonga, Samoa, Tahiti sowie den Osterinseln. Dieser Gesamtraum wurde zeitlich unterschiedlich besiedelt, war aber im Allgemeinen schon bewohnt, als sie von den europäischen Seefahrern entdeckt wurden. Weil sie mehrheitlich auf einfachen Segelbooten unterwegs waren, nennt man diese Insulaner (Polynesier) auch »Nomaden des Windes«.

Der Brite Kapitän Cook und seine Matrosen fanden bei ihrer Expedition im Jahre 1777, die sie bis nach Tahiti brachte, dass die Mädchen und jungen Frauen, die sie dort vorfanden, »was Symmetrie und weibliche Schönheit anlangt,« es mit allen Frauen der großen weiten Welt aufnehmen könnten; ja, Cooks Männer meinten gar, dass sie überhaupt »die anmutigsten unter der Sonne« seien.

Wahrscheinlich siedelten die ersten Menschen Ozeaniens, wie man diesen gigantischen Insel-Großraum auch nennt, auf Papua Neuguinea, wo bei Ausgrabungen 25000 Jahre alte menschliche Werkzeuge gefunden wurden. Damals war die Entfernung zwischen PNG und Australien wesentlich kleiner als heute. Erst mit der Eisschmelze stieg der Ozean gewaltig an, überschwemmte weite Gebiete und vergrößerte damit den Abstand zwischen den Inseln.

Die dunkelhäutigen Melanesier von PNG blieben über viele Jahrhunderte völlig isoliert, bis »braune Einwohner« aus den asiatischen Inselbereichen (Indonesien, Philippinen und Taiwan) mit Ruder- und Segelbooten die Küstenstriche Papua Neuguineas erreichten.

Die gigantischen Steinstatuen auf der Osterinsel waren lange Zeit ein Rätsel für die Völkerkundler. Heute nimmt man an, dass sie von den Inselbewohnern, Polynesier ihrer Herkunft nach, aus vulkanischem Gestein vor Ort gehauen, einige Kilometer weit transportiert und aufgestellt wurden. Alte Skulpturen auf Hawaii, die denen auf der Osterinsel ähneln, weisen auf die engen Bande beider Inselbewohner hin – trotz der 3000 Meilen Entfernung.

Auf die Frage, wie die Insulaner es damals überhaupt schafften, ohne Kompass und moderne Navigationsgeräte mit relativ einfachen Booten weite Entfernungen zurückzulegen, antwortete ein Fischer aus Tonga einmal so: »Der Kompass kann sich irren, die Sterne irren nie!«

Der Dicke aus Samoa

Auf den Philippinen traf ich gute Freunde aus Kanada. Eines Abends luden sie mich ein, mit ihnen das weit über Manila hinaus bekannte Sulu-Restaurant von Makati zu besuchen. Wir dinierten, während philippinische Volksgruppen auftraten; bildhübsche Mädchen und grazile junge Männer führten folkloristische Tänze auf; den Gästen hängten sie Hippieketten aus Kürbiskernen um den Hals.

Anderntags wollte ich nach Australien weiterreisen, doch die Qantas-Maschine, die aus Hongkong kommen sollte, verspätete sich um einen ganzen Tag; gemeldete wurde ein technischer Defekt. Alle Gäste wurden eingeladen, auf Kosten der Fluggesellschaft einen Tag im sogenannten Filipino-Dorf bei Manila zu verbringen. Es ist ein folkloristischer Höhepunkt. Hier treffe ich einen dicken, schweißtriefenden braunen Mann aus Samoa. Ein Tourist, der im Auftrag seiner Insel-Regierung die »weite

Welt« kennenlernen sollte – und, wie er mir erzählte, von Manila aus den Rückflug in seine Heimat antreten wollte: Endlich! Er habe Heimweh. Das Hasten und Treiben der großen weiten Welt habe er wirklich satt. Die Weltstädte – wie Paris, New York, Rio de Janeiro, Tokio, Manila usw. – seien für ihn eine Qual gewesen. Auch der riesige Unterschied zwischen Arm und Reich mache ihn krank:

Bei uns auf Samoa haben alle genug zu essen. Wir brauchen gar nicht mehr. Geld macht nicht unbedingt zufrieden. Wir hungern nicht. Wir leben in einfachen Hütten. Den Luxus der Reichen betrachten wir nicht als Vorteil… – Er wischte sich abermals den Schweiß von der Stirne: Wissen Sie, bei uns wehen immer angenehme Winde; vom Strand her. Wir sind glücklich und zufrieden – mit dem, was wir haben…

Fidschi – wo einst Kannibalen hausten

Der Flugplatz von Nandi ist eine Art Umschlaghafen im Südpazifik – für Geschäftsreisende, Touristen, Weltenbummler, alternde britische Lords und buntgekleidete amerikanische Halbmillionäre, aufgetakelte Damen der westlichen High Society und mandeläugige Schönheiten aus Ostasien. – Dazwischen ein paar Geistliche, hemdsärmelig, aber mit schwarzweißer Kragenleiste und Ordensschwestern in Tropenkleidung.

In einem Bus, ohne Türen und ohne Fensterscheiben, fahren wir auf holpriger Straße zur Innenstadt, wo blumengeschmückte Mädchen und kriegerisch bemalte Burschen die Gäste begrüßen. Als sie erfahren, dass wir keine Australier sind, werden sie zugänglicher.

Fidschi (Englisch: Fidji) kommt von *Viti*; die ersten Europäer sprachen es falsch aus – und die Insulaner, in ihrer gewohnten As-you-like-it-Master-Haltung, protestierten nicht! Lohnt nicht, dachten sie; die Weißen wissen ja sowie alles – und alles besser!

Die gesamte Fidschi-Inselgruppe besteht aus 320 Mini-Inseln und zwei etwas größeren: Viti Levu und Vanua Levu; unter den ganz kleinen Inseln sind auch Atolle.

Die Fidschi-Inselgruppe befindet sich rund 2400 Kilometer östlich von Australien und etwa 1750 km nördlich von Neuseeland.

Die Bevölkerung besteht aus Indern bzw. Mischlingen; Mischlingen aus Indern, Weißen, Chinesen und Einheimischen. Die Inder sind weit in der Mehrzahl, man nennt sie auch Fidschistani, während die einheimischen Insulaner sich gern Fidschianer nennen. 1874 wurden die Fidschi-Inseln britisch, 1970 erlangten sie politische Selbständigkeit.

Wie bei »primitiven Völkern« üblich, besaßen die Fidschianer alles gemeinsam; keiner war berechtigt, persönlich Grund und Boden zu besitzen; keiner hatte somit das Recht, Grundbesitz (der ihm gar nicht gehörte) zu verkaufen. Das führte dazu, dass die eingewanderten Inder kein Land erwerben durften – und daher gezwungen waren, Kaufleute und Händler zu werden. Bauern und Fischer sind bis heute fast ausschließlich die Nachkommen alteingesessener Fidschianer-Familien.

Zeitweise nannte man die Fidschi-Inselgruppe auch Kannibalien; der Bedarf an Menschenfleisch muss enorm gewesen sein; ganze Dorfgemeinschaften (von gefangenen Feinden) wurden wie lebende Fleischkonserven gehalten!

Völkerkundler und andere Forscher sind der Meinung, dass die also »Verspeisten« es nicht einmal als Schande oder Schmach betrachteten, in die Kessel ihrer Feinde gesteckt zu werden. Das Schicksal, in den Kochtopf zu wandern, galt bei den Fidschianern als kein Grund, sich zu schämen oder gar bemitleidet zu werden. Auch Häuptlinge und Klein-Könige kamen gelegentlich auf diese Weise in den Kochtopf.

Übrigens, als der Niederländer Tasman um 1643 die Fidschi-Inseln erreichte, hielt er es nicht für ratsam, an Land zu gehen! Der Brite James Cook ankerte 1774 zwar vor Vatoa, einer Fidschi-Insel im südlichen Teil des Archipels, zeigte aber sonst kein großes Interesse, sodass die Inselgruppe »un-erobert« blieb, bis der russische Vize-Admiral Fabian von Bellinghausen sie offiziell für die westliche Welt erschloss. Auf eigenes Betreiben hin wurden die Fidschianer schließlich britische Staatsbürger, sprich: eine Kronkolonie Englands. Auch damals war Kannibalismus auf den Inseln noch gang und gäbe. König Thakombau, so wird berichtet, soll einmal ein festliches Gelage abgehalten haben, bei dem über 200 Feinde bei Tisch serviert wurden. Der erste britische Konsul, der (aus welchen Gründen auch immer) als Stargast vom König eingeladen worden war, hatte sich gerade noch rechtzeitig entschuldigen lassen...

Der Brauch des Finger-Abhackens

Bis herein ins 20. Jahrhundert war es auf einigen Fidschi-Inseln Brauch, beim Tod eines nahen Verwandten oder Häuptlings sich das erste Glied des linken kleinen Fingers abzuschneiden – als sichtbares Zeichen der Anteilnahme und der Trauer. Bei jedem weiteren Todesfall musste ein zusätzliches Fingerglied daran glauben, mal der linken, mal der rechten Hand...

Schlimmer noch war das Lebendig-Begraben-Werden! Der englische Wissenschaftler Erskine war 1849 einer der ersten weißen Augenzeugen: Ein junger Mann stieg freiwillig ins Grab, das ihm sein Vater geschaufelt hatte: »Sa tiko!« soll ihm der Vater nachgerufen haben; darauf der Sohn: »Sa tiko!« – auch du, mein Vater, leb wohl! Diese Beerdigung hatte in einem umfangreichen Mangrovensumpf stattgefunden. Ähnliche makabre Erlebnisse wurden von mehreren christlichen Missionaren berichtet.

Wenn das düstere Gespenst des Kannibalismus inzwischen von den Südsee-Inseln verschwunden ist, dann ist dies nicht zuletzt das große Verdienst der frühen christlichen Glaubensboten.

Die letzten Kannibalen auf den Fidschi-Inseln sollen 1958 am Werk gewesen sein, sagen alte Fidschianer. Eigentlich gar nicht so lange her!

Auf Fidschi, wo mehrheitlich Inder (70% Hindu und 20% Muslime) leben, versammelten sich 1970, zum Tag der politischen Unabhängigkeit, Vertreter aller Religionen zu einem gemeinsamen Gottesdienst.

Da die Fidschianer (Ureinwohner) gerne in der Sonne bzw. in ihrem Schatten liegen, während die Inder als sehr arbeitsam und fleißig gelten, könnte die Zukunft des Inselstaates durchaus indisch ausgerichtet sein; vielleicht wird dann dort, wo einst Menschfresser hausten, eines Tages mehrheitlich nur noch auf Hinduweise gebetet.

Ein tapferer Ire auf dem Kirchhügel

Alfredo Tito (Titus), ein katholischer Fidschianer, zeigt mir den Weg zur katholischen Mission. Ein Maristenpater aus Irland hält die Abendmesse. In leicht schnoddrigem Tonfall redet er auf die Kirchgänger ein; die Gesänge sind schleppend, die Antworten der Gemeinde schläfrig. Zwei Nonnen sorgen unter den Kindern für Ruhe und Ordnung.

Nach der Messe spreche ich die Ordensschwestern an – die eine kommt aus Irland und wirkt seit über 30 Jahren auf Fidschi; die andere, eine Engländerin, ist erst seit kurzem im Einsatz. Der Pater hält seit 27 Jahren die Stellung; er wirkt müde und frustriert. Ist er ein halber Kauz – oder ein Heiliger? Oder eine Mischung aus beiden? Er beschwert sich über seinen Bischof, der dabei sei, den »Kirchhügel« samt Schule und Gotteshaus an eine internationale Hotelkette zu verkaufen; die Proteste des Paters stießen bislang auf taube Ohren. Der Bischof ist in Geldnot, und der Kirchenhügel wäre natürlich, von der Lage her, eine tolle Sache, um möglichst viele Touristen aus aller Welt anzulocken.

Lange noch denke ich über den Pater nach. Melancholie zeichnet sein Gesicht! Ist es die Einsamkeit, die ihm zu schaffen macht? Oder die Gleichgültigkeit vieler seiner »Schäfchen«? – Überhaupt, wie schafft es einer, auf solch einsamem Posten auszuhalten? An diesem, wie es scheint, von Gott und der Welt verlassenen Ort!? – Ohne den Segen und die Gnade dessen, dem zuliebe die Missionare hierhergekommen sind, wird es kaum einem gelingen.

Beim Verlassen des Kirchenhügels mache ich mir erneut bewusst: Auch die Vorfahren dieser inzwischen getauften Insulaner waren bis vor wenigen Generationen noch wilde, gefräßige Kannibalen...

TAHITI – die Perle der Südsee-Inseln

Der britische Seefahrer James Cook soll vor lauter Begeisterung gesagt haben, als er erstmals Tahiti erreichte: »Wir trauten unseren Augen nicht, so schön war das Eiland!« – Und später, viel später werden dem amerikanischen Autor Ernest Hemingway die Jubelworte in den Mund gelegt: *Ich konnte es nicht fassen, dass wir plötzlich in eine derart wunderbare Region gekommen waren! Es war ein Land, um beglückt aufzuwachen, weil man davon geträumt hat!*

Weil wir von West nach Ost flogen, mussten wir die Datumsgrenzen überqueren; das hieß: Denselben Tag zweimal erleben. Ein eigenartiges Gefühl!

Tahiti ist politisch ein Teil von Französisch Polynesien, also Übersee-Territorium des Mutterlandes; flächenmäßig ein Seegebiet so groß wie Europa! Es wird von Papeete aus, der Hauptstadt Tahitis, nach französischen Regeln und Normen verwaltet. Die Mehrzahl der Inselbewohner besteht aus Ureinwohnern bzw. Mischlingen.

Es ist heiß in Papeete, aber erträglich, denn es weht fast immer vom Meer her eine angenehme Brise. Ich bestelle einen Tahiti-Cocktail – eine Mischung aus Bananen, Zitronen, Apfelsinen und Rum. Die Barmixerin ist flott bei der Arbeit, und doch willens, bei den Bestellungen noch ein kostenloses Augenzwinkern mitzuliefern. Sie lächelt, plaudert und richtet gleichzeitig die Getränke – alles mit spielerischer Eleganz. Eine geglückte Mischung aus französischem Charme und angeborener tahitianischer Schönheit!

Ein Bummel durch die Innenstadt bringt weitere Eindrücke. Die Sonne steht hinter den Bergen von Moorea, einer benachbarten Insel. Matrosen lungern am Kai, leichte Mädchen kichern kokett, burschikose Jünglinge flitzen auf Mopeds und Motorrollern durch die Gassen, winken, gestikulieren, zwinkern. Die ganze Insel ist ein blühender Garten.

Unweit der Hauptstadt liegen die Königsgräber. König Pomare soll zu Tode erschrocken sein, als er die Kanonen der ersten Seefahrer feuern hörte.

In einem Reiseprospekt heißt es: »Die weißen Eroberer holten sich schöne Mädchen und süße Früchte, bezahlten mit alten Schrotflinten und Rum, hinterließen die Masern, Syphilis und Influenza.«

Eine Epidemie dezimierte schon bald die Inselbevölkerung, sodass, als die französischen Kolonialherren eintrafen, ausgesprochen wenige Menschen die Inseln bevölkerten.

Der Perlmutterkönig von Papeete

Die Küstenstriche von Tahiti sind paradiesischschön: Blaues Meer, unterbrochen von kleinen Korallenriffen, azurblauer Himmel und sachte im Wind wippende Palmen. Hin und wieder werden schon mal Haie gesichtet, aber daran stört sich hier niemand; man glaubt an eine gewisse Gutmütigkeit der Tiere – zumindest gegenüber den Einheimischen!

Dann treffe ich auf einen braungebrannten Franzosen, in Bermuda-Shorts und mit einem breitrandigen Strohhut auf dem kantigen Schädel. Er sitzt am Bootssteg, räkelt sich in der Gunst der Touristen und plaudert ungefragt aus seinem Leben: Bei einer Film-Tour sei er vor Jahren hier hängengeblieben. Vom alten Europa habe er die Nase voll. Ursprünglich komme er aus Tschechien; er sei österreichischer Staatsbürger gewesen, dann aber sei er in Frankreich aufgewachsen. In Hollywood habe er eine Traumrolle bekommen, aber seit er Tahiti kenne, brächten ihn keine zehn Pferde mehr nach Amerika zurück…

Der Dicke gibt an wie zehn nackte Negerlein,

aber man kann ihm gut zuhören. Meistens erzählt er den westlichen Touristen von seinen Amouren mit braunen Insulanerinnen. Seit ein paar Jahren sei er sogar Häuptling einer kleinen Insel. Als Perlmutthändler habe er sich bei den Insulanern einen Namen gemacht; man nenne ihn den Perlmuttkönig von Papeete. – Zum Beweis zeigt er auf eine übergroße Perlmutterbrosche, die er auf der Brust trägt. So etwas, sagt er schier beschwörend, dürfen nur echte Häuptlinge tragen! – Wer will schon das Gegenteil beweisen? Wer will überhaupt daran zweifeln, dass seine Sprüche wahr sind und der Realität entsprechen?! – Manchmal tut es gut, auch an moderne Märchen zu glauben.

Paul Gauguin und seine Vahinen

Wir erreichen einen kleinen Wasserfall, fahren an Bächen, Grotten und Höhlen vorbei, durchqueren Bananenhaine und Zuckerrohrfelder und stoßen auf ein Paul-Gauguin-Museum, das trister und enttäuschender kaum sein könnte. Klar, die Originale hängen in westlichen Museen!

Auf Tahiti begegnet man anderen Originalen: Mädchen und Frauen mit flachen Nasen und wulstigen Lippen – genauso wie sie uns auf den Gemälden des Malers begegnen – nur sind es hier lebendige Schönheiten aus Fleisch und Blut.

Tehura, Gauguins feste Vahine (Frau, Freundin, Partnerin) wurde zum Kunst-Typus tahitianischer Mädchen. Über sie schrieb der Meister selber einmal: Jeden Morgen, wenn die Sonne aufgehe, fülle sich seine Hütte mit strahlendem Licht. Tehuras Gesicht leuchte wie Gold und gebe allem einen goldenen Glanz. Tehura werde mit den Jahren immer fügsamer und liebevoller. Wörtlich: »Tahitis Noa-Noa (schöner Duft, Wohlgeruch) durchdringt mich völlig. Stunden und Tage vergehen, ohne dass ich es bemerke. Ich kenne keinen Unterschied mehr zwischen Gut und Böse; alles ist schön; alles ist wunderbar!« (Heute wird übrigens das Wort *Noa-Noa* auf den Tahiti-Inseln für ein gewisses Örtchen benützt!)

Was Paul Gauguin damals in der Südsee so beflügelte und in vielen seiner Bilder so meisterhaft festgehalten hat, sind Schönheit und Anmut der Insulanerinnen. – Davon waren übrigens auch bereits die ersten Entdecker überzeugt – wie Wallis, Cook und Bougainville; überzeugt und begeistert.

Der Letztgenannte, Kapitän Louis Antoine de Bougainville, notierte am 6. April 1768 in seinem Tagebuch: »Wir trauten unseren Augen nicht, so schön war das Eiland. Die Leute kamen uns in zahlreichen Kanus entgegen. Sie riefen Tayo (Freunde!) und baten um Eisennägel und Ohrringe. In ihren Booten befanden sich viele Frauen, deren Körper es mit der Schönheit der Europäerinnen jederzeit aufnehmen würden. Die Männer forderten uns auf, an Land zu kommen und uns je ein Mädchen auszusuchen. Angesichts dessen, was wir sahen, kostete es mich einige Mühe, 400 französische Seeleute bei der Stange zu halten…«

Das Dolce far niente a la Südsee

Nichtstun (Faulenzen) ist auf Tahiti eine Lebenshaltung, wenn man ohne Arbeit auskommt. Es ist eine Art Lebenskunst – und wer es sich leisten kann, wird sich nicht auch noch abrackern. – Seit dem *Dollarregen* der Amerikaner, etwa bei der Erstellung des Films »Meuterei auf der Bounty«, wurde die fast schon angeborene Bequemlichkeit der Insulaner nur noch bestärkt.

1962 ließ General de Gaulle in Polynesien Atombomben testen. Das brachte den Leuten in Papeete, aber auch den Bewohnern einiger Nachbarinseln, eine weitere Geldschwemme. Zeitweise hielten sich in der Region etwa 20000 französische Soldaten, Piloten, Ingenieure und Atomphysiker auf.

Eine Folge dieses neuen Reichtums war: Viele Insulaner arbeiteten noch weniger; das Perlmutter-Tauchen ging zurück, die Exporte sanken oder wurden, wie bei Kopra und Vanille, fast ganz eingestellt. Was hingegen rapide in den kommenden Jahren massiv zunahm, war der Massentourismus.

Neben den einheimischen Tahitianern gibt es noch die zugewanderten Chinesen; man nennt sie auch die emsigen Heinzelmännchen der Südsee: Fast lauter tüchtige, fleißige Leute!

Die ersten Chinesen kamen um 1865 als Kulis auf die Inseln; ihre Enkel und Großenkel besitzen heute Fabriken, Banken, Werkstätten, Läden und Kaufhäuser. – Seit 1907 sind auch Chinesinnen zugewandert; davor zogen es die chinesischen Männer vor, Tahitianerinnen zu heiraten. Ihre Mischlingskinder zählen zu den besonders sympathischen Gesichtern in Papeete.

Ein gutes Drittel aller Chinesen auf Tahiti sind Christen.

Perlmutt – das Silber der Meere

In einer großen offenen Markthalle suche ich nach ein paar kleinen Souvenirs für meine Schwestern und Nichten daheim. Eine Verkäuferin, vielleicht 40, bietet schmucke Perlmutterketten und Broschen an; ein Anhänger fällt mir ins Auge: Die Verkäuferin sagt: 500 Pazifische France, damals rund 20 Mark. Ich schüttle den Kopf – und biete die Hälfte. Sie: Wir haben Festpreise!

Ich gehe weiter, gucke mir andere Stände an und komme wieder zurück; die Verkäuferin grinst, schüttelt den Kopf und murmelt: Wir lassen mit uns nicht feilschen! – Ich wiederhole mein Angebot (250 pro Anhänger, plus zwei Küsschen. Gratis! –) Die Verkäuferin lacht lauthals, teilt den anderen Händlerinnen meinen Vorschlag mit – und reicht mir lachend die gewünschten Perlmutterketten. Anschließend frage ich schelmisch: Wollen Sie die Extra-Küsschen jetzt gleich? – Sie lacht laut auf und sagt dann verschmitzt: Nein, geben Sie die Küsschen meiner hübschen Tochter da drüben; die hat noch nie einen Europäer geküsst! – Sie selber lacht und schreit in einem fort und biegt sich vor Lachen...

Papeete ist (neben Hongkong und Sydney) ein besonderer Umschlageplatz für Perlmutt. In Deutschland war seit langem die Firma Paul ter Horst in

Solingen für vielerlei Angebote aus Perlmutt bekannt: Eierlöffel, Kaviarmesser, Schnupftabaksdosen, Salzfässchen, Apfelsinen-Schälmesserchen, Besteckgriffe sowie zahlreiche Schmuckartikel wie Broschen, Ohrringe, Anhänger und dergleichen. (Viel Perlmutt-Rohmaterial ging früher von Solingen zur Weiterverarbeitung nach Bethlehem in Palästina!)

Glasbodenfahrt bei Bora-Bora

Ein Ausflug nach Bora-Bora, eine halbe Flugstunde von Papeete entfernt, lohnt immer. Nach einer Zwischenlandung in Huahine rollt die *Fokker Friendship* über eine kleine Teerpiste; von da geht's weiter per Glasbodenboot; auf dem provisorischen Dach sitzt eine junge Vahine, verträumt in die Ferne blickend. Mit diesem Boot kann man direkt auf den Meeresboden schauen – eine zauberhaft schöne Tier- und Pflanzenwelt; Tummelplatz auch für Sporttaucher. Das Wasser ist lauwarm und klar. Die Fische zeigen sich zu Tausenden – auch Seesterne und Korallen sind zu sehen und grell-farbige Wasserpflanzen aller Art! Es sind berauschend schöne Märchenlandschaften unter Wasser, wie man sie sonst nur selten zu sehen bekommt.

Wieder an Land – noch auf Bora-Bora – entdecke ich in einem üppigen Garten ein betagtes Eingeborenen-Pärchen. Beide sind beleibt, mit dicken Falten unter dem Kinn. Er ist ein ziemlich bekannter Inselhäuptling, wie er mich wissen lässt; seine Beschäftigung scheint im Essen und Trinken zu bestehen.

Überhaupt drängt sich der Eindruck auf, dass die Insulaner ständig am Essen sind. Kein Wunder, dass viele von ihnen beachtliches Übergewicht haben. Nur ihre Töchter, die jungen Mädchen und Frauen, achten auf ihre schlanke Linie.

Bora-Bora vermittelt echte Südseeromantik: Grünes Wasser, blauer Himmel, Segelboote, sich sanft wiegende Palmen - und romantische Hügelketten im Hintergrund! Wie im Bilderbuch! Es fällt schwer, dieses Inselchen wieder verlassen zu müssen. Man behält es auf jeden Fall zeitlebens in guter Erinnerung!

Zum Zeitvertreib –
ein Plausch an der Theke

Am Spätnachmittag erfahren wir, die Maschine aus Papeete, die uns nach dem Ausflug auf Bora-Bora wieder nach Papeete zurückbringen sollte, habe einen Defekt. Die Reparaturarbeiten dauerten noch an. Wie lange, könne niemand sagen... – Einige Touristen werden nervös; sie müssen noch in der Nacht weiterfliegen – geschäftlich nach Südamerika, und den für sie gebuchten Flug gebe es nur einmal pro Woche.

Ein Plausch mit der Barkeeperin verkürzt das stundenlange Warten; ihr Mann, ein Franzose, habe sie sitzen lassen – sie und ihre drei Kinder. Als der Jüngste starb, war ihr Mann gerade in Paris. Er verklagte sie, sie sei schuld am Tod des Jungen. Ihre beiden anderen Kinder gingen in Papeete zur Schule und wohnten jetzt bei guten Bekannten. Sie selber stamme aus Bora-Bora. Weitere Gäste kommen dazu; sie bedient sie zügig und lächelnd und doch ein wenig traurig. Als ich mich verabschieden will, bettelt sie: Bleiben Sie doch noch etwas; es gibt so wenige Leute, mit denen man offen reden kann! – Da gesellt sich ein Mann dazu, auch ein Franzose, die Bardame scheint ihn gut zu kennen – und lässt ihn stehen. Er spricht ein Kauderwelsch aus Englisch und Pidgin, hat vor Jahren mal in Papua Neuguinea gearbeitet und lebt nun mit einer Vahine zusammen auf Morea. Ein Angeber, gewiss, aber einer, dem man gut zuhören kann. Ein tollkühner Abenteurer! Immer wieder zeigt er auf seinen Perlmutt-Anhänger, den er am Hals trägt; es ist ein besonders großer und schön geformter Stein.

Dann erscheint ein weiterer Mann, auch Franzose, dickbäuchig und sehr gesprächig: Er begleite VIP's (very important people; sehr berühmte Leute) auf Einzelausflügen. So jedenfalls lässt er uns wissen. Gestern sei's ein bekannter amerikanischer Gehirnchirurg gewesen, dem er Bora-Bora gezeigt habe, heute sei's eine reiche Engländerin – und er deutet auf eine blondierte ältere Dame; die sei es! – Auch Marlon Brando, sagt er, habe er wiederholt begleitet; dem gehöre übrigens das benachbarte Inselchen Tetiaroa...

Endlich kommt die Meldung, unser Flugzeug habe Papeete verlassen; in 15 bis 20 Minuten treffe es ein. Inzwischen ist es dunkel geworden – und schon fragen ein paar erfahrene Weltenbummler: Wie will der Pilot bloß landen? Ohne Scheinwerferlicht?

Auch da weiß man sich zu helfen: Es werden rechts und links der Piste leere Ölfässer aufgestellt und provisorische Fackeln (aus in Öl getränkten Lappen) angezündet und auf die Fässer gelegt.

Damit ist die Südseeromantik perfekt: Bei Fackellicht landet die Fokker Friendship – und startet wieder, nur wenige Minuten später, bei Fackellicht hinein in den abendlichen sternenbehangenen nächtlichen Südseehimmel. Es war unser letzter Abend auf Tahiti. Schon am frühen Morgen des nächsten Tages sind wir wieder unterwegs, erneut ostwärts, diesmal – Richtung Amerika!

Die Hula-Hula-Tänzer von Hawaii

»Hätte mein Leben nur mehr einen Tag«, schrieb einmal ein weitgereister Autor, »ich wollt' ihn so vollbringen: Einen Schneeball werfen vom höchsten Berg dieser Erde; über eine Mondlandschaft wandern; den Duft einer unbekannten Blume einatmen; ein Mädchen eine sehnsüchtige Melodie singen hören; im größten aller Meere auf dem Rücken liegen und zu einem Regenbogen aufschauen...«

Das – fast all das – bietet die Inselwelt von Hawaii – zwischen Japan und Nordamerika gelegen. Dort, auf dem Hawaii-Archipel, gibt es Vulkane und Mondlandschaften, ideale Badestrände, mildes Tropenklima, weite Ananasfelder – und zahlreiche Hula-Hula-Tänzerinnen, die wirklich Freude am Leben haben – und eben nicht nur so tun, wenn sie vor Touristen auftreten! – Also fragt der neugierige

Tourist: Ist Hawaii ein Paradies auf Erden? – Nein, nicht ganz!

Schon die Ankunft in Honolulu wirft ihre Schatten voraus: Über eine Stunde Warten auf die (amerikanischen) Zoll- und Einreisebeamten. Hawaii ist ein Bundesstaat der USA. Aber dann, wenn man mal die Einreiseformalitäten hinter sich hat, geht es doch relativ flott voran:

Blumengeschmückte Hostessen lächeln hilfsbereit: Ob sie mir helfen könnten? Ja, gerne! Ich erkundige mich nach den Maristenpatres; bei ihnen hatte ich mich angemeldet und gefragt, ob sie mir ein paar Tage Gastfreundschaft gewähren könnten. Die Hübsche vom Info-Büro, eine waschechte Hawaiianerin mit einer Blume im schwarzen Haar, lässt mein Anliegen über Lautsprecher verkünden. Niemand meldet sich. Dann erfahre ich, dass die Patres über 60 Kilometer vom Zentrum von Honolulu entfernt wohnen! Was tun?

Die freundliche Hostess fragt, warum nicht in der Nähe ein Quartier suchen? Und sie wählt auch schon eine Hotelnummer – und bekommt eine Zusage: Acht Dollar pro Nacht, inklusive Frühstück!

Per Sammeltaxi, ein (relativ billiger) amerikanischer Straßenkreuzer für 12 Personen, erreiche ich das Hotel, nur 50 Meter vom Strand von Waikiki entfernt. Wie ich erst später erfahre: Eigentümer ist ein Schweizer. Mein Zimmer hat Bad mit Dusche und Balkon! Als ich drei Tage später die Rechnung begleichen will, sagt der junge Mann an der Rezeption: Macht zusammen 16 Dollar! Ich entgegne: Ich glaube, Sie haben sich vertan; ich hatte drei Übernachtungen – und es hat mir sehr gut gefallen... – Er winkt; die erste Nacht wurde bereits für Sie bezahlt. Thanks for your honesty! (Danke für Ihre Ehrlichkeit!) rief er mir nach! – Also kein Versehen. War der Schweizer Inhaber so galant – oder hatte gar die Hübsche am Flughafen ein Wort für mich eingelegt? – I don't know!

Die Hawaii-Könige waren »wahrhaft Wilde«!

Ehe man die Hawaii-Inseln näher erkundet, sollte man einen Blick in die Geschichte tun – etwa im Bishop-Museum von Honolulu: Die erste bronzebraunen polynesischen Seefahrer sollen um 450 n. Chr. den Hawaii-Archipel erreicht haben – auf Auslegerbooten. Sie navigierten nach dem Stand der Sterne und orientierten sich am Flug der Vögel.

Als James Cook erstmals den Hawaii-Archipel erreichte, sollen an die 300000 Eingeborenen dort gelebt haben; 100 Jahre später waren es nur noch 57000; alkoholische Getränke und Massen-Epidemien sorgten für Dezimierung.

Cook hatte Pech; er starb während seiner dritten Südseereise, am 14. Februar 1779, eines gewaltsamen Todes auf Hawaii. Die Insulaner hatten ihn zunächst für einen Gott gehalten. Als aber eines seiner Landungsboote gestohlen wurde, ging Cook mit bewaffneten Männern an Land, um Geiseln zu nehmen. Doch dann lief alles schief: Ein paar tausend Hawaiianer standen ihnen gegenüber. Als Cooks

Matrosen das Feuer eröffneten, stürzten sich die Hawaiianer auf Cook und rammten ihm einen Dolch in den Nacken. Als sie Blut fließen sahen, wussten sie, dass der britische Kapitän ein normaler Mensch war – und ein lautes Freudengeschrei hob an. Sie brachten Cooks Leiche in ihren Göttertempel und teilten sie auf; jeder Inselhäuptling erhielt ein paar menschliche »Cooks-Souvenirs«...

Damals, zu Cooks Zeiten, herrschten noch andere grausame Bräuche. Die Hawaii-Könige waren alles andere als zimperlich: Fiel auch nur der Schatten eines einfachen Insulaners auf den Herrscher, dann war der arme Mann des Todes.

Von König Kamehameha heißt es, er soll elf Henker gehabt haben und, laut Bericht eines westlichen Reisenden, 1795 seine rebellierenden Krieger bei Nuuanu Pali über eine Felsklippe in den Tod gestürzt haben.

Eine von König Kamehamehas Nachfolgerinnen, Königin Lydia Liliuokalani (wörtlich: salzige Luft des Himmels) wurde als letzte Monarchin 1893 abgesetzt. Fünf Jahre später annektierten die USA den Hawaii-Archipel und bauten schließlich *Pearl Harbour* zu einem mächtigen Marinestützpunkt im Pazifik aus, den 1941 die Japaner zerstörten. 1959 wurde Hawaii 50. Bundesstaat der USA.

»Die lieblichste Inselflotte im Ozean«

Die meisten Touristen verstehen unter Hawaii nur den Strand von Waikiki. Aber die Inselgruppe bietet sehr viel mehr als nur schöne Tage am Badestrand. Der Archipel besteht aus acht größeren und zwölf kleineren Inseln; sie wurden vor Jahrmillionen aus dem Ozean »herauskatapultiert«. Auf den einzelnen Inseln gibt es rund 1700 Blumensorten und etwa 3750 Insektenarten.

Mark Twain nannte die Inselgruppe die »lieblichste Inselflotte, die in einem Ozean verankert liegt«. Vielleicht hat Hawaii das angenehmste Klima unserer Erde: Tropische Vegetation mit subtropischen Zonen, obwohl es noch ziemlich weit vom Äquator entfernt liegt; breitengradmäßig ist es auf der Höhe von Kuba gelegen, und somit Nutznießer sowohl warmer Meeresströmungen als auch des erfrischenden Nordostpassats. Die Durchschnittstemperatur liegt bei 24 Grad; die größten Klima-Extreme sind nachts 16 und tagsüber 32 Grad.

Als weitere Besonderheiten wären zu erwähnen: Das Zentrum von Waikiki – mit einem bunten Warenangebot, nicht nur aus China, Südkorea und den Philippinen, sondern aus buchstäblich aller Welt. Daneben gibt es allerlei Leckereien für den Magen; bunte Süßigkeiten für Augen und Gaumen: Gefrorene Bananen, Rum mit Orangensaft, Ananasschnitten, Delphinen-Stakes, roten Ginger mit Orchideenblüten – oder einfach *Chicki*, das ist ein köstliches lokales Getränk aus Kokosmilch, Rum und Orangensaft – mit frischen Orchideenblüten obenauf!

Daneben gibt es allerlei Angebote: Flüge über feuerspeiende Vulkane – oder auf Plastikbrettern sich im Wellenreiten zu üben; Hula-Hula-Tänzern zuzuschauen – oder zu versuchen, mitzutanzen. Die alten Hula-Hula-Tänze, so habe ich mir sagen lassen, waren früher rituelle Gebetstänze, vor allem der jungen Frauen auf den Dörfern, um die Götter milde zu stimmen; also letztlich Fruchtbarkeitstänze – und somit versteckte Appelle an die Männerwelt!

Dieser überkommene Hula-Hula-Tanz enthielt früher über 40 Körperbewegungen. Jede Geste hatte einen eigenen Namen, fast alle wurden in Verbindung gebracht mit der menschlichen Fortpflanzung.

Als die ersten christlichen Missionare auf den Hawaii-Inseln eintrafen, waren sie entsetzt über diese »heidnischen Tänze«; seitdem werden Touristen nur noch »zensierte« Tänze vorgeführt, mit ein bisschen Hüftenwackeln und viel Gaudi; mit dem alten Ritualtanz hat diese moderne Version fast nur noch den Namen gemeinsam.

Ein polynesisches Freilichtmuseum

Es liegt rund 40 Kilometer von Honolulu entfernt auf einer Plantage, die 1850 von amerikanischen Mormonen gekauft wurde. Dort hat man eine Art Freilichtmuseum errichtet, das auf die unterschiedlichen Südsee-Insulaner und ihre Lebensweise aufmerksam machen will, natürlich vor allem auf die Lebensweise der Eingeborenen auf Hawaii, Tonga, Samoa, Fidschi, Tahiti und Neuseeland. Was über die Eintrittskarten hereinkommt, soll bedürftigen Studenten, vor allem aus Afrika, zugute kommen. Es werden einheimische Tänze aufgeführt, Lieder gesungen und volkstümliche Stücke gezeigt, darunter auch Tierfabeln und Mythen. Auch auf ein Sprichwort aus Samoa wird hingewiesen: »Nur wer Angst hat, verbrennt sich den Hintern!« Den Schluss der Vorführungen bilden grazile Schönheiten aus Hawaii mit einem volkstümlichen Ballett – etwas Exotisch-Buntes; eine farbige Augenweide!

Wieder zurück in Waikiki, schlendere ich durch die Parkanlagen am Strand und treffe auch einen indischen Guru, der seine Schüler in die fernöstlichen Meditationspraktiken einführt. Auf einer Parkbank ruhe ich ein wenig aus – und nicke ein. Geweckt werde ich von einem Hündchen, das an meinen Sandalen leckt. Eine ältere Dame ruft das Tier, und entschuldigt sich bei mir: Hansi scheint Sie zu mögen, sagt sie entschuldigend, setzt sich neben mich und erzählt mir ihr Leben…

Im Weitergehen komme ich zur katholischen Kirche; sie ist verschlossen. In einem benachbarten Vorhof herrscht Jahrmarktstimmung: Würstchen werden gegrillt, Lieder gesungen und Tänze aufgeführt. Ein Pater in Pfadfinderkleidung informiert mich: Der Erlös des Pfarrfestes geht an einen Kindergarten, der unbedingt restauriert werden müsse.

Mein Aufenthalt auf Hawaii geht dem Ende entgegen. Ein wenig melancholisch schlendere ich ein letztes Mal zum Strand, lasse den Wind durch die Haare streichen, erschnuppere salzige Seeluft und träume von der Schönheit der Inseln im Pazifischen Ozean.

Am Flughafen von Honolulu erfahre ich: Die Strecke Hawaii-San Francisco gilt als Binnenflug; das ist von Vorteil, was Passkontrolle und Zoll anlangt. Der Jumbo füllt sich sehr schnell. Vor mir sitzt eine Japanerin; sie liest in einem kleinen Büchlein, das den Titel trägt: Payers to be said when on a Journey (Reisegebete!) Daneben liegt die Bibel, das Neue Testament – in japanischer Sprache.

KAPITEL 4

Beobachtungen und Erkenntnisse rund um den Globus

Exotische Erlebnisse und Abenteuer
aus diversen Ländern und Meeren

Der eigenartige Schnitt der Augen

Ein Chinese, der zum ersten Mal in Europa war, wurde von neugierigen Journalisten gefragt, was ihm bei den Menschen in den europäischen Ländern am meisten aufgefallen sei. Er antwortete kurz und sachlich: Der eigenartige Schnitt ihrer Augen!

Ich weiß nicht, ob der Mann aus Fernost ein Schlitzohr war; ich habe auch nicht in Erfahrung bringen können, ob er es lächelnd oder allen Ernstes sagte und meinte. Aber die Journalisten schmunzelten über so viel versteckte Weisheit und mitmenschlichen Respekt des Chinesen.

Lachen und Schmunzeln erlaubt

Der Schweizer Carl Gustav Jung berichtete einmal von einem Geisteskranken, den man nach dem Grund seines jahrelangen Schweigens gefragt hatte. Er behauptete allen Ernstes (oder steckte da doch etwas Schelmisches dahinter?), er habe die deutsche Sprache schonen wollen!

Nicht weniger Schmunzeln erregte die Antwort eines Indianerhäuptlings im Norden Kanadas, der in der Region bekannt war für seine präzisen Wettervorhersagen. Von einem amerikanischen Fernseh-Journalisten gefragt, woran er zum Beispiel erkenne, dass der nächste Winter ein sehr strenger werde, antwortete die schlitzohrige Rothaut zunächst gar nicht. Er zog kräftig an seiner Pfeife, stieß ein paar Rauchkringel in die vier Windrichtungen aus, deutete auf die Blockhütte seines europäischen Nachbarn und sagte trocken: *Weißer Mann machen großes Holzstoß.* Voila!

Dankbarkeit durch Reisen

Die deutsche Journalistin Meike Winnemuth[11] hatte bei Günther Jauch eine halbe Million Euro gewonnen – und machte daraufhin ein Jahr blau: Sie wollte

---

[11] M. Winnemuth »Das große Los«, Albrecht Knaus, München 2013

zwölf Weltstädte kennenlernen – und begegnete überall Menschen; Mitmenschen!

Ihr Resümee: Auf Reisen wird man bescheidener, demütiger, toleranter und – sehr wichtig! – auch dankbarer: »Religion lehrt Achtung und schützt vor Selbstüberhebung. Reisen tut es auch. Und beides bringt dir Dankbarkeit bei.«

Egal, ob ein Chinese erstmals mit Europäern zusammenkommt und sich dabei über den »eigenartigen Schnitt« ihrer Augen wundert oder ob C.G.Jung auch bei Geisteskranken Witz und Humor feststellt – oder ob eine Weltreisende wie Meike Winnemuth zur Überzeugung kommt, dass alles, was sie (heute) erlebt, sie eines späteren Tages »als Erinnerungen« ernten wird – es sind immer Menschen, denen wir begegnen: Menschen, die uns weiterhelfen können; Menschen, die uns auch in der späteren Erinnerung etwas Wichtiges zu sagen haben; Menschen, deren Schicksale uns nicht gleichgültig sein dürfen.

Letztlich sollten eben auch die Reisen und die Begegnungen mit Fremden dazu dienen, uns »immer wieder eines Besseren zu belehren; möglicherweise auch durch den Glauben anderer Menschen«

(M.Winnemuth)

Morgen – so Gott will

Alles ist relativ: Hitze, Kälte, Ernst und Humor! Auf den Standpunkt kommt es an. Auch in Brasilien: Als ich Nova Iguacu besuchte, war es schwülheiß,

25 Grad im Schatten; da sagte jemand, dies sei seit Monaten der kälteste Tag!

Die Brasilianer haben Humor. Ohne Zweifel! Sie sind aber auch weithin passive, gottergebene und duldsame Leute – trotz ihres mitunter aufbrausenden Temperaments. Die Mehrzahl der Brasilianer sind einfache Menschen; sie wurden Jahrhunderte lang geknechtet, ausgenützt, übervorteilt. Lange Zeit nahmen sie alles so hin, ohne allzu großes Murren: *weil Gott es so will!*

Wenn sie irgendwohin fahren, sagen sie: Morgen fahre ich nach Sao Paolo – *so Gott will!* Oder: In zwei Wochen fliege ich nach Europa – so Gott will! Nächstes Jahr eröffne ich in Salvador da Bahia einen Laden – so Gott will!.

Wenn sie an der Bushaltestelle Schlange stehen (und in Brasilien steht man immer Schlange!), und der nächste Bus ist hucke-packe-voll – oder er fährt einem vor der Nase weg, dann verhalten sie sich ruhig. Oder sie murmeln heimlich: Gott wollte es so; Gott ist groß!

Wenn der lang erwartete Regen im Nordosten des Landes wieder ausbleibt und infolgedessen eine schreckliche Hungersnot droht, dann heißt es: Gott hat es zugelassen; er wird auch weiterhelfen! Mitunter singen sie schwermütige Lieder, aber die Hoffnung geben sie nie ganz auf…

Die Bewohner von Rio nannten zeitweise ihre städtischen Busse »Coracao de Mamai« (Mutterherz). Warum Mutterherz? – Weil einer immer noch reinpasst, und wenn der Bus noch so vollgestopft scheint, und kaum jemand mehr zu atmen wagt, dann hat einer eben doch noch Platz!

Der nächstbeste Schuhputzer von Rio

Wenn ich an Brasilien zurückdenke, klar, da denke ich an Corcovado, Zuckerhut und Copacabana; an Rio de Janeiro allgemein und auch an Sao Paulo, Petropolis, Brasilia und Salvador da Bahia. Vor allem aber denke ich an die vielen Menschen: Schuhputzer, Busfahrer, Marktfrauen, Favela-Bewohner, Schulkinder und Straßenbettler...

Im Einzelnen erinnere ich mich an den Milchmann von Vila Velha; er fuhr jeden Morgen hupend, ratternd und polternd durch die gepflasterten Gassen – bis auch die letzte Hausfrau auf ihn aufmerksam geworden war und die Milchflaschen an der Straßenecke abholte. – Und ich denke an die zahllosen, minderjährigen Schuhputzer von Petropolis, Rio und Sao Paulo – eigentlich überall in Brasilien – sowie an die alten gramgefurchten Männer, die trotz Krankheit und Beschwerden stundenlang am Gehsteig herumstehen oder sitzen und auf Kunden warten...

Nein, ich habe mir nicht täglich mehrmals die Schuhe reinigen lassen! Hätte ich es getan, es wäre eine soziale Tat gewesen! Denn diese Ärmsten müssen meistens nicht nur davon leben, sondern oft auch ihre Geschwister, Eltern oder eben die ganze Familie miternähren.

Ehrlich, ich habe mich lange geschämt, mir die Schuhe putzen zu lassen. Ich brachte es nicht übers

Herz, weil ich meinte, es sei eine Demütigung von erwachsenen Männern, eine Missachtung der Menschenwürde oder gar eine stolze Anmaßung gegenüber denen, die diesen Job ausüben müssen bzw. auf Kinder bezogen, eine heimliche Zustimmung zur Kinderarbeit.

Zu spät begriff ich, dass die Brasilianer es ganz anders sehen, und so kletterte ich eines Tages dann doch auf den Schuhputzer-Thron. Man sitzt ein paar Fuß höher, schaut runter und sieht, wie der Schuhputzer zu Werke geht. Am Anfang werden zwei Schuhschoner übergestülpt; damit Strümpfe und Hose sauber bleiben. Ein Transistorgerät produziert unterdessen brasilianische Rhythmen. Der Schuhputzer guckt kurz auf, etwas schelmisch; er will erraten, mit wem er es zu tun hat: Ist der Gast ein Ami? Oder ein Holländer? Oder ein Deutscher? – Er weiß aus Erfahrung, welche Touristen die besten Trinkgelder zahlen…

Unterdessen sind die Schuhe gereinigt und eingecremt. Jetzt werden sie poliert. Mit einer Bürste, erwarte ich. Weit gefehlt! Er holt einen alten Strumpf aus seinem Kästchen und streich(el)t damit, wie ein Geigenspieler über sein Instrument, gekonnt, aber sachte über die Schuhe. Ich denke inzwischen: Es ist eigentlich recht angenehm, etwas höher zu sitzen und die Leute um einen herum zu beobachten. Nie habe ich in Brasilien es so bedauert, dass mein Portugiesisch für ein längeres Gespräch nicht ausreiche. Gar zu gern hätte ich mich mit dem Schuhputzer unterhalten.

Ich stelle mir vor: Der Mann hat fünf oder sechs Kinder, alle unter fünfzehn. Die müssen ernährt werden, brauchen Schuhe und Kleider usw. – Inzwischen kommt einer seiner Kollegen, auch ein Schuhputzer. Sie unterhalten sich, lachen, kichern, amüsieren sich. Was haben sie einander bloß alles zu erzählen? – Ich schüttle den Kopf; er muss es bemerkt haben, klopft rasch ein paar Mal dem anderen auf die Schulter – und zieht erneut den alten Strumpf über meine Schuhe, entfernt dann die Schoner und gibt mir zu verstehen, dass er fertig ist. Ich stehe auf – und spüre im nächsten Moment, wie mich etwas an der Wade beißt. Ich bücke mich, kratze – und werde verlegen. Der Schuhputzer grinst schüchtern: Nur ein verlaufener Floh! scheint er sagen zu wollen. Bloß keine Aufregung! Deswegen geht die Welt nicht unter; wir haben ein paar Milliarden davon; die Tierchen wollen halt auch leben. Wie wir alle! Aber warum gleich so ungehalten, mein Herr, wegen eines Flohbisses!? Flöhe sind wie Menschen: Schmarotzer! Am besten, man lässt sie leben; dann geben sie schon alleine wieder Ruhe...

Ich zahle, gebe ihm das Doppelte von dem, was er verlangt, und schlendere weiter. Als ich mich noch einmal nach ihm umdrehe, sehe ich, wie mein Schuhputzer einem seiner Freunde naturgetreu vorspielt, was er soeben beobachtet hat: Den Moment, als ich, vom Floh gebissen, an der Wade zu kratzen begann.

Sage mir noch einmal jemand, die Brasilianer hätten keinen Humor! Ich schicke ihn zum nächstbesten Schuhputzer...

Der gedungene Mörder war völlig verblüfft

Dom Helder Camara, Erzbischof von Olinda und Recife in Brasilien, war zeitlebens ein Freund der Armen und Notleidenden. Das passte nicht allen ins Konzept, die am Amazonas das Sagen hatten; die nicht willens waren, auch den Armen gewisse Rechte einzuräumen. Daher beauftragte man einen Mann, Camara zu ermorden. Als der gedungene Mörder um Eintritt bat, hatte Camara keine Ahnung von dessen Auftrag; er bat daher nichtsahnend den Mann, einzutreten und Platz zu nehmen. Der gekaufte Mörder zitterte plötzlich vor Angst, und Camara fragte erneut, ob er ihm helfen könne und welches Anliegen ihn zu ihm brächte. – Jetzt stotterte der Mann: Ich wurde dafür bezahlt, dass ich Sie umbringe. Aber das geht nicht. Ich kann Sie nicht töten; Sie sind ein Mann Gottes… – Und der gedungene Mörder stand auf, reichte Camara die Hand und verließ das Haus…

Auch auf Mahatma Gandhi waren Mörder angesetzt. Und auch Gandhi blieb furchtlos – und verkündete weiterhin seine Lehre vom passiven Widerstand. Gewiss, Gandhi wurde ermordet, aber seine Botschaft geht seither um die Welt: Nicht Hass besiegt die Welt, sondern die Liebe!

Albert Schweitzer, ein anderer unter den ganz Großen unserer Zeit, war ebenfalls überzeugt, dass Wahrheit, Liebe, Güte, Friedfertigkeit und Sanftmut über aller Gewalt stehen – und dass denen die Zukunft gehören wird, die Liebe statt Hass künden, und Vergebung statt Vergeltung.

Nur der einzige Häftling überlebte

Martinique, so erzählte uns ein junger Touristenführer, wurde von den Ureinwohnern, den Indios, einst *Madinina* genannt, das heißt Insel der Blumen. Später wurde daraus *Martinique*. Heute ist die Karibikinsel Heimat für mehrere hunderttausend Einwohner – und Millionen von Hibiskus-Blüten, Orchideen, Bougainvilleas und anderen in den Tropen beheimateten Blumen.

Kolumbus soll 1502 hier gewesen sein. 1635 kamen die Franzosen, später machten ihnen die Engländer die Insel streitig. Seit 1946 ist diese »Perle der Antillen«, wie sie auch genannt wird, keine Kolonie mehr, sondern eine französische Überseeprovinz.

Fort de France ist in einer malerischen Buch gelegen; die Menschen sind eine *glückliche Mischung* aus Franzosen und Kariben; man sieht diese Haltung schon den gelassenen, aber eleganten Gesten der Polizisten an, aber auch den fröhlichen Frauen auf den Feldern, den Schulkindern in den Dörfern, den Fischern am Hafen – überall liegt ein Hauch von Charme über der Insel – und die französisch-kreolische Küche gilt hier obendrein als eine der besten der Kariben. – Hier hat übrigens auch Paul Gaugin einige seiner schönsten Bilder gemalt, ehe er auf Tahiti in der Südsee hängenblieb.

Im Stadtpark von Fort de France steht das Marmordenkmal einer berühmten Kreolin, der Kaiserin Josephine, Gemahlin Napoleons; sie stammte aus Martinique.

Martinique hielt man lange für ein Paradies auf

Erden, bis 1902 ein Vulkanausbruch des Mont Pelee das Städtchen St. Pierre in Schutt und Asche legte. Damals starben alle 30 000 Einwohner; nur ein einziger Mann überlebte; er befand sich als Häftling in einem unterirdischen Verließ.

Diese historische Episode beschäftigte mich noch lange Zeit nach meinem Besuch. Ein makabrer Anstrich von Tragikomik blieb als Nachgeschmack zurück. – Wie oft schon machten sich Menschen zu Richtern über andere – und dann fügte es Gott anders; ganz anders!

Ein 83-jähriger auf Grenada

Ein idyllisches Inselchen in der Karibik; friedlich und freundlich, einladend und angenehm. Ein Taxifahrer entschuldigte sich für die politischen Unruhen, die kurzweilig negative Schlagzeilen in der Weltpresse erbracht hatten: Wissen Sie, wir auf Grenada waren naiv und eitel obendrein, die politische Unabhängigkeit erzwungen zu haben. Unter britischer Flagge lebten wir gut und friedlich. Jetzt müssen wir selber schauen, wie wir über die Runde kommen...

Ein älterer Herr, in knielangen Bermudas, stakste über den weichen Sand und mischte sich ein: Was wollen die Leute eigentlich mit den Streiks erreichen? fragte er, er sei eigens hiergekommen, aus Vancouver (Kanada), weil es hier so schön und friedlich ist!

Sein faltiges Indianergesicht schmunzelte selbstzufrieden, ehe er fortfuhr: Geld ist nicht alles. Ich habe genug davon. Ich kann mir alles leisten – gutes Essen, schöne Mädchen, was immer ich möchte! Mein Alter spielt dabei keine Rolle; ich bin jetzt 83 Jahre alt, und wenn ich 90 werde, dann will ich noch einmal heiraten…

Wieder verzog er spöttisch das Gesicht, eher er weitersprach und sich einen eingefleischten Junggesellen nannte, der endlich ein braver Ehemann werden wolle!

Sie meinen, mit 90 würde dies schwierig? – Da täuschen Sie sich: Wo Geld ist, da fehlt es auch nicht an klugen Jungfrauen. Wer mich heiratet, für den ist für die nächsten fünfzig Jahre gesorgt.

Er trottete mit spöttischen Lippen hinunter zum Strand; da lagen schwere Steinplatten – mit eingeritzten Gesichtern, Symbolen und Namen. Der Mann aus Vancouver kehrte zurück, deutete auf die Zementplatten und murmelte: Diese Dinger da habe ich hergestellt. Dort zum Beispiel ist die Platte von BB! Kratzen Sie ein bisschen und schieben Sie das welke Gras beiseite – dann können Sie alles gut lesen! Daneben lauter Prominente, vor allem amerikanische. Sie alle waren einmal hier auf der Insel!

Das rappeldürre Männlein aus Kanada entfernte sich abermals. Ganz in der Nähe informierte ein Touristen-Guide eines Kreuzfahrtschiffes eine Gruppe auf Englisch: Was kaum jemand mehr wisse, 1970 habe Grenada die Miss World gestellt! Davon spreche niemand mehr. Heute werde allenfalls noch die Produktion von Muskatnüssen erwähnt; ein Drittel der Weltproduktion komme von der Insel.

Und noch etwas sei erwähnenswert, fügte der Fremdenführer hinzu: Kolumbus habe die Insel nie betreten. 1498 habe er sie erobern wollen, es sei ihm aber nicht geglückt. Die Karibik-Indianer hätten sich energisch gewehrt. Möglicherweise sei Kolumbus auch deswegen zurückgeschreckt, weil die Bewohner von Grenada als Kannibalen verschrien waren. – Das Wort Karibik komme übrigens von *Kanibic*, was soviel heiße wie Kannibalen-Land.

Calypso-Rhythmen auf Trinidad

Trinidad (mit der Insel Tobago) gehört zum Britischen Commonwealth und ist eine der heißesten Karibik-Inseln. Man nennt sie die Heimat des Calypso und der Steelbands. Die Einwohner sind ein Völkergemisch aus Negroes, Mulatten, Indern, Libanesen, Spaniern u. a. Neben ergiebigen Ölquellen gibt es einen Asphaltsee von Bedeutung. Andere Exportartikel sind Zucker, Rum und Kakao.

Die neuere Geschichte der Insel ist bunt, abwechslungsreich und interessant: Kolumbus kam 1498 vorbei; Spanier und Briten waren lange Jahre die Kolonialherren. Im Laufe von 200 Jahren soll die Insel an die 30 Mal den Besitzer gewechselt haben. 1962 wurde die Selbständigkeitsfahne gehisst. Viele Gebaude erinnern noch an die britische Vergangenheit.

Die katholische und die anglikanische Kathedrale stehen nah beieinander, aber auch der Voodoo-Kult und andere synkretistische Gemeinschaften wuchern weithin friedlich nebeneinander.

Im Zentrum des karibischen Denkens und Fühlens stehen folkloristische Darbietungen: Was wäre Trinidad ohne Calypso und Steelbands? Hier zeigt sich die hautnahe Verwandtschaft vieler Insulaner mit den Eingeborenen Westafrikas. Die Trommeln der Bantuvölker wurden in Trinidad zwar durch Ölfässer ersetzt, aber der Rhythmus blieb afrikanisch: hexenschnell und höllisch-laut! Die Rhythmen der Steelbands durchdringen Leib und Seele. Für westliche Touristen spielen die Musiker der Steelbands gerne zusätzlich noch ein paar Takte Beethoven oder einen Straußwalzer.

Die Calypso-Musiker sind Meister der Improvisation. In ihren Liedern und Balladen besingen sie märchenhafte »Erinnerungen an die Zukunft«, lassen Könige auftreten und Geister regieren, imitieren Tiere in lautmalerischer Faszination – und freuen sich grundsätzlich laut und rhythmisch am Leben. Ekstase liegt in der Luft, tranceähnliches Verhalten ergreift Spieler und Zuhörer. Es ist eine grandiose Demonstration der Vitalität; ein Beweis schöpferischer Aussagekraft; ein Sich-Auflösen und Zerfließen in Rhythmus und Schweiß.

Delphine gelten als Glücksbringer

Mit zu den schönsten und unterhaltsamsten Erlebnissen an Bord eines Passagierschiffes gehören die Aufrufe des Kapitäns: *Delphine in Sicht!* Und schon füllen sich die Relings mit erlebnishungrigen Zuschauern, bewaffnet mit Ferngläsern und Kameras.

Delphine gelten als besonders kluge und intelligente Tiere; sie gehören zur Familie der Zahnwale und werden bis zu zwei Meter lang. Schwärme von 50, 70 oder mehr Tieren sind keine Seltenheit.

Noch mehrere Kilometer von unserem fahrenden Schiff entfernt, peilen sie die exakte Stelle an, wo sie bei gleichbleibender Schwimm-Geschwindigkeit auf den Dampfer stoßen. Sie besitzen ein ausgezeichnetes Gehör. Wie eine Armada, oft in klassischer Form, nähern sie sich, unter unzähligen Luftsprüngen, dem fremden *Ungetüm*. Ihre Freude ist übergroß. Kein Wunder, dass sie immer wieder in zahlreichen Sagen und Märchen als besonders menschenfreundlich und hilfsbereit beschrieben werden.

Auf einigen Papua Neuguinea vorgelagerten Inseln hörte ich immer wieder von der Freundschaft der Fischer mit den Delphinen. Einige ihrer Männer seien, wenn orientierungslos in der Südsee herumirrend, von Delphinen nach Hause geleitet worden. Delphine sind nicht nur gute und schnelle Schwimmer, sondern uns Menschen gegenüber auch äußerst zuverlässig und treu.

Ganz anders Haie oder Schwertfische! Vor ihnen fürchten sich die Fischer überall. Jährlich kommt es zu blutigen Unfällen an den Badestränden der südlichen Meere.

Ernest Hemingway, der während des Zweiten Weltkriegs zeitweise auch deutsche U-Boote ausspionierte, machte in den karibischen Gewässern gelegentlich Jagd auf gefährliche Schwertfische; einer soll dann auch eine Art Vorlage für seinen berühmten

Roman »Der alte Mann und das Meer« gewesen sein.

Aber zurück zu den Delphinen: In einem der Schwärme, die unseren Dampfer begrüßten, befanden sich auch Jungtiere. Diese wurden von den Muttertieren liebevoll angelernt und in zärtlicher Fürsorge in die Delphin-Bräuche eingewiesen. Es war ein köstliches Schauspiel!

Insgesamt vermittelten uns diese Tiere eine umfassende tänzerische Freude, so, als wollten sie uns zurufen: Das Leben ist schön und lebenswert und kostbar – zu kostbar, um es anderen zu überlassen!

Der Tanz der Delphine gleicht einer besonderen Botschaft der Tierwelt an uns Menschen: Freut euch des Lebens! Fangt es ein, kostet und genießt es – täglich neu! Und ergreift die Zukunft mit Händen und Herzen; bejaht sie und dankt dem, der jeden von uns bejaht – und Menschen und Tiere ins Leben geliebt hat...

Zwischenlandung in Mumbai (Bombay)

Der erste Eindruck von Indien täuscht nicht: Menschen! Überall Menschen; mehr als ein Milliarde! Indien ist bevölkerungsmäßig (nach China) das zweitgrößte Land der Erde.

Die schönsten Sehenswürdigkeiten von Mumbai *schmecken* nicht mehr angesichts der Menschenmassen von Bettlern, Blinden, Lahmen, Hungernden! Und dazwischen bildhübsche, graziöse Inderinnen in teuren, exklusiven Saris! Mumbai ist eine Stadt krasser, greller Gegensätze – des himmelschreienden Elends der Massen und der von maßlosem Luxus und Reichtum umgebenen Oberschicht.

Indien ist die größte Demokratie der Welt: Erstaunlich wie gut das politische Leben trotz allem funktioniert! Auch, dass das riesige Land bislang halbwegs friedlich und regierbar geblieben ist. Dennoch und trotz allem, was erstaunenswert gut funktioniert, es ist und bleibt ein Land der Gegensätze.

Vor einem großen Hotel beobachte ich einen indischen Portier in steifer Pagen-Uniform, wie er Dutzende von Arbeitslosen anschreit: Sie mögen verschwinden auf Nimmerwiedersehen! – Es ist sein täglicher Auftrag, sie von den Touristen aus Europa, Amerika und Fernost fernzuhalten. Offiziell heißt es, man wolle die Wahrnehmung von Armut, Hunger und Elend, sofern aufdringlich und lästig, den sehr willkommenen Gästen aus Übersee ersparen.

Freilich kenne ich auch die Einwände vieler Europäer: Es sei unmöglich, einer Milliarde Menschen wirklich zu helfen. – Gewiss, aber wegschauen, das Elend ignorieren ist auch keine humane Haltung. Und wer die Slums von Mumbai gesehen hat, wer den bettelnden Kindern, die fast schon runzeligen Greisen gleichen, mal ins Gesicht gesehen hat, wird so schnell diese Bilder nicht vergessen können.

Oder – auch diese Reaktion wäre denkbar – man wird tatsächlich dankbarer für das, was wir »im reichen Westen« alles haben und uns leisten können, was aber Millionen von Indern (und Millionen in anderen Ländern der weiten Welt) entbehren müssen?! Weltweit sind es Hunderte von Millionen Menschen, die sich nie satt essen können, die nur selten gutes Trinkwasser haben – und auch kein Dach über dem Kopf...

Lächeln im Land der schönen Menschen

Unterwegs, auf dem Flug nach Bangkok, lese ich ein paar Informationen über das moderne Thailand. Zum Beispiel einen FAZ-Bericht von Hanna-Liesel Tichy. Ich erfahre etwas über die blumig-herzliche, fast schon poetische Sprache der Thais. Das thailändische Herz (Geist, Seele, Stimmung) heißt *Dschai* oder *Dschid*. Dazu ein paar Beispiele: *Saduddschai* kann Stolperherz bedeuten, aber auch soviel wie Lunte gerochen haben, misstrauisch geworden sein. *Mai Kadschai*: Ich verstehe dich überhaupt nicht; wörtlich: Es gelangt nicht bis in mein Herz! – Unter einem »Tiger für Frauen« verstehen die Thais einen Schürzenjäger, und ein »Muttertiger« ist eine Frau, die Haare auf den Zähnen hat. – Einen »Elefanten-Hinterfuß« nennt man eine Frau, die ihrem Gatten schier blindlings überallhin folgt! – Die Milchstraße am nächtlichen Himmel heißt »Straße der weißen Elefanten«, und ein Kosename für große wie kleine Mädchen lautet »muuh«, also Schweinchen! Um das zu verstehen, muss man wissen, dass das Fleisch der Borstentiere eine Lieblingsspeise der Thais ist.

Thailand, ins Deutsche übersetzt, heißt soviel wie »Land der freien Menschen«. Man könnte auch sagen: Land der schönen Menschen – sie sind hübsch (nicht

nur die jungen Frauen und Mädchen), freundlich und
hilfsbereit. Sie haben etwas Geschmeidiges an sich;
etwas Gefälliges; etwas Liebevolles!

Mein persönlicher Guide

Am frühen Morgen, kurz nach unserer Landung in
Bangkok, schlendere ich durch Chinatown, das
Chinesenviertel der thailändischen Hauptstadt. Die
ganze Stadt ist auf den Beinen. Buddhistische
Mönche, in orangegelbe Gewänder gehüllt, huschen
durch die Straßen, fliehen, sobald sie eine Kamera
erblicken. Ich versuche, etwas von der Exotik Ostasiens einzufangen. Da spricht mich ein Mann an, in
fast fließendem Englisch, vornehm gekleidet, weißes
Hemd mit roter Krawatte; er will wissen, ob es mir
in Bangkok gefällt, und stellt sich als Beamter des
Kultusministeriums vor. In ein paar Tagen fliege er
zu einer internationalen Konferenz nach Frankfurt.
Ob er mir behilflich sein dürfe – und was ich gerne
sehen möchte? – Ich bejahe, und schon bietet er sich
als Stadtführer an. Wir schlendern durch enge Gässchen, schlüpfen über Bretterstege hinein in die Behausungen der Klong-Bewohner, lassen uns per Boot
überallhin bringen, wo sonst kaum mal Touristen
hinkommen.

Die Stunden fliegen dahin. Es wird Abend. Mein
Stadtführer schaut auf die Uhr; er hat noch einen
Termin – und erkundigt sich, an welchem Hotel er
mich absetzen dürfe. In diesem Moment läuft es mir
plötzlich heiß und kalt den Rücken runter: Ich hatte

den Namen des Hotels total vergessen! Wir gehen die in Frage kommenden Touristenhotels durch. Ich erinnere mich nicht. Schließlich winkt mein Begleiter ein Taxi herbei, und wir verabschieden uns. Der freundliche und hilfsbereite thailändische Beamte lächelt. Er lässt sich nichts anmerken. Asiatische Höflichkeit! Dem Fahrer gibt er ein paar Tipps; der stoppt nach einiger Zeit an einem vornehmen Hotel; es ist es nicht! Ich überlege krampfhaft: Soll ich mich zum Lufthansabüro fahren lassen? Aber es ist spät am Abend. Es wird sicher schon geschlossen sein. Was soll ich tun? Ich verlasse das Taxi und gehe zu Fuß weiter. Da erinnere ich mich an ein Hochhaus, an dem wir in der Frühe, vom Flughafen kommend, vorbeifuhren – kurz bevor wir den Bus verließen und »unser Hotel« erreichten. Ich bin sicher, mein Hotel kann nicht mehr weit entfernt sein. So ist es denn auch; zehn Minuten später lasse ich mich aufs Bett fallen. Wohlige Müdigkeit überkommt mich. Und ich schwöre mir: So etwas wird nie mehr passieren!

Es war trotz allem, ein schöner und voller Tag, vor allem dank meines freundlichen Begleiters, der sich selber angeboten hatte, meinen städtischen Guide zu machen.

Bangkok – das Wasserblumendorf

In Bangkok soll es über tausend Buddha-Tempel geben. Eine faszinierende Stadt in vielerlei Hinsicht! Das Wort Bangkok bedeutet soviel wie: Dorf voller

Wasserblumen. Die Menschen, so zierlich sie auch aussehen mögen, sind selbstbewusst und clever. Schon die Kinder sind tüchtige Straßenhändler – etwa beim Souvenirverkauf oder wenn sie ganze Käfige mit Sperlingen anbieten. In Thailand kauft man eingefangene Vögel und lässt sie dann – gegen Geld – wieder frei. Damit die schlechten Gedanken davonfliegen!

Die buddhistischen Mönche, die allmorgendlich durch die Straßen ziehen, werden von den Leuten gern gesehen; die Gaben, die man ihnen übergibt, sind Esswaren – und jeder Thai, dessen Geschenk von den Mönchen angenommen wird, ist in Wirklichkeit dankbar, dass man ihn für würdig befindet, seine Gabe (Esswaren) entgegenzunehmen.

Lange Zeit war es üblich, dass jeder (männliche) Thai wenigstens ein paar Monate in einem Kloster verbrachte. Die Thais sind, in unseren Augen, fromme Leute; in fast jedem Garten steht ein Mini-Tempelchen. Die großen Tempel hingegen können von allen Bewohnern besucht werden; auch Touristen haben Zutritt.

Wer an Bangkok denkt, denkt an Melonen und Kokosnüsse, an Gurken und Gemüse, an Pfahlbauten, Bretterbuden, Bootsstege und Geisterhäuschen – sprich: an die schwimmenden Märkte in den Klongs.

An fast allen größeren Touristenzentren stehen auch Elefanten zum Ausreiten bereit, eine weitere Attraktion für die Gäste aus West und Ost.

Der Fluss ist die Lebensader der Stadt: Er spendet Wasser, mit dem man die Kleider wäscht, die Zähne putzt und Schüsseln spült, dem man aber auch die Jauche überlässt und Abwässer jeder Art!

Buddhas Ratschläge an seine Schüler

Der Besuch einer abendlichen Tanzveranstaltung ist ein anderer touristischer Höhepunkt. Die Handlung ist einfach, auch ohne Sprachkenntnisse zu erraten. Es sind getanzte Märchen, Tierfabeln und Liebesgeschichten. Alles fließt ineinander: Musik, Mimik und Tanz.

Bangkok bietet alles, was westliche wie östliche Touristen (Japan, China, Korea, Philippinen) sich wünschen: Schicke Hotels, scharfe Speisen, saubere Swimmingpools und märchenhafte Bedienung. Nur eines fehlt: Die Gewissheit, dass man als Fremder gern gesehen ist. Als Devisenbringer, ja, aber sonst? Weil Meister des Lächelns, verstecken sie ihre wahren Empfindungen gerne und geschickt hinter Masken.

Auch politisch verstehen die Thais zu überleben. Vielleicht orientieren sie sich dabei an Buddha, der einst seinen Schülern zugerufen haben soll: »Besiegt eure Sucht, zu herrschen und zu besitzen; das kostet kein Blutvergießen, bringt aber den Völkern der Erde die Früchte eines wohlgeordneten Geistes: Glück, Harmonie sowie die Tugenden der Gelassenheit und der Ehrfurcht vor jedem Leben.«

Das Christentum hat unter den Thais kaum Fuß gefasst, obschon bereits im 16. und 17. Jahrhundert vereinzelt Missionare das Land betreten hatten.

Warum dem so war und weithin geblieben ist, lässt sich nur schwer erklären. Vielleicht lag und liegt es auch daran, dass es fast unmöglich war, parallel zu den etablierten buddhistischen Mönchen und Tempeln die christliche Lehre oder kontemplative Orden Wurzeln fassen zu lassen. – Oder hätten asiatische Christen diesbezüglich mehr erreichen können, etwa Missionare aus Korea, aus Vietnam oder von den Philippinen?

Eine letzte Anmerkung: Der Abschiedsgruß der Thais heißt *Sawaddi*: Sei willkommen, auch in Zukunft; und – ich wünsche dir gute Geister!

Daisy Kwok's heimliche Wünsche

Wovon träumt ein chinesischer Teenager aus Hongkong? – Nein, sie nannte sich nicht Suzie Wong, sondern Daisy (das heißt: Gänseblümchen) Kwok (wörtlich: clever, geschickt) und sprach ein relativ gutes Englisch. Wie so viele ihres Alters träumt auch Daisy von Europa und Amerika. Das ist inzwischen für viele Chinesen kein allzu großes Problem mehr, auch nicht für einfache Leute.

Wirklich geschickt ist Daisy auch beim Verkauf von Souvenirs. Sie plaudert mit jedem Besucher, flirtet und kokettiert zum Beispiel mit einem jungen Kanadier folgendermaßen. Das da, sagt sie, ist für Ihre Freundin, dies für Ihren Vater und jenes Laternchen dort für Ihre Mutter! – Der junge Mann aus Montreal weiß sich kaum zu wehren; schließlich sagt er: Aber ich hab mehrere gute Freundinnen! –

Okay, kontert Daisy, dann nehmen Sie noch ein Dutzend chinesischer Schälchen und handgemalte Wandbehänge! – Und schon breitet sie alles auf der Theke aus. – Als Daisy mich schmunzeln sieht, fragt sie neckisch: Und wie viele Freundinnen haben Sie? – Zwei Dutzend! antworte ich. – Daisy lacht schallend – und fährt fort, den Kanadier zu bearbeiten.

Chinesen hätten keinen Humor, hieß es früher, als Mao noch das riesige Reich der »gelben Ameisen« befehligte. Das stimmt natürlich nicht. Es ist eine etwas andere Art des Humors – und es braucht viel Fingerspitzengefühl, diesen Humor richtig zu erfassen und zu deuten.

Was Chinesen nur schwer verzeihen, ist die kalte Arroganz; das Gefühl, alles besser zu können und zu wissen. Oder gar noch negative Bemerkungen über ihre Kultur, ihre Religion, ihre Vorfahren. Ihre Toten stehen in hohen Ehren. In Hongkong, wo es schon immer an Platz mangelte, bricht man Stollen in steinige Berghänge, wo man die Verstorbenen zur letzten Ruhe bettet. Nach sieben Jahren werden diese Grabstollen geöffnet, die verbliebenen Gebeine in Reiswein gewaschen – und, in Urnen gelegt, in der Familiengruft beigesetzt. Wer so handelt, dem wird Glück und Segen verheißen.

Laotse, mein Kabinen-Nachbar

Es war auf einem altersschwachen Flusskahn, der den Jangtsekiang hinunterfuhr; zu einer Zeit, als der weltweit Staunen erregende Staudamm noch nicht errichtet worden war. – Es mögen tausend, es mögen zweitausend Chinesen an Bord gewesen sein; zählen konnte man sie nicht, allenfalls schätzen.

Neben meiner armseligen Kabine, wo man nachts von Ratten besucht wurde, hauste ein älterer Herr, ein Chinese: Er war sehr einfach gekleidet, trug Sandalen und holte sich zweimal am Tag einen Napf Reis von der Küche. Sonst sah man ihn kaum, höchstens mal durch die kleine Türspalte, an einem Mini-Tischchen sitzend und lesen bzw. studieren. Ich nannte ihn »meinen Laotse«. Traf ich ihn zufällig vor seiner Kabine, dann nickte er freundlich, verbeugte sich leise – und trippelte weiter. Je länger die Fahrt dauerte, desto geheimnisvoller kam er mir vor. Er schien aus Haut und Knochen zu bestehen, doch sein Gesicht hatte sehr feine, edle Züge; vergeistigte. – Was war er von Beruf? Ein Poet? Ein Einsiedlermönch? Ein etwas skurriler Wissenschaftler? – Auf jeden Fall, ein Weiser!

Ich fragte etliche Male jüngere Leute, unter ihnen eine chinesische Touristenführerin, nach diesem mysteriösen Alten. Niemand kannte ihn. Nur eines schien klar zu sein: Er war kein Sonderling. Eher ein Gelehrter, ein Forscher – und ein Asket! So wie er lebten nur Menschen, die die höchste Stufe der Gelassenheit erreicht haben. Die keiner Reichtümer bedürfen, um glücklich zu werden; die innere Freude erfüllt und innerer Friede: Menschen in Harmonie mit Gott und der Welt!

Ludwig van Beethoven steht hoch in Ehren

Es sind weithin Klischeevorstellungen vom alten Japan: Zum Beispiel exotische Geishas in bunten Kimonos. Gewiss, die gibt es schon noch, aber eher als verzierende Beigabe. Das moderne Japan der Großstädte unterscheidet sich wenig vom hastigen Treiben anderer Großstädte wie Hongkong, Buenos Aires, Paris, London oder Berlin.

Dennoch – es gibt sie im modernen Japan auch heute noch, die Inseln der Stille: die exquisiten Tee-Zeremonien; die Geisha-Abende; die leisen Angebote von Zen-Meditation und Einführungs-Vorträge in das geistlich-geistige Leben der Menschen in Fernost.

Vieles ist anders in Japan; anders als in den westlichen Kulturkreisen: Wenn man ein Privathaus betritt, zieht man nicht als erstes die Mütze vom Kopf, sondern streift die Schuhe ab. Wein trinkt man gerne angewärmt und Fische isst man roh. Japanische Trauergäste tragen weiße Kleider (statt schwarze). Katzen haben in Japan mehrheitlich keine Schwänze – und es sind die Frauen, die den Männern in die Mäntel helfen, nicht umgekehrt!

Die Japaner sind große Musikfans; klassische Musik schätzen sie über alles. Jeder Japaner kennt die Namen der großen deutschen Komponisten. Bei einer Rundreise hatte ich mich einer Schweizer Reisegruppe angeschlossen; jedem Teilnehmer wurde eine Plakette angesteckt; ich ließ mir von der japanischen Touristenführerin meinen Namen auf Japanisch dazuschreiben. Und schon wurde ich alle Augenblick von Fremden angesprochen: Oh, Sie sind Verwandter des großen Beethoven!? – Erst wunderte ich mich, bis ich begriff: Meinen Vornamen Ludwig brachten die guten Leute offensichtlich mit Ludwig van Beethoven in Verbindung! Dies passierte immer wieder.

Im Zug zwischen Kyoto und Osaka wurde ich von 16–17-jährigen Schülern umlagert; da zog einer der Jungen sein Schulheft hervor und kritzelte etwas hinein – und zwar: Ludwig van Beethoven, darunter jeweils die Anfangstakte der 5. und 9. Symphonie – sowie der Eroika.

Aufregung im Lande der Kirschblüten

Im Frühjahr zieren Millionen und Abermillionen von Kirschblüten die Berghänge, Parks und Gärten Japans – und doch habe ich Probleme, ein paar Kirschblüten zu bekommen: Ich frage einen Hotelpagen, ob er mir sagen könne, wo ich in der Nähe einen blühenden Kirschbaum fände; vielleicht im hoteleigenen Park? – Er hebt die Schultern, stupst aber seinen Kollegen, um ihn um Auskunft zu bitten. Auch der weiß keinen Rat. Schließlich erkundige ich mich an der Rezeption. Achselzucken auch da. Mir kommen langsam Zweifel: Verstehen die Japaner vielleicht mein Englisch nicht, lächeln aber höflichkeitshalber ständig und nicken mit dem Kopf? Oder halten sie mich für einen amerikanischen Touristen, dem sie keine Antwort geben wollen?

Na gut, ich probiere es erneut, beginne von Deutschland zu erzählen, von meiner bayrischen

Heimat (München und Hofbräuhaus kennt hier jeder!) und flunkere ein wenig, wie sehr es mir darum ginge, japanische Kirschblüten mit nach Hause zu bringen, oder auch in einem Brief meinen Schwestern und Nichten zukommen zu lassen! – Und sieh da, es klappt: Die Mädchen beginnen zu kichern, die Hotelpagen grinsen – und plötzlich weiß das ganze Hotelpersonal: Da ist einer aus Bayern, der will doch wirklich ein paar echte japanische Kirschblüten, um sie nach Hause zu schicken – als echtes Souvenir aus Japan, dem Land der Millionen Kirschblüten!

Tellerwäscher war er auch nicht!

In einer kleinen Bar in der Ginza, einer der berühmtesten Straßen Tokios, treffe ich einen Deutsch-Amerikaner; eine eigenwillige Mischung aus Hitler-Germanen und Kaugummi-Amerikaner! Er trägt einen billigen zerknitterten Anzug, hat ein wettergegerbtes gebräuntes Gesicht – und beginnt auch schon, die Geschichte seines Lebens zu erzählen: Noch in Deutschland, flog er für die Lufthansa – anstrengend, aber sehr interessant! Dann wechselte er den Beruf, vom Piloten zum Händler, und ließ sich in Kalifornien nieder.

Als ich nachfrage, mit was er handle, grinst er verschmitzt und flüstert: Mit großen Sachen! Mir war sofort klar: Kleine Brötchen buk er nicht! – Er wechselt rasch das Thema: Abenteuerliche Gaunereien sind in sein Gesicht eingraviert, aber er ist dennoch nicht unsympathisch!

Wie sich herausstellt, ist er mit Trinkgeldern nicht kleinlich – und jeder, der zufällig an seinem Tisch hängenbleibt, wird zum Mittrinken eingeladen. Als er die Zeche bezahlt, holt er ein schmutziges Kuvert voller Zehndollarnoten aus der Rocktasche – schaut mich an und scheint meine Frage zu erraten: Ob er sich denn keine ordentliche Brieftasche leisten könne? – Aber ja, antwortet er; nur dieses alte zerknüllte Kuvert mit seiner Adresse drauf – das sei sicherer als jede noch so elegante Brieftasche oder Portmonee. Sollte er aus Versehen irgendwo dieses Kuvert liegen lassen oder verlieren – dann sei die Chance, es wiederzubekommen, erheblich größer…

Nagellack für Männerhände?

In einem der großen Warenhäuser Tokios werde ich von zwei Verkäuferinnen angehalten – junge hübsche Dinger in bunten Kimonos. Sie wollen mir einen neuen Nagellack andrehen. Ich lehne energisch ab, das sei doch wohl eher etwas für Frauen!. Die beiden kichern und bleiben hartnäckig: Nein, das sei ja gerade das Novum; dieser Nagellack sei für Männerhände! Eben erst gerade in Mode gekommen! Ich winke abermals ab, aber schon fällt es mir schwer, aus der Menge, die sich um uns gebildet hat, freizukommen. Und die beiden Mädchen kichern und werben in einem fort. Die Menschentraube drängelt nach vorne. Lauter Neugierige, vor allem junge und ältere Damen; sie scheinen alle ihren Spaß daran zu haben, wie die beiden Verkäuferinnen es fertig bringen, diesem Europäer es schwer zu machen, der allgemeinen Aufmerksamkeit zu entkommen.

Mir bleibt am Ende keine andere Wahl: Ich muss das Pfötchen hinhalten und ausstrecken; eines der Kimono-Mädchen beginnt auch schon, meine Fingernägel zu lackieren. Wenige Minuten später beobachte ich, wie die zweite Verkäuferin sich ebenfalls einen Herrn geangelt hat, dem Aussehen nach einen schlaksigen kaugummikauenden Amerikaner! – Wir lächeln uns gegenseitig zu, machen uns so wechselweise Mut. Wir werden regelrecht vorgeführt – zur großen Belustigung der Umstehenden.

Das Menschenknäuel lockert sich, es fallen offensichtlich lustige Bemerkungen, denn von Zeit zu Zeit bricht die Menge in schallendes Gelächter aus. Eher eine Seltenheit im modernen Japan!

Nach guten 20 Minuten sind meine Fingernägel poliert und lackiert. Ich schmunzle noch Tage danach über diesen Anschlag der beiden Geishas. Von wegen echtem Nagellack für Männer! Pure Erfindung. Die beiden Verkäuferinnen wollten ihren Spaß haben; und mit den Ausländern fiel es ihnen leichter…

Gretchenfrage an die Japaner

Hunderttausende von japanischen Touristen bereisen heute Europa und Nordamerika – und inzwischen auch die restliche Welt. Sie fotografieren alles, erkunden alle Sehenswürdigkeiten und flitzen wie Heinzelmännchen durch die Straßen und Gassen unserer Städte. Worüber sie sich bei uns mitunter die Köpfe zerbrechen, formulierte ein Japaner einmal so: Dieses lästige Trinkgeldgeben! Man weiß nie, wieviel man geben muss. Schrecklich! Wäre das nicht einfacher zu machen? – Und noch etwas begreifen die Touristen aus Fernost nicht: Warum man um ein Glas frisches Wasser in den Gaststätten erst bitten muss! In Japan stehe in jedem Restaurant und in jeder Kneipe frisches Wasser bereit...

Eine ganz andere Frage, die wir gelegentlich stellen, lautet: Wie steht es um die Religion der Japaner? Gewiss, man weiß, dass sie sich mehrheitlich zum Buddhismus und Shintoismus bekennen – und nur wenige Millionen zu den christlichen Konfessionen. Bekannt ist auch, dass es inhaltlich keine sehr klare Trennung gibt zwischen Buddhismus und Shintoismus – und obendrein die Religionszugehörigkeit oft nur auf den Papieren der Umfragen steht. Als wirklich Gläubige, so behaupten ausländische Meinungsumfragen auf der Insel, seien nur zehn, zwölf Prozent der Japaner zu betrachten; die ganz große Mehrheit der Inselbewohner komme weithin »ohne praktizierte Religion« aus.

Anders, sprich: besser, behaupten Japankenner, stehe es um die wenn auch relativ kleinen christlichen Gemeinschaften. Die politische Niederlage im 2. Weltkrieg scheint die überkommenen Religionen ins Wanken gebracht zu haben. Umso mehr, so behaupten Japankenner, scheint man seither die christliche Lehre zu schätzen. Verallgemeinernd könnte man sagen: Christus und seine Lehre genießen im modernen Japan großes Ansehen. Auch die Bibel findet im modernen Japan guten Anklang; kein Hotel von Rang und Namen, wo nicht in jedem Zimmer ein Exemplar des Neuen Testaments aufläge – in japanischer und englischer Sprache.

Ein deutscher Jesuitenpater in Japan weist darauf hin, dass viele junge Japaner die Texte der Bibel sehr wohl zu schätzen wissen und mitunter auch danach leben, aber dennoch und offiziell Buddhisten bzw. Shintoisten bleiben möchten.

Solches Interesse am Christentum findet man im modernen Japan sehr häufig; es ist sicher auch echt – nur, das Streben nach noch mehr Reichtum, noch größerem Wohlstand, noch mehr Komfort und Luxus scheinen den Wunsch, Christen zu werden, eher zu hemmen. Wie (fast) überall auf der Welt: Wo Geld und Gier, Luxus und Komfort dominieren, bleibt für den »lieben Gott« nur wenig Platz.

Unterwegs zur Insel Bali

Ich fühlte mich an Barbarossas Zeiten erinnert: Als ich auf dem Flughafen von Djakarta einen Briefkasten suchte, verwies man mich an eine niedrige Lagerhalle, die äußerlich wie ein düsterer Schuppen aussah; innen, hinter einem Bretterverschlag hörte ich leichtes Hämmern. Tatsächlich, es waren Postbeamte, die mittels eiserner Hämmerchen die Briefmarken abstempelten!

Gewiss, das war in den 1970 Jahren – und ich befand mich auf dem Weiterflug nach Bali.

Ich erinnerte mich auch an den aus Würzburg stammenden Dichter Max Dauthendey, der während des 1.Weltkriegs auf der Insel Java (Indonesien) überrascht worden war: Heimweh und Malaria plagten ihn sehr; er starb 1918. Djakarta hieß damals noch Batavia und war – wie das gesamte Inselreich – Teil der holländischen Kolonie.

Indonesien erlangte unter Sukarno internationales Ansehen; sein Nachfolger Suharto, ebenfalls ein langgedienter General, brachte Ordnung und Stabilität in den bevölkerungsmäßig größten Muslim-Staat der Welt.

Andere Religionen sind in der Minderheit, ausgenommen auf Bali, wo Buddhismus und Hinduismus großes Ansehen genießen; die christlichen Gemeinden haben keinen wesentlichen Einfluss – weder auf das politische noch auf das kulturelle Leben der Inselbewohner.

Bali, so doziert ein Australier neben mir im Flugzeug, ist ein Traum; das Klima ist tropisch, es gibt zwei Jahreszeiten – die Regenzeit von Oktober bis März, und die weniger feuchte Zeit der anderen Monate…

Ich erinnere mich an Vicki Baums Roman »Liebe und Tod auf Bali«, und an eine uralte balinesische Mythe: Als die Hindugötter aus Java vertrieben wurden, ließen sie sich auf Bali nieder und zündeten die Vulkane an. Eine ganze Bergkette mit mehreren bis über 3000 Meter hohen Gipfeln durchzieht Bali und teilt die Insel in eine nördliche und südliche Hälfte.

Was macht den Zauber Balis aus? So fragte FAZ-

Korrespondent Thomas Ross schon vor Jahren – und er antwortete ungefähr so:

Es sei vor allem die innige Verflechtung von alltäglichem Leben, Kunst und Religion; von Arbeit und Vergnügen; von Brauchtum und Sitte mit den ganz alltäglichen Sorgen und Anliegen: »Gibt es ein anderes Volk, dessen Bauern Künstler und dessen Künstler Bauern sind? Gibt es ein anderes Land, in dem fast jedes Dorf seine eigene Tanzgruppe hat – und sein eigenes Orchester?«

Diese Harmonie – das Ineinander-Übergehen von Dorfleben und Götterdienst, schwerer Alltagsarbeit und künstlerischer Tätigkeit durch Tanzen und Spielen ist einer der nachhaltigsten Eindrücke, den westliche Touristen aus Bali mitnehmen.

Ein wahres Mekka für Souvenirjäger

Wir fahren auf der balinesischen Touristenstraße von Denpasar hinauf zu den Silberschmieden von Tjeluk, den Holzschnitzern von Mas und zum Batur-Vulkan mit See. Immer wieder kommt es auf Bali zu Erdstößen, oft in Verbindung mit einem gurgelnden Grollen dampfender Wellen auf dem Kratersee. Sagenumwoben ist der Wassertempel von Tampaksiring, wo Männer wie Frauen nackt ins Wasser steigen, um Leib und Seele zu reinigen. Die Mythe sagt, Gott Indra habe diese Quelle höchstpersönlich mit der Kraft der Unsterblichkeit erfüllt. Kein Wunder, dass die frommen Pilger von weither kommen, um hier zu baden.

Entlang der Reiseroute ist fast jedes Dörfchen eine Anhäufung von Souvenirläden – mit Schnitzereien, Batikarbeiten, Gemälden, Sarongs, Silberartikeln und dgl. Ein Mekka für Liebhaber exotischer Erzeugnisse!

Was stets von neuem auffällt: Junge wie ältere Händler überlassen es zunächst den Kunden, was sie für einen bestimmten Artikel zu zahlen bereit sind. So hört man von allen Seiten: You tell price! Please, you tell price! (Sie setzen den Preis für die betreffende Ware fest!)

Über die ganze Insel verstreut sieht man fleißige Leute bei der Arbeit, vor allem auf den zahlreichen Reis-Terrassen – beim Pflügen, Pflanzen, Bewässern und Ernten, fast immer in kleinen Grüppchen und Gemeinschaften.

Es sind harte, mühsame Arbeiten, aber es wirkt alles so sympathisch und charmant, als ob hier der Satz erfunden worden wäre: *Arbeiten ist etwas Schönes; stundenlang könnte ich zusehen!*

Überall auf Bali stößt man auf frohe Gesichter, lächelnde Kinder, arbeitsame Menschen, kunstvoll verzierte Häuser und Tempel. De Balinesen scheinen eins zu sein mit sich und der Welt: Dankbar für das, was sie haben, und stets guter Laune. Wahrscheinlich liegt das auch an ihrer engen Verbindung zur Religion und zu ihren Göttern. Letzteren opfert man täglich mehrmals. Allerorts sieht man kleine Opferstätten und Tempelchen, oft auch in den kleinen Vorgärten der Häuser.

Übrigens, in den größeren Tempelanlagen findet man immer Info-Tafeln (meist in zwei Sprachen) mit dem Hinweise, dass Frauen zur Zeit der Menstruation der Zutritt verweigert werde; ein Tabu, das die Balinesen strikt einhalten.

Relativ oft trifft man im Tempelbereich auch auf das Hakenkreuz, ein uraltes indogermanisches Symbol für Kraft, Stärke, Dynamik, Ausdauer, Schwung und Elan.

Der Mond von Bali stammt aus Vietnam

Im Zentrum eines vor-hinduistischen Reiches liegt Pedjeng – mit 40 Tempelanlagen. In einem dieser Heiligtümer wird der »Mond von Bali«, eine riesige Bronzetrommel, aufbewahrt; Kunstkenner datieren sie auf das dritte vorchristliche Jahrhundert – und auf Vietnam als Ursprungsland. Eine alte Mythe berichtet, dass es vor vielen Jahrhunderten 13 Monde gegeben habe, die das Mond-Jahr bildeten. Einer dieser Monde fiel eines Tages über Bali zur Erde und blieb an einem Baum hängen. Sein Licht war so hell wie Feuer; es erleuchtete die Nacht taghell. Das störte eine Bande von Dieben bei ihrer aktuellen Arbeit. Daher versuchte einer von ihnen, diesen vom Himmel gestürzten helllichten Mond mit Urin zu löschen. Da explodierte der Mond, tötete den Frevler – und fiel als Trommel auf die Erde.

Diese und ähnliche Mythen und Legenden verweisen auf die starke religiöse Verbundenheit der Balinesen. Von der Geburt bis zum Tod stehen ihnen Götter (bzw. die Geister der Ahnen) zur Verfügung. – Weil sie überzeugt sind, dass jeder Quadratmeter ihrer Insel den Göttern gehört, gilt es, dafür zu danken. Daher auch die vielen kleinen Tempelchen vor ihren Häusern! Parallel dazu hat jedes Dorf drei größere gemeinsame Tempel – den Tempel der Herkunft, den Tempel der Zusammenkunft und den Tempel der Ahnen.

Der Lebensweg jedes Balinesen ist mit religiösen Ritualen »gepflastert«: Werdende Mütter sprechen lange vor ihrer Entbindung fromme Verse; drei Tage nach der Geburt wird ein Familienfest abgehalten, ebenso am 42. und am 105. Tag nach der Geburt des Kindes.

Liegt ein Balinese im Sterben, werden besondere Riten befolgt. Den Höhepunkt dieser religiös verbrämten Bräuche bildet die Leichenverbrennung, wodurch sich die Seele des Toten einer besonderen Reinigung unterzieht. So wird sie von allem Irdischen befreit und harrt der Wiedergeburt, am liebsten auf Bali, und in einer höheren Kaste.

Affentänze und Hahnenkämpfe

In meiner Erinnerung an Bali ragen zwei Ereignisse über andere heraus: Der Affentanz und das Hahnenduell. – Ketjak, so nennt man den Affentanz auch, das sind wilde Rhythmen, schauerliche Masken und Gamelanklänge zu magisch-mystischen Gesten und Bewegungen.

Die Pantomime der Tänzerinnen und Gamelan-Spieler wird heutzutage zur reinen Routine: Man tanzt und spielt fast nur noch für die Touristen aus

Ost und West. Dennoch – der Ketjak bleibt eine faszinierende Darbietung – und somit auch in guter Erinnerung.

Der Hahnenkampf ist auf Bali mit Abstand die beliebteste Unterhaltung der Männer. Viele würden Haus, Hof und Weib aufs Spiel setzen – zugunsten dieser Zweikämpfe!

In einer halboffenen Arena-Halle hocken rund tausend Männer. Dumpfes Gemurmel durchdringt den Raum. Die Kampfhähne befinden sich noch in den Körben, sofern sie nicht von ihren Eigentümern wie Schoßhündchen gehalten und liebevoll massiert werden. Denn zuerst werden die Wetten ausgehandelt. Etwa gleichzeitig wird das erste Hahnenpaar auf die erste Kampfrunde vorbereitet. Neben dem Schiedsrichter, der leicht erhöht sitzt, liegt eine Kokosnussschale, in deren Innern sich trockener Sand befindet – es ist die Kampfuhr.

Sobald der Schiedsrichter das Zeichen gibt, hacken die beiden Streithähne aufeinander ein: Federn flattern, Schnäbel hacken, blitzschnell reagieren beide Hähne. Mag sein, dass die erste Runde noch unentschieden ausgeht. Dann folgt nach kurzer Pause eine zweite. Die Entscheidung fällt, wenn einer der beiden Streithähne tödlich verwundet am Boden liegt. Rauschender Beifall kommt auf bei den Siegern, Ärger und Scham bei den Verlierern.

Der Schiedsrichter bekommt jeweils einen Schenkel des besiegten Tieres, das ohne größere Zeremonie in den Kochtopf des Eigentümers (des Verlierers) gesteckt wird.

Diese Art von Hahnenkämpfen gibt es nur auf Bali; bei Muslimen (und Christen) im riesigen indonesischen Inselreich finden solche Wettkämpfe (mit tödlichem Ausgang) keinen Anklang. Man wundert sich ohnedies, warum ausgerechnet die allseits freundlich-friedlichen Balinesen sich für derart blutige Tierkämpfe so maßlos begeistern?!

Was fällt Ihnen bei AUSTRALIEN ein?

Wahrscheinlich wird die Mehrzahl der Befragten schier automatisch antworten: Kängurus und Koalas, Buschmänner (Aborigines) und Bumerangs, endlose Wüstenregionen und moderne Städte…

Australien ist ein Erdteil der Kontraste; etwa die Hälfte des Kontinents ist Wüste aus Sand, Steinen und Geröll; nur fünf Prozent der Landmasse erheben sich über 600 Meter; ein Inselkontinent, nicht ganz so groß wie die USA… – In einer Annonce des australischen Touristenbüros werden unter anderen folgende Angebote gemacht:

(1) Miterleben, wie 20 000 Merino-Schafe geschoren werden. –

(2) Im Landrover mit einem Känguru um die Wette hüpfen. –

(3) Nach langanhaltender Trockenheit von einem Wolkenbruch überrascht werden – und von einem Kleinflugzeug aus eine blühende Landschaft dort erleben dürfen, wo jahrelang kein Tropfen Regen mehr gefallen war. –

(4) Lernen, wie man einen Bumerang wirft – und rasch beiseite springen, weil er ein wenig schneller zurückkehrt, als man ihn geworfen hat...

Teddybären auf Eukalyptusbäumen

Kaum ein anderes Waldtier ist so beliebt wie der Beutelbär (Koala); im Volksmund auch als Teddybär bekannt. Zur Zeit der ersten Besiedlung Australiens waren die Koalas noch in Wäldern verbreitet; später hat man sie gejagt – des weichen Pelzes wegen, und eine Epidemie dezimierte die Zahl dieser putzigen Tierchen zusätzlich; fast wären sie ganz ausgerottet worden.

Weil sie sich völlig einseitig ernähren (sie fressen ausschließlich nur Blätter von etwa sechs Sorten von Eukalyptusbäumen!), trifft man sie kaum auf anderen Erdteilen – im Gegensatz zu den Kängurus, die sich schier überall anzupassen verstehen.

Koala heißt übrigens in der Eingeborenensprache »nicht trinken«, ein Hinweis darauf, dass diese Tiere lange ohne Wasser auskommen können. Jedes Tier frisst pro Tag etwa ein Kilo Eukalyptusblätter; damit nimmt es genug Flüssigkeit zu sich. Das Durchschnittsalter der Koalas liegt bei 12 Jahren. – Eine Kuriosität: Koalas haben einen Blinddarm von etwa zwei Metern Länge! Ihre Neugeborenen krabbeln in den Brustbeutel der Mutter und klammern sich an den Zitzen fest. Erst ein halbes Jahr später verlassen sie diesen warmen Wigwam, kehren aber von Zeit zu Zeit in den Beutel zurück. Gelegentlich sieht man aber auch Koala-Mütter, die ihre Kleinen auf dem Rücken tragen.

Zusammen mit dem Emu (Straußenart) ziert das Känguru das Nationalwappen Australiens; beide Tiere lieben das offene Land, beide sind in ganz Australien beheimatet, aber vorwiegend in Neusüdwales und Queensland. In der Regel leben die (Riesen) Kängurus in Gruppen, angeführt von einem erfahrenen älteren Männchen; die etwas kleineren Weibchen tragen ein bläulich-graues Fell, die Männchen ein rötlich-braunes. Die Wissenschaftler vertreten die Meinung, dass alle Känguru-Arten ursprünglich von baumbewohnenden Kletterbeutlern abstammen; die fossilen Arten dieser Tiergattung führen ins Miozän, also rund 20 Millionen Jahre in die Vorzeit...

Ängste vor farbigen Einwanderern?

Bei einem Bummel durch die Innenstadt von Sidney lernte ich mehrere farbige Studenten kennen; einer stammte aus Papua Neuguinea, einer von den Fidschi-Inseln und mehrere aus Südafrika und Mosambik. Eine ihrer ersten Fragen: Woher kommen Sie? – Ich ließ sie raten: Einer tippte auf Russland, ein anderer auf Tschechien, die andern hielten mich für einen Iren oder Schotten.

Auf meine Frage, wie es ihnen in Australien gefalle, antwortete der junge Fidschianer mit dem bunten Hawaiihemdchen: Ach, diese Aussies! Wissen Sie, die Australier sind schrecklich langweilig; sie mögen keine Ausländer, jedenfalls keine Farbigen!

Für Italiener, Libanesen und Griechen haben sie auch kein gutes Wort; erst haben sie diese ins Land gerufen und nun fürchten sie, dass man bald in ganzen Stadtteilen nur noch Griechisch spricht oder Italienisch – oder in Bälde vielleicht auch nur noch Chinesisch!?

Später treffe ich einen australischen Jurastudenten; auch er stammt aus einer Einwandererfamilie: der Vater ist Grieche, die Großmutter Litauerin. Als er erfährt, dass ich aus Deutschland komme, beginnt er, sich für Hitler zu begeistern. Ich widerspreche ihm energisch, aber er lässt nicht locker: Hitler hat sie alle in Schach gehalten – die Amis, die Russen, die Engländer und die Franzosen, und das mit dem Mord an den Juden, das wird uns seit Jahrzehnten immer wieder gesagt, aber dass Stalin und Mao und die Roten Khmer auch gemordet haben und Millionen so ihr Leben lassen mussten, davon redet niemand. Im übrigen habe er, der australische Jurastudent, ein halbes Jahr in einem Kibbuz verbracht und so die Mentalität der Israelis ein wenig kennengelernt. So wie diese heute mit den Palästinensern umgingen, meinte er – sei das doch alles andere als fair und korrekt...

Die Aborigines des fünften Erdteils

Als die Weißen den australischen Kontinent besetzten, sollen ungefähr 300000 Aborigines (Abos) dort gelebt haben. Es kam zu grausamen, menschenunwürdigen Szenen: Die Abos wurden vernichtet wie anderswo Mäuse und Ratten; man hat sie mit vergiftetem Mehl ausgerottet, »weil sie den aus Europa kommenden Schaf- und Viehzüchtern im Weg waren« (FAZ).

Völkerkundler und Prähistoriker vergleichen die Denk- und Lebensweise dieser australischen Ureinwohner etwa mit den Steinzeitmenschen in Europa (30000 Jahre v. Chr.). Sie galten einst als ausgezeichnete Jäger und Sammler, kamen mit wenig Holz- und Steinwerkzeugen aus und passten sich den spärlichen Wasservorkommnissen und minimalen tierischen Jagderfolgen hervorragend an. Anders wäre ihr Überleben nicht möglich gewesen.

Gewiss, seit 1788, als die ersten britischen Strafgefangenen in Australien ankamen, hat sich vieles verändert im Verhalten der weißen Siedler gegenüber den Ureinwohnern, aber eigentlich erst in den letzten fünfzig Jahren. Dazu haben auch die christlichen Kirchen ihren Beitrag geliefert.

Nicht ganz übersehen sollte man: Über viele Jahrzehnte bekamen katholische Priester keine Einreise-Erlaubnis von Seiten der britischen Regierung. Erst auf Drängen der in Australien lebenden Iren erhielten erstmals 1820 zwei katholische Geistliche ein Einreise-Visum, aber auch ihr Wirken wurde vom britischen Gouverneur in Australien stark eingeschränkt.

Der erste katholische eingeborene Priester, Father Patrick Dodson aus dem Stamm der Yaro-Leute, wurde 1975 geweiht.

Sonst noch Typisches in Down-Under?

Kängurus laufen nicht, springen nicht, bewegen sich nicht, wie andere Lebewesen, auf zwei oder vier Beinen, sondern hüpfen sich durchs Leben: Sie stoßen sich mit den Hinterbeinen vom Boden ab und schnellen sich nach vorn, bis zu sieben Meter weit. In ihren Beuteln lassen sie ihre Jungen groß und erwachsen werden; eine Eigenheit, die sie mit den Koalas teilen.

Übrigens, seit einiger Zeit werden Kängurus in einigen Regionen auch wie Rinder gezüchtet – und geschlachtet. Kängurufleisch soll wie Jagdfleisch schmecken, wie Reh oder Hirsch!

Ein weiteres Tier gilt als speziell australisch: der Dingo, ein Wildhund. Im 18. Jahrhundert sollen die Dingos sich so sehr vermehrt haben, dass die australischen Schafzüchter an die 500000 Tiere verloren haben. Sie errichteten einen 5400 Meilen langen Maschendrahtzaun und begannen, sie mit Kleinflugzeugen zu dezimieren, indem man vergiftete Köder aussetzte. Ein einziger Dingo, der in eine Schafherde einbricht, reißt bis zu 50 Schafe pro Nacht.

Dann gibt es da noch den Trans-Australien-Express, der auf 4000 Kilometer die wildschöne Weite des gesamten Kontinents durchfährt zwischen Sidney am Pazifischen Ozean im Osten gelegen – und Perth am Indischen Ozean im Westen. Dazwischen liegt das öde Kalksteinplateau der Nullarbor-Wüste; wörtlich: kein Baum! (d.h. – es ist so wüst und leer, sodass weithin nicht mal ein verkrüppelter Baum zu sehen ist!)

Australien spielt weder weltpolitisch noch wirtschaftlich eine große Rolle im Reigen der Völker; aber es hat viele Bodenschätze und gigantische, unerforschte Wüstenregionen mit extremen klimatischen Verhältnissen.

Was das Land, das einst britischen Häftlingen, in der Mehrzahl Schwerverbrecher, überlassen werden sollte, braucht, ist eine klare Strategie für die wirtschaftliche Entwicklung und eine offene Haltung zu den Menschen unterschiedlicher Herkunft, Sprache und Religion.

Solche Offenheit wird auch dafür sorgen, dass sich die Australier nicht länger als Down-Under (Gegenfüßler; wörtlich – die da unten!) fühlen müssen, als jene, die nicht am Ende der Welt leben, sondern miteinbezogen sind in die große Gemeinschaft aller Bürger dieser Erde.

Neuseeland – ein isolierter Restkontinent

Die beiden großen Inseln Neuseelands werden durch die Cook-Straße voneinander getrennt; ein Restkontinent, vielleicht das isolierteste Land der Erde überhaupt. Hier gibt es Tiere und Blumen, die man sonst nirgends findet, anderseits fehlen viele Insektenarten ganz. Neuseeland hat mächtige Gebirgsketten, große Gletscher, Vulkane und Geysire; vor allem aber riesige Wälder und viele Wiesen und Weiden – aber keine Wüsten! Die Nordinsel ist gut entwickelt; hier leben auch die meisten Menschen, hier gibt es Fabriken, Getreidefelder und riesige Weideflächen. Weite Regionen gleichen denen in Irland und Island.

Ein Neuseeländer, unsere Busfahrer, stellte sich selber vor: My name is Keith! (Ich heiße Keith). Typisch: Hier spricht man sich mit Vornamen an, was unserem Duzen gleichkommt. Den Familiennamen Keiths erfahre ich erst etwas später: Livingstone! O ja, der berühmte Dr. David Livingstone, der die Victoriafälle am Sambesi (Grenzfluss zwischen Simbabwe und Sambia) entdeckte, war sein Urgroßvater!

Keith (ein Ratsältester in der presbytherischen Kirche von Schottland) stoppte einmal unseren Bus vor einem großen Krankenhaus und erklärte voller Stolz: Das Hospital würde von katholischen Nonnen geführt; der Krankenhaus-Geistliche sei schon 80 Jahre alt, aber noch relativ aktiv; er war (bis zu seiner Pensionierung) Bischof von Auckland!

Vor der Ankunft der Polynesier gab es auf Neuseeland keine Säugetiere, ausgenommen die Fledermäuse. Erst die Seefahrer aus Tonga, Fidschi und Hawaii brachten Hunde mit, aber auch Mäuse und Ratten; die britischen Siedler importierten später auch Rehe und anderes Rotwild sowie Schafe und Rinder.

Auf dem Flug von Sydney nach Auckland (Nordinsel) sitze ich neben einem jungen Neuseeländer, Landwirt von Beruf: Zu Hause, so erzählt er, haben wir 350 Zuchtkühe und 2500 Schafe, von denen jedes bis zu sechs Kilo Wolle pro Jahr produziert... Wir streuen jährlich an die 240 Tonnen Kunstdünger über unsere Viehweiden – vom Kleinflugzeug aus.

Ob sie zu den reichen Großgrundbesitzern zählen, frage ich. – Nein, winkt er ab; gewiss, wir können gut davon leben, aber Luxus ist das nicht.

Zwischen Neuseeland und dem südöstlichen Teil Australiens liegen 2000 Kilometer Meer; auch diese Tatsache verweist auf die Isolation des Zwei-Inselstaats. Aber auch wegen seiner unberechenbaren Vulkane wird Neuseeland von großen Touristenströmen eher gemieden. Als am Weihnachtsabend 1953 der Rualehu ausbrach, ergoss sich seine Lava auf eine vielbefahrene Eisenbahnbrücke – mit der Folge, dass der Wellington-Auckland-Express entgleiste; 151 Personen kamen ums Leben.

Die sagenhafte Flotte von Hawaiki

Der erste Entdecker Neuseelands – von Europa aus – war der Holländer Abel Tasman; das war 1642. Er nannte die Insel *Niew Zeeland*. Über 100 Jahre später, 1769, kam der Brite James Cook. Die ersten christlichen Missionare trafen 1814 ein; offiziell britische Kolonie wurde das Zwei-Insel-Land erst 1840.

Lange vor Tasman und Cook hatten die Maori die Inseln erobert. Bei einem späteren Aufstand gegen die Briten (1860) sollen 2000 Maori getötet worden sein. Sie, die Maori, waren nicht bereit, den Pakeha (*Farblosen;* ihr Bezeichnung für die Weißen) freiwillig ihr Land abzutreten…

Um das Jahr 1350, so die Maori-Überlieferung, ist eine Flotte von sieben Doppelbooten von Hawaiki (im Pazifik, irgendwo zwischen Tahiti und Hawaii!)

in See gestochen – und schließlich zum heutigen Neuseeland vorgestoßen. Jedes dieser Auslegerboote hatte rund 60 Mann an Bord; ferner Esswaren und Hunde. Es wurde gerudert und gesegelt, je nach Windstärke. Ihre Segel bestanden aus Bastmatten; die Planken, Bretter und Balken wurden mit Schnüren, zum Teil aus Kokosfasern, zusammengehalten. Eisennägel kannte man nicht. Ihr Proviant bestand aus getrockneten Kokosnüssen, Süßkartoffeln, Brotfrüchten, Hühnern und, hie da, sogar aus Schweinen. Schon bald, nach ihrer Ansiedlung auf Neuseeland, jagten die Maori die einheimischen Vögel, vor allem den Kiwi, heute das Wappentier des Landes – und Spitzname seiner Bewohner.

Pfeil und Bogen kannten die Maori noch nicht; sie benützten Holzkeulen und Speere. Man darf davon ausgehen, dass sie bei ihrer Ankunft in Neuseeland noch den Riesenvogel Moa vorfanden, der inzwischen völlig ausgestorben ist. Ähnlich wie Strauße und Hühner, fraßen diese Riesenvögel eine Menge kleiner Sandkörner, womit sie ihre Nahrung im Magen verkleinerten und zerrieben. Ein Moa wurde bis zu 3,60 Meter groß.

Die Vorfahren der Maori waren kriegerische Kannibalen; ob sie auch in Neuseeland noch Menschenfresserei betrieben, ist eher unwahrscheinlich; denn die weißen Siedler waren ihnen von Anfang an himmelweit überlegen.

Eine Seefrau namens Pania

Die Maori kennen ein Märchen von einer bildhübschen Seejungfrau namens Pania; ihre Anmut betörte die Seefahrer aus Hawaiki so sehr, dass Häuptlinge Karitoki sie unbedingt heiraten wollte. Pania aber zog es vor, ihre Heimat und ihre Familie nicht zu verlassen; sie versteckte sich daher vor den Männern des Häuptlings, die sie abführen wollten. Später, so die Legende, sei Pania in ein Felsenriff verwandelt worden, das heute noch ihren Namen trägt.

Allgemein bekannt ist die Begrüßungsformel der Maori: Sie drücken ihre Nasen eng aneinander und reiben sie sanft; eine zärtliche und liebevolle Geste.

Als Kleidung dienten den ersten Maori von Neuseeland aus Flachs gewobene Röcke und Mäntel, mitunter mit wilden getrockneten Beeren verziert. Schuhe kannten sie nicht, ebenso keine Kopfbedeckungen; nur ein Stirnband diente ihnen als Schmuck und Amulett; es erinnert an die Stirnbänder der Indianer Nordamerikas. Als weiteren Schmuck dienten ihnen aus Greenstone geschliffene Tikis; sie wurden, wie Muscheln und Haifischzähne, an Bändern um den Hals getragen. Hinzu kamen markante Tätowierungen im Gesicht sowie am Körper und an den Beinen.

Viele Maori sind heutzutage tüchtige Geschäftsleute: Feist und dickbäuchig, voller Narben im Gesicht, stellen sie sich den Touristen aus Amerika, Europa und Japan. Dabei sammeln sie erst das Geld ein, um sich anschließend den Fotografen zu stellen. In einer Werkstatt für Heimarbeit – auch da lassen sie sich gegen Geld fotografieren – kann man sehen, wie Matten, Körbe, Websachen und Schnitzereien handwerklich angefertigt werden.

Auch der allgemeine Tourismus gewinnt auf Neuseeland von Jahr zu Jahr an Bedeutung. Viele westliche Besucher fahren zu den Gletschern und Fjorden; andere lassen sich in den vulkanischen Warmbädern kurieren: Man riecht es von weitem: Schwefel- und Dampfsäulen erfüllen die Luft; es blubbert und brodelt und gurgelt in einem fort. – Wie sagte doch unser Busfahrer Keith Livingstone schon am ersten Tag: Kratz ein paar Meter unter der Erdoberfläche – und du stößt auf heiße Quellen!

Zwischen den jäh aufschießenden Geysiren und kochenden Schlammteichen entdeckte ich ein kleines katholisches Kirchlein, Zeugnis missionarischer Tätigkeit bei den Maori: Die Chorwand ist mit einer wundervoll gewebten Bastmatte verziert, der Altar ein Maori-Schnitzwerk – eine echte Rarität! An den Außenmauern befinden sich weitere Skulpturen, fast alle aus Holz. Einsam und verträumt steht das Kirchlein da, eingehüllt von Schwefeldünsten und blubbernden Teichen. Die sakrale Ausstattung verweist auf eine wachsend-reifende Eigenständigkeit der Maorifrömmigkeit!

Im Rückblick frage ich mich: Neuseeland – ein Garten Eden? Ein Wunschtraum derer, die sich von der Hektik des dritten Jahrtausends haben anstecken lassen und nun eine Auszeit anstreben? – Ja, irgendwie schon! Aber vergessen wir nicht: Für fast alle Touristen liegt Neuseeland weit, weit weg! Am Ende unseres Planeten! – Und – es betrifft jeden von uns – Wir nehmen uns überallhin selber mit; das ist unser eigentliches Problem!

KAPITEL 5

Menschen wie Wind und Wolken
Einzelschicksale und Begegnungen
Vorwiegend aus dem persönlichen Bekanntenkreis

Warum erinnere ich mich ihrer?

Es ist müßig, sich darüber Gedanken zu machen, warum Menschen, die wir in jungen Jahren gut kannten, »etwas geworden sind« und warum andere es nicht schafften.

Warum machten die einen Karriere, die anderen hingegen taten sich, zumindest öffentlich, nicht hervor.

Warum wurden manche berühmt und glücklich, während andere auf die schiefe Bahn gerieten?

Warum erlernten die einen – bei wohl ähnlichem Elternhaus und annähernd gleicher Schulbildung – einen »anständigen Beruf« und gelangten zu Ansehen und Anerkennung, während andere ins gesellschaftliche Abseits trifteten?

Tja, warum sind die Lebenswege der einen so, die der anderen total anders verlaufen? – *We don't know!* Wir wissen es nicht – und sollten auch gar nicht länger darüber nachdenken. Vieles im Leben, in unserem wie in dem unserer Mitmenschen, bleibt ein Mysterium; ein Geheimnis, das uns zeitlebens verschlossen bleiben wird.

Wenn man auf 85 Jahre zurückschauen darf – und auf ein erfülltes Leben; wenn man fast die ganze Welt bereist und jahrzehntelang darüber berichtet und geschrieben hat, dann hat man wirklich allen Grund, unendlich vielen Menschen zu danken – natürlich zunächst und vor allem dem Schutzengel und dem, der ihn uns zur Seite gestellt hat.

Das habe ich schreibend in zahlreichen Berichten, Reportagen und Büchern versucht zu betonen und herauszustellen. Über einige Länder und Regionen sind Reisetagebücher erschienen – mit je 32 Fotoseiten im Anhang; allein fünf Bände in den 1970er Jahren (Verlag Mariannhill Würzburg) mit zahlreichen Begegnungen, Erlebnissen und Abenteuern aus aller Welt. Andere Ereignisse, Erlebnisse und Begegnungen wurden in Erinnerungsbüchern[12] ausführlich notiert und beschrieben.

So wurde viel Erlebtes und Erfahrenes, auch mit international bekannten Prominenten, längst festgehalten und veröffentlicht. – Hier, in diesem Band, ging es mir vor allem darum, einige frühere Erlebnisse und Begegnungen aus heutiger Sicht neu zu beurteilen, vor allem in den Kapitel 1–4.

In diesem letzten, fünften Kapitel möchte ich Männer und Frauen vorstellen, für die Öffentlichkeit weithin Unbekannte, deren ich aber dennoch in besonderer Weise gedenken möchte – auch als ein verspätetes Dankeschön meinerseits.

Ich erinnere mich vieler, mit denen ich in jungen Jahren zusammen war. Mit denen ich spielte und gemeinsam zur Volksschule ging – oder später aufs Gymnasium und zur Universität. Menschen, denen ich seitdem nie mehr begegnete. Auch nicht nach 40 oder 60 Jahren. Von denen ich heute – nach so vielen Jahrzehnten – kaum etwas weiß, weder über ihren Beruf noch über ihre Chancen und Verdienste in Familie, Staat oder Gesellschaft. Dabei kannten wir uns einmal recht gut! Wir duzten uns, lachten miteinander, heckten gemeinsame Lausbubenstreiche aus usw.

Doch dann, schon sehr früh, liefen unsere Wege auseinander. Verschwanden im Nebel der Alltagssorgen. Hinterließen keine weiteren Spuren. Oder doch?

[12] Adalbert Ludwig Balling (ALB): »Menschen, die mir Mut machten«, mit zahlreichen Fotos, 400 Seiten geb., Mariannhill Würzburg, 2005. ALB: »In Dankbarkeit und Freude«, Erinnerungen in die Zukunft, 326 S. kt. Engelsdorfer Verlag Leipzig, 2015

Warum erinnere ich mich ihrer dennoch? Trotz der dazwischen liegenden Jahrzehnte? Und warum sind einige dieser frühen »Weg-Gefährten« mir auch heute noch ganz nah? Diese Fragen zu beantworten ist nicht einfach; ich will es dennoch versuchen; ich möchte in diesem letzten Kapitel einige solche Namen auflisten und, wenngleich nur skizzenhaft, meine Anmerkungen dazu machen.

Aus den Augen verloren?

DA IST WALTER. Er war zusammen mit seiner Familie aus Schlesien gekommen und bei unserem Nachbarn einquartiert worden. Wir waren etwa gleich alt. Auch er wollte studieren, lernte aber schließlich ein Handwerk. – Was ist aus ihm geworden? Wie ist es ihm im späteren Leben ergangen? Hat er Kinder? Enkelkinder? Wo steht er politisch; wie reagiert er auf die gesellschaftlichen Fragen unserer Zeit?

DA IST HEINZ. Er war während des Zweiten Weltkriegs aus Pirmasens zusammen mit seiner Mutter zu uns gekommen. »Evakuierte« nannte man sie; bomben-geschädigte Zivilisten. Den Vater, von Beruf Dachdecker, habe ich nie kennengelernt; er und seinesgleichen wurden damals in den bombardierten Städten sehr dringend gebraucht!

Mutter und Sohn waren bei uns einquartiert worden. Es sollte eine vorübergehende Bleibe sein, »bis der Krieg (von Hitler initiiert) gewonnen sei«. Nach

Kriegsende, als schon die ersten Ostflüchtlinge eintrafen, kehrten sie in die Pfalz zurück. Ich habe Heinz nie mehr gesehen. Sein Gesicht ist mir abhanden gekommen, nicht aber die Erinnerung an ihn, den stillen, etwa gleichaltrigen, schüchternen Jungen.

DA IST MANFRED. Wir waren in Miltenberg in derselben Gymnasialklasse und saßen im Unterricht nebeneinander. Dann starb sein Vater, und Manfred musste Schule und Internat verlassen, um zu Hause Mutter und Geschwistern beizustehen.

Er ging schweren Herzens und wurde, wie sein Vater, Landwirt. Dann verloren sich unsere Spuren. Ich habe ihn nie mehr gesehen. Warum blieb er mir bis heute im Gedächtnis? Warum wünschte ich ihm alldieweil immer wieder »alles Liebe und Gute«?

Im Herbst 2000 stellte ich Nachforschungen über ihn an, über einen anderen früheren Klassenkameraden, und erfuhr: Manfred sei nur wenige Monate vorher verstorben. An Krebs. – Es tat mir sehr leid, dass ich mich nicht schon früher nach ihm erkundigt hatte; aber in meiner Erinnerung lebt er fort...

DA IST ADOLF. So nenne ich ihn mal in diesem Zusammenhang. Einer der wenigen Klassenkameraden aus der gemeinsamen Gymnasialzeit, der eher negative Erinnerungen hervorruft. Warum »mochten wir uns nicht«? Warum stimmte zwischen uns, wie man so sagt, die Chemie nicht? Warum hielt ich ihn, damals schon, für undurchsichtig; für unehrlich; für düster-denkend und rundum negativ?

Dabei war er ein Einserschüler; einer, der sich nie richtig anstrengen musste und doch stets gute Noten bekam, außer im Betragen!? – Habe ich, haben wir andern, ihn durch unsere abwehrende Haltung zum Außenseiter gemacht? Ich denke, dass keiner von uns »anderen« je so dachte. Im Alter zwischen zwölf und zwanzig reflektiert man kaum mal in diese Richtung. Die Schulsorgen stehen im Mittelpunkt, und vielleicht noch Fußball und die Ferien…

Was später aus ihm wurde, konnte ich nie erfahren. Keiner von uns wusste wirklich Bescheid. Nur so viel schien festzustehen: Dass er in einem Milieu gelandet sein soll, wo man ehrliche Leute mit der Lupe suchen muss! Wo Übles und Verbrecherisches nicht ausgeschlossen werden kann…

DA IST HANSI. Seine Eltern waren aus dem Banat zu uns aufs Land im fränkischen Ochsenfurter Gau gekommen. Fleißige und zuverlässige Leute. Der Vater arbeitete bei uns auf dem Hof und auf den Feldern mit. Seiner Familie (Eltern und jüngere Schwester) stand, wie anderen Flüchtlingen und Evakuierten auch, nur *ein* Raum zur Verfügung. Und doch waren alle zufrieden. – Und dann, nach Jahren, zogen sie weg – und ich hörte lange nichts mehr. Nach Jahrzehnten hieß es, Hansi habe bei der Gewerkschaft Karriere gemacht.

DA WAR EUGEN. Ein Klassenkamerad in der ersten Klasse der Volksschule. Er war sieben Jahre alt, als er im Dorfweiher ertrank, unmittelbar neben dem Bauernhof seiner Eltern. Für mich Gleichaltrigen war es damals etwas Unheimliches, Unfassbares. Ein paar Stunden vorher hatten wir noch zusammen gespielt; dann geschah das für uns Kinder schier Unvorstellbare! – Es war auch eine sehr frühe und direkte Konfrontation mit dem Tod; und mit dem Leid vieler Erwachsener. Wir Kinder weinten, aber so richtig begreifen konnten wir das alles noch lange nicht.

SIE UND VIELE ANDERE waren frühe Weggefährten; ich denke nach wie vor gut zu ihnen hin; ich segne sie – und weiß mich so mit ihnen auch weiterhin verbunden. – Es steht uns nicht zu, über andere zu urteilen. Wir bleiben, ob wir es wahrhaben wollen oder nicht, in gewisser Hinsicht, auch in gegenseitiger Schuld, und zeitlebens füreinander mitverantwortlich.

Hängengebliebene Namen zwischen Wüstensand und Dornengestrüpp

Sechseinhalb Jahre habe ich im heutigen Simbabwe gelebt und gearbeitet; über fünf Jahre auf einer großen, einsamen Missionsstation am Rande der Kalahari-Halbwüste. Im Laufe dieser Jahre kam ich mit Hunderten, Tausenden von Menschen in Kontakt; gelegentlich sogar mit echten Buschmännern.

Im Bereich der Station arbeiteten 150 Männer und Frauen, gingen an die 800 Jungen und Mädchen zur Schule. Auf den kleinen Außenstationen (Volksschulen) waren es zusätzlich tausend Schülerinnen und Schüler.

Nun liegen über fünf Jahrzehnte dazwischen. An wen erinnere ich mich heute noch? Wessen Namen fallen mir noch ein? Gibt es Episoden aus ihrem Leben, an die ich mich gerne erinnere?

Oder sind ihre Namen weggeblasen vom *wind of change*? Dahingeweht über die sandig-dürren Böden der Kalahari-Nachbarschaft? Verblasst wie Gesichter, deren Konturen im Nebel sich auflösen? Hängengeblieben zwischen Dornengestrüpp und Distelstauden der schier endlosen Busch- und Steppenlandschaft im südwestlichen Simbabwe? Oder wegeschwemmt von wuchtigen Wolkenbrüchen, die, wenn auch spärlich, so doch sehr heftig und auch gefährlich sein können.

Erstaunlicherweise sind viele, denen ich damals begegnete, mit denen ich über Jahre zusammenarbeitete, die sozusagen zu meinem Alltag gehörten, mir heute noch so frisch im Gedächtnis, als lägen nur Tage und nicht Jahrzehnte dazwischen. Einige will ich hier herausgreifen:

ICH DENKE AN LUKE, den jüngsten Sohn des Häuptlings der Embakwe-Großfarm, die einst, als Teil von Empandeni, ein Geschenk König Lobengulas an die ersten katholischen Missionare war. – Als ich Luke kennenlernte, stand er unter Hausarrest; denn er hatte die Jugendorganisation seiner Partei aufgebaut und war damit den weißen Kolonialherren ein Dorn im Auge. Simbabwe hieß damals noch Rhodesien und stand unter britischer Flagge.

Eines Tages lud ich Luke zur Sonntagsmesse ein; er lachte verschmitzt: Leider unmöglich, denn er dürfe sich nur drei Meilen im Umkreis seines Krals bewegen! – Meine Frage, ob er denn komme, wenn ich bei der Polizei in Plumtree die Erlaubnis einholte, bejahte er – und kam tatsächlich dann auch zur Messe.

Die Leute, die anderen Kirchgänger, kamen aus dem Staunen nicht heraus; sie spürten wohl auch meine kritische Haltung zur weißen Kolonialregierung in Salisbury, die, ähnlich wie die Buren in Südafrika, eine strikte Apartheid-Politik befürwortete.

Später, als Lukes Hausarrest wieder aufgehoben wurde, sandte ich ihn zum Studium der christlichen Soziallehre nach England. Als er ein Jahr später wieder zurückkam, unternahmen wir ein paar gemeinsame Autotouren – nach Sambia, Malawi und Zaire/Kongo. Auf den langen Wegen plauderte Luke erstmals so richtig unbefangen aus seinem Leben. Auch darüber, dass er meinen Motiven, warum ich ihn zum Weiterstudium nach Übersee geschickt hatte, zunächst nicht traute: Dass ich ihn ohne jede Auflage geschickt hatte; auch ohne Rückzahlungsbedingung: »Wir Afrikaner verstehen das nicht; wenn wir jemandem etwas Gutes tun, dann haben wir Gründe und Absichten. Selbstlosigkeit kennen wir nicht, nicht außerhalb der (Groß)Familie.« – Später, während der bürgerkriegsähnlichen Unruhen, verlor ich seine Spur. Nachforschungen meinerseits waren ergebnislos.

ICH DENKE AN NKULU, der einen ganzen Harem von jungen Frauen hatte und ein paar Dutzend Kinder. Wie ein Pascha kommandierte er alle; und alle folgten ihm willig. Schon seine körperliche Statur (Nkulu = groß; die Amandeble nennen Gott den Großen-Großen!) hatte etwas Beherrschendes an sich. Er war der geborene Chef – und bei ihm musste niemand hungern! Er sorgte für die Seinen wie ein guter Vater für seine Kinder.

Nkulu war unser »Ziegelstein-Fabrikant«. Jährlich brannte er zwischen 120000 und 150000 Backsteine. Das war mühsame, harte Knochenarbeit; denn die steinharte Erde alter Termitenhügel musste erst mal bearbeitet, aufgeweicht und geknetet werden, ehe sie, in einfache Holzformen gepresst, an der Sonne getrocknet wurden. Dann, Wochen/Monate später, wurden diese »Trockenziegel« gebrannt; in früheren Jahren mit Holz vom Busch, später ließen wir jedes Jahr einen Waggon Koks per Bahn von Südafrika nach Plumtree kommen, von wo wir die gesamte Ladung per Lastwagen nach Embakwe brachten – direkt zur Busch-Ziegelei!

Nkulu überwachte alles. Fachmännisch. Hand legte er selten mit an; er war der absolute Boss! Lesen und Schreiben konnte er nicht; er war nie zur Schule gegangen, war aber stolz, dass jedes seiner zwei Dutzend Kinder bei uns zur Schule ging. Auch wenn er nicht lesen und nicht schreiben konnte, aufs Zählen verstand er sich – bei Ziegelsteinen wie bei Geldscheinen. Er verrechnete sich nie – zu seinen Ungunsten. Er war ein Schlitzohr, aber ein liebenswürdiges. Ohne die Frondienste seiner Frauen und Kinder wären wir aufgeschmissen gewesen. Seine Leute empfanden es nicht als Sklavenarbeit. Oft hörte man sie bei der Arbeit fröhliche Lieder singen – oder Witze erzählen.

Das Handwerk des Ziegelmachens/Brennens hatte Nkulu bei einem unserer alten erfahrenen Brüder erlernt; jetzt hütete er seine Fachkenntnisse wie einen kostbaren Schatz. Als wir Anfang der 1960er Jahre eine große Kirche – mit 850 Sitzplätzen – bauten und daher noch viel mehr Backsteine brauchten als sonst pro Jahr, bat ich Nkulu, sein Knowhow mit einem anderen, jüngeren Afrikaner zu teilen, damit wir das Doppelte an Backsteinen bekämen – das lehnte er kategorisch ab: Wie konnte ich nur von ihm verlangen, andere zu lehren, was ihm und seinem Harem das tägliche Brot sicherte?!

Auch das war für mich eine Lehre in afrikanischer Mentalität. Darüber, dass wir (von der Mission) ihn dann doch austricksten, war Nkulu keineswegs böse; zu einem benachbarten weißen Farmer sagte er gar: »Der Pater kann einfach alles; der weiß sogar, wie man Ziegelsteine brennt!«

In Wirklichkeit war's so: John, mein zuverlässiger und vielseitig begabter Sekretär und Missionshelfer aus England, und ich haben Nkulus Leute wochenlang bei der Arbeit beobachtet – und als wir genügend Erfahrung gesammelt hatten, vertrauten wir unser *Backstein-Wissen* einem anderen, jüngeren Schwarzen an. Nach ein paar missglückten Versuchen hatten wir einen zweiten Lieferanten von Ziegelsteinen.

Was wurde aus Nkulu nach meinem Weggang? Seine Haremsdamen, mittlerweile auch nicht mehr die Jüngsten, haben vielleicht ihre Kinder und Enkel inzwischen angelernt, wie man aus Termiten-Erde Backsteine macht und brennt. Nkulu selber soll uralt geworden sein, umhegt und gepflegt von seinen Frauen und Kindern…

ICH DENKE AN GOGO, die gute alte Afrikanerin, die uns auf der Missionsstation häusliche Dienste leistete. Seit Jahren verwitwet, arbeitete sie von früh bis spät für uns – selbstlos und unermüdlich. Sie sprach kein Wort Englisch. Ihre Sprache war die des Herzens; auch ihre Augen strahlten Güte aus. Zu meinem Abschied flocht sie einen großen Wäschekorb, kunstfertig verziert mit afrikanischen Mustern. Als ich ihr die Hand reichte, um Auf-Wiedersehen zu sagen, kamen ihr Tränen.

Gogo (wörtlich: Großmutter) hat über mehrere Jahre mit meiner Mutter in Deutschland korrespondiert, obwohl sie selber weder lesen noch schreiben konnte. Sie diktierte ihre Briefe einem schwarzen Lehrer; der ließ sie von einem deutschen Pater übersetzen und weiterleiten. – Erstaunlich, wie gut und liebevoll es beide Mütter miteinander konnten! In meinem Herzen wird Gogo zeitlebens einen Ehrenplatz behalten; und im Himmel, wo ich beide Mütter wähne, gibt es sowieso keine wirklichen Sprachprobleme mehr…

ICH DENKE AN FLORENCE. Sie lernte bei Sr. Barbara im Hospital als Krankenhelferin. Dass ich ihr später eine Stelle in einem größeren Krankenhaus verschaffte, hat sie wohl nie vergessen. Woher ich das weiß? Aus einem Brief, den ich rund 35 Jahre später in Köln erhalten habe. Einer ihrer längst erwachsenen Söhne teilte mir mit, er sei dabei, die Biografie seiner Mutter zu schreiben. Sie, Florence, sei für ihn die beste Mutter der Welt, und weil sie immer wieder von früher erzähle, kenne er auch meinen Namen und meine Adresse. Ob ich bereit und willens sei, ihm bei den Recherchen für das geplante Buch zu helfen?

Florence hatte immer schon etwas Vornehmes an sich. Wegen ihres relativ hellen Teints hätte man sie für eine Farbige (Mischling) halten können. Dass nun einer ihrer Söhne sich daran machte, ihren Lebenslauf aufzuschreiben, ist gewiss auch unter Afrikanern etwas Neues. Aber Florence hat es verdient!

ICH DENKE AN PAUL. Ein Unikum! Er bediente den Heizofen der Großküche, wo während der Schulzeit für über 600 Personen gekocht werden musste. Früh um vier war Paul meistens schon auf den Beinen, schaufelte Kohle, kehrte, rannte hin und her und war stets guter Laune. Oft sah er recht verrußt und verschmiert aus, aber seine großen weißen Augen leuchteten fröhlich und zufrieden, wann immer man ihn traf. Sein Humor war sprichwörtlich; immer hatte er ein kleines »Verzählchen« parat, immer machte er sich ein wenig über andere lustig, am meisten aber über sich selbst. Im Mittelalter hätte man ganz gut einen königlichen Hofnarren aus ihm machen können. Unvergesslich seine kleinen Späße: Leise, aber tiefgründig – sein Witz wie sein Schalk!

Wenn ich nicht sicher wäre, dass die Geschichte mit dem Glasauge *nicht* von Paul erfunden wurde, ich könnte sie ihm zuordnen: Da waren mehrere schwarze Arbeiter bei einem weißen Farmer angestellt, um eine große tiefe Grube auszuheben. Der Gutsherr kannte seine Leute, auch ihre Bequemlichkeit. Daher mahnte er sie eines Tages, ehe er in die Stadt zum Einkaufen fuhr: Ich lasse euch eines meiner Augen zurück; es wird euch beaufsichtigen – den ganzen Tag lang. Meinem Auge entgeht nichts! – Sprach's und legte sein Glasauge auf einen benachbarten Steinhaufen. – Die schwarzen Arbeiter, die sich ständig beobachtet fühlten, schufteten von früh bis spät; den ganzen Tag lang. Als der Farmer abends zurückkam, hatten sie gute Arbeit geleistet.

Ein paar Tage später legte der weiße Boss erneut sein Glasauge auf den Steinhaufen. Als er am Spätnachmittag zurückkam, fand er seine Arbeiter unter einem schattigen Baum; sie hatten gefaulenzt. Den ganzen Tag lang. Jetzt brüllte der Farmer: Habt ihr vergessen, dass mein Auge alles sieht, auch wenn ich nicht da bin!? – Da deutete einer der Schwarzen zum Steinhaufen: Sie hatten einen alten Schlapphut über das Glasauge gestülpt!

Paul hätte ähnlich argumentieren können – und kein Weißer wäre ihm dafür böse gewesen…

ICH DENKE AN ANDERE – zum Beispiel an den alten Mgwena, Häuptling der Embakwe-Farm, Ehrenmann und Schlichter vieler Händel und Reibereien. Auf ihn war Verlass, und wenn andere ihn bestechen wollten, stellte er sie nicht bloß; nein, er wollte sie öffentlich nicht blamieren; er tat so, als ob er ihr Angebot gar nicht gehört hätte!

Ich denke ferner an die Zwillinge Andrew und James; beide längst erwachsen, beide Volksschullehrer von Beruf. Ich erinnere mich aber nur an den afrikanischen Rufnamen des einen: Die Leute im Dorf, aber auch seine Verwandten nannten ihn *Mapegani*. Das Wort kommt vom englischen »pagan« (Heide; Ungläubiger); daraus wurde im Plural (in der Sindebele-Sprache): ama-pegani.

Zu Recht könnte man hier fragen: Wie kam ein christlich getauftes schwarzes Baby zu diesem Namen? – Ganz einfach: Zur Zeit der Geburt der Zwillinge (in den 1930er Jahren!) predigte einer unserer Missionare gerne und oft über die ama-pegani; seine *Heiden-Predigten* blieben den Leuten noch Jahrzehnte später in Erinnerung. Warum? Weil ihnen das Wort Ama-pegani so ulkig vorkam, und das war der Anlass, warum einer der Zwillingsbuben diesen Beinamen erhalten hat!

ICH DENKE AN DEN GREISEN BUSCHMANN, der seinen Enkelsohn zu uns auf die Station brachte. Er muss mehrere Tage unterwegs gewesen sein, vom benachbarten Botswana kommend. Beide hatten großen Durst und ordentlich Hunger. Als er mir den

Buben vorstellte, war er mittels eines Lederriemens an die Hand des Alten gefesselt: »Der Bub wollte nicht freiwillig mitkommen; und unterwegs versuchte er auszubrechen. Deshalb habe ich ihn an mich gebunden!« – Und warum er, der doch selber nie eine Schule von innen gesehen hatte, unbedingt wolle, dass sein Enkel bei den weißen Missionaren lerne? – Die Antwort des Alten aus der benachbarten Kalahari war einfach: »Ich möchte fortleben in meinen Kindern und Kindeskindern. Je besser sie auf das Leben vorbereitet sind, umso eher werden sie es meistern!« – Dann überreichte er mir ein Straußenei; unter Buschmännern etwas Wertvolles; leere Straußeneier dienen ihnen auch zum Aufbewahren von Regenwasser. Er hatte das Ei ganz in der Nähe seiner Hütte gefunden…

Gute Freunde & willige Helfer

Die Zahl guter und williger Menschen, »die an mir vorüberglitten und am anderen Ufer entschwanden«, ist Legion. Und es sind nur wenige unter ihnen, denen ich nicht aufrichtigen Herzens danken möchte. Wie so oft im Leben: Das Dankeschön kommt häufig zu spät. Denn erst im Nachhinein erinnert man sich der Tiefe der Verbundenheit; erst im Nachhinein wird der nicht ausgesprochene Dank mitunter als fahrlässige Unterlassung oder gar als Schuld empfunden.

Das gilt für fast alle meine Verwandten und Freunde, die von Gott bereits heimgerufen wurden.

Viele von ihnen wurden in anderen Büchern (vgl. Fußnote 12, S. 225) ausführlich erwähnt. Sie alle – und auch jene, die in späteren Jahren in diese Liste aufgenommen wurden – hätten es verdient, hier erwähnt zu werden. Ein paar wenige will ich namentlich nennen:

DA WAREN ALBIN UND OSKAR. Zwei Klassenkameraden aus meiner Miltenberger und Würzburger Gymnasialzeit. Oskar wurde vor Jahren eines Nachts überfallen und mit einer Eisenstange schier zu Tode geprügelt. Die Täter, eine Verbrecherbande aus dem Balkan, wollten Geld. Bei Oskar war nichts zu holen. – Nach mehreren Wochen Krankenhaus erwachte er aus dem Dauer-Koma, und verfiel jetzt ins Wachkoma, aus dem er nie mehr befreit wurde.

Als ich ihn einmal besuchte, zusammen mit Albin, konnten wir nicht feststellen, ob er uns wirklich erkannt hat. Wahrscheinlich nicht. Aber als wir beim Abschied ein Marienlied anstimmten, sang er kräftig mit. Völlig normal, wie ein Gesunder. Doch mit dem Ende des Liedes war alles wie vorher: Keinerlei Anzeichen, dass er wusste, wer wir waren – und auch keinerlei Hinweise, dass er sich des Inhalts des Marienlieds bewusst war. Mehrere Monate später starb Oskar, ohne je wieder volles Bewusstsein erlangt zu haben.

Albin lebte noch ein paar Jahre. Wir kannten uns am längsten; ich habe seine Familie kennengelernt, noch ehe ich 1946 das erste Mal nach Miltenberg fuhr.

In den späten Jahren litt Albin sehr darunter, dass seine Mutter schwermütig war; eigentlich ihr Leben lang. – Gerne kam er zu uns nach Giebelstadt, vor allem, als unsere Mama noch am Leben und gerade bei Irene und Max zu Besuch war. Bei einer solchen Gelegenheit sagte er zu mir: »Sei froh und dankbar, dass du eine so gute Mutter hast – voller Gottvertrauen, voller Freude und Heiterkeit; voller Hoffnung und Zuversicht! Meine Mama, sie war gewiss gut zu uns Kindern, aber sie war fast immer seelisch bedrückt. Vielleicht hätte eine Tochter ihr gut getan; sie hatte halt nur uns vier Buben… Ein Mädchen in der Familie wäre vielleicht für sie eine große Wohltat gewesen…

DA WAR JOHN JAKOB. Ein Missionshelfer aus London, gelernter Buchhalter, lange Jahre bei Cooks Reisebüro in Durban, Bulawayo und Salisbury (Harare) – und dann mein Sekretär (und Mädchen für alles) auf der Embakwe-Mission. Zunächst war er zuständig für die Buchführung der Gesamtstation und den schriftlichen Verkehr mit den Behörden in Salisbury. Weil geborener Engländer (mit deutschem Großvater), hätte es für mich keine bessere Hilfe geben können. Wir hatten ja ständig mit dem Kultus- und Sozial-Ministerium zu tun. Aber schon nach wenigen Monaten war klar, dass sich John zu einem echten *Jack of All Trades* entwickelte; egal, wo etwas repariert oder erneuert werden musste: Auto-Reparaturen, Wasser- wie Stromleitungen, lecke Wassertanks und kaputte Windräder – John hatte sich bald überall eingearbeitet. Viel Können und handwerkliches Wissen hatte er unserem alten Bruder Mauritius abgeguckt, mit dem er sich bestens verstand.

Nachdem ich von Afrika nach Deutschland zurückgerufen worden war, besuchte er mich ein paar Mal in Köln. John war jetzt vorübergehend bei einem benachbarten schottischen Farmer tätig; ich riet ihm, wieder im Dienste der Mission zu wirken. Er tat es, noch Jahre lang, von St. Luke's aus, übernahm die Buchführung der Missions-Krankenhäuser und wirkte weiterhin als »Mädchen für alles«.

John war immer ein starker Raucher. Er erkrankte schließlich an Lungenkrebs, doch auch die Fachärzte in Johannesburg konnten ihm nicht mehr helfen…

Ich werde John so lange ich lebe in bester Erinnerung behalten. Ohne ihn wäre zu meiner Zeit vieles in Embakwe nicht möglich gewesen; ohne ihn und sein Fachwissen und sein handwerkliches Können. Danke, John, für deine absolute Verlässlichkeit und Treue. Danke für deine Freundschaft!

DA WAREN ROSL UND HILDEGARD. Ausgebildete, von MISEREOR unterstützte Krankenschwestern: ihr erster Einsatz war das Fatima-Hospital im Bistum Bulawayo/Simbabwe.

Zwei fleißige und hilfsbereite Mädchen, die willens waren, auch im hintersten afrikanischen Busch zu arbeiten. Ihr freundliches Lachen hat mir auch ihre fröhlichen Gesichter herübergerettet – nach fünf Jahrzehnten.

Sie selber aber sind aus meinem Blickfeld entschwunden: Rosl soll einen griechischen Geschäftsmann in Bulawayo geheiratet und mehreren Kindern das Leben geschenkt haben; und Hildegard, hübsch und fotogen auch sie, tauchte völlig unter. Jahrzehnte später hieß es, sie habe einen weißen Südafrikaner geehelicht – überreich an Gold und Diamanten…

DA WAR MARTHA AUS SÜDTIROL. Sie war auf einer kleinen Insel vor Papua Neuguinea bei unseren niederländischen Mitbrüdern als MISEREOR-Helferin tätig; sie unterrichtete Kanaken-Mädchen in der Hauswirtschaft: Kochen, Nähen, Stricken, Hygiene usw. Als sie nach vier Jahren in ihre Heimat nach Südtirol zurückkehrte, hing ihr Herz noch sehr lange an den Menschen in der Südsee.

45 Jahre sind seitdem vergangen. Was wurde später aus ihr? Ich wusste lange nichts, bis vor ein paar Jahren ein Brief in Köln eintraf: Ohne Postleitzahl, aber mit korrektem Straßennamen. Der Brief blieb ein paar Tage in der Großstadt am Rhein liegen, fand aber dann doch den Weg zur Mariannhiller Mission in der Brandenburger Straße.

Jetzt erfuhr ich: Schon längst selber kein Teenager mehr, heiratete sie in späten Jahren einen Witwer im bayerischen Alpenvorland, pflegte ihn, als er krank wurde und ist seit seinem Tod in diversen Wohltätigkeitsjobs tätig, zuletzt in der Flüchtlingsbetreuung. An ihre Jahre als Missionshelferin denkt sie gerne zurück; ihre wagemutigen Erlebnisse und wertvollen Erfahrungen veröffentlichte sie inzwischen in einem Buch[13].

DA WAREN JOY & JOE. Beide aus Schottland; er war Lehrer an einer Highschool in Plumtree (Rhodesien/Simbabwe), sie, seine Gattin, eine große Wohltäterin der benachbarten Missionare. Beide verzuckerten sozusagen manch einsamem Pater die Öde des Alltags. Joe machte den Sakristan und ministrierte regelmäßig bei der Schulmesse für die katholischen Schüler, Joy servierte anschließend das Frühstück.

Dann kam der Bürgerkrieg ins Land – und Joy & Joe wanderten aus, nach Australien, kehrten aber bald schon nach (Ost)Afrika zurück – und landeten schließlich wieder dort, wo Joe einst als Junglehrer (im britischen Kolonialdienst) begonnen hatte: At Plumtree High. Aber sie hielten es unter Mugabes Willkürherrschaft nicht mehr lange aus; zu schwer empfanden sie (als Weiße) den politischen Machtwechsel. In »merry old England« verbrachten sie ihre alten Tage, ausgerechnet in London, wo sie doch beide immer so stolz waren auf ihr »fast unabhängiges Schottland«. – Ich denke voller Dankbarkeit an sie zurück. Joe starb vor mehreren Jahren, Joy schreibt mir noch regelmäßig um Weihnachten…

DA WAREN ZWEI MÄNNER NAMENS FRANZ: Beide waren Missionshelfer im Bistum Bulawayo,

---

[13] M. Anlauf-Gufler, »Abenteuer Entwicklungshilfe«, 144 S. mit vielen Fotos, kt. Mariannhill Würzburg 2009

Simbabwe. Damals, anfangs der 1960er Jahre, gehörte die Diözese zu den ersten, die MISEREOR-Gelder bezogen und Laien im Einsatz hatte. Alte, erfahrene Missionare rieten mir dringend ab, Missionshelfer einzustellen; große Skepsis herrschte vor. Ich war anderer Meinung; und lud zwei Agrar-Fachleute zu uns nach Embakwe ein; einer von ihnen war Franz. Wir hatten tatsächlich, wie ich später erfahren habe, die ersten MISEREOR-Helfer im südlichen Afrika überhaupt; beide stammten aus Bayern und leisteten gute Arbeit.

FRANZ (1), ein Diplomlandwirt, wurde von MISEREOR (Aachen) und AGEH[14] (Köln) auf seine Arbeit im südlichen Afrika vorbereitet. Leider einseitig und nicht im Sinne missionarischen Denkens. Man hatte den jungen Leuten damals mitgeteilt, kein Bischof und kein Pater dürfe ihnen bei ihrer Arbeit dreinreden – und was sie in ihrer freien Zeit täten, ginge niemanden etwas an. Dem widersprach ich energisch: Jeder Weiße, der im Dienst der Mission wirke, müsse auch in seinem Privatleben ein (gutes) Beispiel geben.

Dem widersprachen Franz (1) und sein Kollege sehr energisch: *Was wir privat tun, ist unsere Sache; da darf uns niemand reinreden. Wir sind weder verpflichtet, sonntags die Messe zu besuchen, noch kann uns jemand verbieten, mit farbigen Mädchen auszugehen! Wichtig*

---

[14] Arbeitsgemeinschaft Entwicklungshelfer (AGEH); Zusammenschluss mehrerer katholischer Organisationen (Misereor, Kolping u.a.) – zur Ausbildung/Fortbildung von Laienhelfern für den Einsatz in der Dritten Welt.

allein ist, ob unsere fachliche Arbeit stimmt. Alles andere geht niemand etwas an! –

Nun hatten wir auf der Station unter anderen Einrichtungen auch ein Internat für farbige Mädchen – von 12 bis 22 Jahren. Die Erzieherinnen dieser Mädchen waren britische und irische Nonnen; kein Wunder, dass es bald zu Reibereien kam – und zu vehementen Meinungsverschiedenheiten zwischen Missionaren und Ordensschwestern auf der einen und Laienhelfern auf der anderen Seite!

Schließlich kam ein MISEREOR-Vertreter zu uns auf die Station – und alles wurde geklärt, im Sinne der missionarischen Arbeit vor Ort!

FRANZ (2) hatte damit nichts zu tun; er war die Liebe in Person – und stets hilfsbereit, loyal und zuverlässig. Er war Automechaniker von Beruf, aber willig und bereit, jede wichtige Arbeit vor Ort zu tun, die nur er verrichten konnte. Er blieb acht oder mehr Jahre, kehrte dann ins heimatliche Altötting zurück, heiratete und wurde Vater von mehreren Kindern. Er hätte viele Orden und Auszeichnungen verdient, bayerische und andere; nicht zuletzt eine Ehren-Medaille für selbstlose Dienste und absolute Treue. Aber wer denkt schon an die »Stillen im Lande«?

DA WAR NOCH EINER, ebenfalls über AEGH und MISEREOR zum Einsatz gebracht, dessen ich mich erinnere, und den ich HORST nennen möchte: Ein auffallend gut aussehender junger Mann, von Beruf studierter Landwirt, Agrarfachmann. Sein Leben verlief in einem wirren Zickzack: Erst drei Jahre am Rande der Kalahari, dann Neueinsatz im muslimischen Westafrika. Auch dort, so munkelte man, fehlte es ihm nie an jungen hübschen Frauen. Schließlich wurde er vom Häuptling dazu verpflichtet, mehrere schwarze Mädchen zu ehelichen. Sein Harem, so einer seiner früheren Freunde, erinnere in der Tat an Tausend-und-eine-Nacht!.

Was dann geschah, wissen wir nicht. Hier verflüchtigen sich die Spuren. Ich konnte nirgends etwas Konkretes über ihn erfahren: Er blieb wie vom Erdboden verschwunden.

War ihm irgendwann etwas zugestoßen? Oder hat er sich in fremder Umgebung selber einge-igelt? Wollte er vielleicht ganz bewusst alle Verbindungen nach Europa kappen?

Egal, wie weit ich die Fragen spanne, Antworten werde ich kaum mehr erhalten. Zurück bleiben ein herber Nachgeschmack und die Frage: Was hätten wir, die wir ihn, wenn auch nur flüchtig, kannten, anders machen müssen? Sind wir vielleicht doch ein wenig mitschuld an seinem Schicksal? – I don't know!

Schade um ihn, wenn ihm in der Fremde etwas zugestoßen ist! Denn er war auf seinem Gebiet ein Fachmann, höflich im Umgang – und er wusste auch anzupacken, wenn Not an Mann war.

Zurück blieben Mimik und Gesprächsfetzen

Es gibt Menschen, die man jahrelang nicht mehr gesehen hat; mit denen man zwischenzeitlich keinerlei Kontakte hatte. Die vielleicht sogar Meere und Kontinente weit entfernt leben. Und doch fühlt man sich mit ihnen verbunden. Träfe man sie plötzlich wieder, es wäre wie früher: Statt Jahrzehnte und Erdteile liegen allenfalls graue Haare (oder weniger Haare) zwischen uns. Die Atmosphäre wäre wie eh und je – kollegial und freundschaftlich…

Es gibt andere, wild-fremde Menschen, eventuell Menschen anderer Hautfarbe, anderer Religion, anderer Nationalität – mit denen wir binnen weniger Minuten per Du sind, so als kennten wir uns schon immer!

Von Letzteren ist im Folgenden die Rede: Es waren meist junge Leute, Studenten oder kaum Erwachsene, die ohne Scheu und Schüchternheit aus ihrem Leben erzählten, aber auch von ihren Träumen, Wünschen und Hoffnung für die Zukunft. Im Hin und Her der Interviewfragen kamen wir uns näher; ich versuchte, ihr Leben und ihre Andersartigkeit zu verstehen. Und hielt jeweils ein paar Sätze von ihnen fest. Dann gingen sie wieder ihre Wege, verflüchtigten sich wie Sandkörner im endlosen Meer der Sahara. Zurück blieben Gesprächsfetzen und ihre Mimik, vielleicht auch ein druckfertiges kurzes Interview, ein paar persönliche Eindrücke und, meinerseits, Segens-Wünsche für die Zukunft dieser schier ausschließlich jungen Leute aus Ländern der Dritten Welt.

FRÄULEIN ANMUT AUS VIETNAM – lächelte asiatisch liebevoll und erzählte auch schon bereitwillig aus ihrem Leben: Wir Vietnamesen lächeln zu viel, sagen die Europäer! Stimmt, wir lächeln auch, wenn wir nicht Nein sagen möchten oder uns nicht trauen. Wir lächeln, wenn wir nicht die grobe Wahrheit sagen wollen. Wir lächeln, wenn wir Unangenehmes sagen müssen – so begann Thuc Doan (wörtlich: Anmut und Aufrichtigkeit) unser Pressegespräch. Sie war nach Deutschland gekommen, um sich zur Dolmetscherin ausbilden zu lassen. Ihr Vater, einst Experte für psychologische Kriegsführung, wurde nach Beendigung des Vietnamkrieges Professor für moderne Geschichte.

Sinn für Geschichte hatte auch seine Tochter; voller Stolz verwies sie auf das alte Kaiserreich ihrer Heimat. – Ihr Hobby? Sie lese gerne die deutschen Poeten, höre Mozart, Beethoven und Bach, male Aquarelle und sehe sich gerne gute Filme an...

Seit unserem Interview habe ich nie wieder von ihr gehört; sie tauchte weg; tauchte wieder ein in den Strom der Millionen Namenloser, die wir im Laufe des Lebens kennenlernen – und dann wieder aus dem Auge verlieren. Was bei Thuc Doan zurück blieb: Ein Hauch von Anmut!

EINE BUDDHISTIN AUF DEM KÖLNER DOM – Statt eines Kimono trug sie einen modischen Minirock, statt Reiswein trank sie Cola! – Sie hatte sich längst angepasst an europäisch-westliche Gepflogenheiten. Die aus Tokio stammende schlaue und schlanke Mutsuko (wörtlich: Harmonie). Auf eine gute Figur, so ließ sie in unserem Redaktionsgespräch durchblicken, gebe sie viel. Um schlank zu bleiben, steige sie zweimal pro Woche auf einen der Kölner Domtürme! – Märchen, so erzählte sie mir später, liebe sie über alles; die von den Brüdern Grimm habe sie schon als Kind gekannt – natürlich in japanischer Sprache. Zur Zeit lese sie die deutsche Urfassung. Als sie nach zwei Stunden von dannen trippelte, lag etwas typisch Japanisches in der Luft: Ihr Parfum erinnerte mich an Kirschblütenduft!

DIE CLEVERE TANNY AUS INDONESIEN – Erst wollte sie Touristen-Begleiterin werden, studierte Psychologie – und wurde am Ende Deutschlehrerin an einer Höheren Schule in Djakarta. Nach ihrer Lieblingsspeise gefragt, leckte sie leicht über ihre Lippen, kicherte fröhlich und sagte: Natürlich Nudeln und ein leckeres, knuspriges Hähnchen, scharf gewürzt!

Etwas später fügte sie hinzu: Von allen deutschen Esswaren sei ihr Schwarzbrot am liebsten. – Warum? Egal, wieviel man davon esse, man müsse niemals um seine Figur bangen!

Falls sie über Nacht reich würde, etwa eine Million zur Verfügung hätte, was würde sie damit anfangen? – Ganz einfach, antwortete Tanny; ich würde erst mal rings um die Welt reisen; dann, wieder zu Hause, ein Krankenhaus bauen lassen oder eine große Schule…

Ob sie je zu ihrer Million kam, ist fraglich, aber

vielleicht ist es ihr gelungen, etwas anderes Wertvolles für ihre Landsleute zu tun.

EINE CHINESIN IN LOURDES – Als Kind war sie zusammen mit ihren Eltern aus China geflohen, heimlich und bei Nacht über die Grenze, als Hongkong noch britische Kolonie war. Von dort gelangte sie später nach Österreich, studierte Medizin und wollte Ärztin werden. Doch schon bald erkrankte sie selber – erst an Heimweh nach China, dann an Krebs. Eine ältere Dame aus Wien schenkte ihr eine Reise nach Lourdes. Dorthin, so sagte sie mir in einem längeren Interview, wolle sie demnächst mit einem Pilgerzug fahren. Das habe sie ihrer Mutter versprochen, die übrigens, wie alle ihre Verwandten, katholisch sei.

Nach ihren Hobbies gefragt, antwortete sie: Lesen und Musizieren; besonders gern lese sie traurige Romane, zum Beispiel »Vom Winde verweht«.

Ob sie, die Schwerkranke, wieder gesund wurde? Ob der Besuch in Lourdes ihr Kraft schenkte und Mut machte? Ob ihre guten Augen je wieder fröhlich lachen durften?

EIN HÜBSCHES MÄDCHEN NAMENS ALTMODISCH – Die mandeläugige Japanerin benahm sich recht kokett; immer wieder brach sie in lautes Lachen aus, vor allem, wenn sie ihren Freund, der während unseres Gesprächs neben ihr saß, stichelte und gelegentlich auch rot werden ließ. Am Ende lachten beide nach Herzenslust.

Dass ausgerechnet sie, die sich gern schick kleidete, Altmodisch heißen sollte, darüber mokierte sie sich selber. Sie kicherte schelmisch und stupste ihrem Freund in die Rippen. Auf ihre Zukunft angesprochen, meinte sie, diese liege noch in weiter Ferne, aber sie wolle später Innen-Architektin werden; Malen bleibe wohl ihr Hobby fürs Leben. – Sprach's, packte ihren Freund am Ärmel und verabschiedete sich. Sie kam noch ein paar Mal zu weiteren Gesprächen, jetzt ohne Begleitung. Dann brach jeder Kontakt ab, und sie verschwand in der Anonymität. Nur die Erinnerung hält ein paar Pinselstriche ihres jungen Lebens fest.

DR. PEEYUSH STAMMTE AUS INDIEN – Er war schon viel in der Welt herumgekommen, ehe wir uns kennenlernten. Sein Vater, ein Rechtsanwalt, wollte, dass der Junge Arzt werde, aber Peeyush war andrer Meinung; seine Vorliebe galt der Musik. Doch dem Vater zuliebe lernte er erst einen »Brötchenberuf« und wurde Volkswirt; die klassische Musik blieb jedoch sein Hobby. Am liebsten habe er Bach und Beethoven, betonte er mehrmals. Wenn er die Neunte höre, vergesse er alles um sich herum, und bei Bach, etwa im Kölner Dom oder in St. Paul's in London, überkomme ihn einmalige Ruhe und Gelassenheit; ein Gefühl der Ewigkeit bemächtige sich seiner – verbunden mit einer respektvollen Verbeugung vor dem Schöpfer. – Diese Interpretation von Bach und Beethoven habe ich nie mehr vergessen; dass ein Asiate so dachte und fühlte, hat mich tief berührt.

EIN FILMEMACHER AUS GHANA – »Kingsley«, sagte er, als er sich vorstellte; Journalist und Filmemacher aus Ghana, Eigentümer eines gutmütigen Katers Namens Sokrates, Schuhgröße 47! – Er lachte aus vollem Hals, nachdem er seinen eigenen Steckbrief verkürzt wiedergegeben hatte.

Kingsley lachte überhaupt viel und gerne. Von den rheinischen Fastnachtsnarren war er besonders angetan. Einmal hatte ihn eine Horde kesser Kölner Karnevalsweiber umstellt und reihum geküsst. Ehe sie ihn wieder entließen, strich ihm eine der Närrinnen über die Wange, um festzustellen, ob die schokoladebraune Hautfarbe echt sei.

Ein andermal begrüßte ihn der Moderator eines Maskenballs mit den Worten: Das ist Kingsley, der Mann, der sich jedes Jahr um diese Zeit als Neger maskiert!

Wann immer ich ihn traf – wir begegneten uns wiederholt in der Kölner Innenstadt – kam Kingsley freudestrahlend auf mich zu, schüttelte mir lachend die Hand, erzählte einen Witz und ging wieder seines Weges. Nie habe ich ihn traurig angetroffen! – Dann, leise und zunächst unbemerkt, verschwand er wieder aus meinem Blickfeld. Erst nach Monaten wurde mir bewusst, wie sehr ich sein fröhliches Lachen vermisste – und seine gewinnende Art, auf Menschen zuzugehen.

CHIGOZIE UND DIE WEISSEN BETTLER – Nach seinen erschütterndsten Erlebnissen in Europa gefragt, antwortete der aus Nigeria stammende Afrikaner: Das war die Tatsache, dass es auch weiße Bettler gibt! Er sei bis ins Mark getroffen gewesen, als ein Europäer ihn in London um Geld anbettelte. Da habe er erstmals begriffen, dass es auch in Europa bettelarme, hungrige und verlumpte Menschen gebe. Für einen Schwarzen aus Westafrika etwas schier Unvorstellbares!

Ein andere Frage an den Nigerianer aus Iboland lautete: Was würden Sie, als getaufter afrikanischer Christ, einem weißen Missionar ins Stammbuch schreiben? – Seine Antwort: Sie sollten sich viel Zeit nehmen; nie etwas überstürzen! Keine Zeit zu haben, wenn Menschen darum bitten, ist das Schlimmste, was man in Afrika tun kann: Wir Afrikaner haben immer Zeit. Wir nehmen uns immer Zeit. Wir haben vieles nicht, was die Weißen haben, aber wir sind um manches reicher als die Europäer, die zwar goldene Zeitmesser tragen, aber nie Zeit zu haben scheinen – nicht einmal für ihre engsten Freunde!

PFARRER KIM AUS SÜDKOREA. Deutsch sprach er fließend. Den fernöstlichen Akzent merkte man ihm kaum an. Spitzbübisch war sein Lachen, aber nicht hämisch. Selbst dann, wenn er Kritisches anmerkte, war es wohl-wollend gemeint: Die deutsche Sprache sei – im Vergleich zum Koreanischen – so gar nicht melodisch, meinte er mehrmals im Laufe unserer Gespräche. Das Deutsche entbehre der Musik, der Harmonie. (Sollen Bach und Beethoven und Mozart tatsächlich Deutsch gesprochen haben?) – Er lächelte und machte ein kleine Pause, ehe er fortfuhr: Als ich nach meiner Ankunft zwei Frauen miteinander sprechen hörte, hielt ich sie für Streithähne, bis man mir versicherte, es handle sich lediglich um zwei Klatschbasen…

Pfarrer Kim ist Professor der Theologie; sein Spezialgebiet ist das Neue Testament. Sein Wunsch für die Zukunft? – Dass seine koreanische Heimat, seit Jahrzehnten geteilt, wieder vereinigt werde!

DAS WAREN GESPRÄCHSFETZEN – aus Interviews mit vorwiegend jungen Leuten aus Afrika und Asien. Ich habe bei solchen Begegnungen viel gelernt. Auch, dass kein Wort, einmal ausgesprochen, ganz umsonst war. Kein Mensch, auch nicht der, dem wir nur beiläufig begegnen, fällt völlig heraus aus unserer Erinnerung – und auch nicht aus unserer Mit-Verantwortung. Indem ich hin und wieder an sie denke, wünsche ich ihnen Gutes – nicht zuletzt Gottes Schutz und Segen.

Die weg-gingen aus der Gemeinschaft

Ein Glück, fürwahr, dass wir immer wieder wertvollen Menschen begegnen. Ein Glück auch, dass wir ihnen – und sie uns – Freunde sein dürfen.

Schade, dass uns einige von ihnen »abhanden gekommen sind«. In einigen Fällen sehr langsam und nur allmählich; zuweilen aber auch abrupt, von heute auf morgen! Sie waren weg, plötzlich von der Bildfläche verschwunden. Sie ließen nie mehr etwas von sich hören. Sie tauchten unter – verschwanden aus unserem Gesichtskreis.

Was ist aus ihnen geworden? Warum gingen sie in die »Fremde«? Weshalb haben sie jeden Kontakt abgebrochen?

Vielleicht war mitunter falsche Scham mit im Spiel; Scham darüber, dass sie nicht »durchgehalten« haben? Dass sie ausbüxten? Weil sie es im bisherigen Kreis von Gleichgesinnten nicht mehr aushielten?!

Vielleicht wollten sie es sich selber nicht so recht eingestehen, dass sie überstürzt, unbedacht oder in momentaner Laune gehandelt hatten?

Auf jeden Fall, so scheint mir, sind einige von ihnen mit sich selber nie so ganz ins Reine gekommen. Sie haben zwar andere Berufe ergriffen, andere Gemeinschaften gewählt, andere Menschen zu ihren Vertrauten gemacht – aber die Erinnerung an das »Frühere« hing ihnen vermutlich nach, noch lange, vielleicht zeitlebens nach, und sie blieben weithin, auch in ihren eigenen Augen, ganz einfach »Ehemalige«.

Und wir, die »Hinterbliebenen«, wie standen wir zu ihnen? Schlich sich da auf unserer Seite mitunter nicht doch etwas Häme ein? Etwas Selbstgerechtes? Etwas Besserwisserei?

Dabei wussten (und wissen wir) alle nur zu gut: Es waren durchwegs wertvolle Menschen, die gegangen sind. Wir waren Freunde! Gute Freunde. Warum konnten wir – trotz allem – keine Freunde bleiben? Auch danach!? Nach ihrem Weggang?

Und warum gehen wir heute, nach so vielen Jahren oder Jahrzehnten nicht mutiger aufeinander zu?

Einer von denen, die ich hier erwähne, hat es vor kurzem versucht – nach fast 50 Jahren. Ich habe mich sehr darüber gefreut. Plötzlich stand er vor mir – und ich habe ihn sofort wiedererkannt – trotz der fünfzig Jahre, die zwischen uns lagen. – Ein paar wenige von ihnen will ich hier erwähnen:

JA, ICH MEINE DICH, GREGOR. Du warst Lehrer und Seelsorger, hattest einen unverwüstlichen Humor – und viel Sinn für Ironie. Ich weiß wohl, du knicktest immer wieder mal ein, du liefst oft tagelang trüben Gedanken nach, nahmst es nicht leicht, »anderen etwas vorpredigen zu müssen, was man selber kaum halten konnte« (Deine Worte!). Du warst grundehrlich und sehr herzlich. Aber warum verschließt du dich weiterhin denen, die einmal deine Freunde waren? Niemand scheint so recht zu wissen, was aus dir wurde und wie es dir später erging. Keiner derer, die du einst deine Freunde (Kollegen, Mitbrüder) nanntest, weiß, was aus dir geworden ist. Das heißt auch: Niemand könnte dir helfend oder ratend beistehen, wenn du in Not kämst; wenn du Hilfe bräuchtest…

ICH MEINE DICH, PIT. Deine große und schlanke Gestalt ist mir in guter Erinnerung. Weißt du noch, wie wir auf deinem Motorrad durch die Elendsviertel von Victoria gefahren sind? Wie uns alle zuwinkten und sich freuten, dich begrüßen zu dürfen? Du wurdest umjubelt von Kindern und Erwachsenen. Die jungen Frauen und Mütter strahlten, wenn sie dir die Hand schüttelten... – Dann, sehr abrupt, hast du aufgegeben, hast das Land, wo du so segensreich wirken durftest, verlassen – und wir haben uns nie mehr gesehen. Nie mehr miteinander diskutiert. Nie mehr Zukunftspläne besprochen...

ICH MEINE AUCH DICH, IGNAZ. Du wirktest wahre Wunder, wo immer du pastoriertest. Wir haben viel Interessantes erlebt, als du mir Führer warst in einem mir fremden Land. Die gemeinsamen Wochen und Monate mit dir zählen zu den wertvollsten meiner Foto- und Info-Reisen. Wir haben ganze Nächte in Überlandbussen verbracht, haben viel diskutiert und uns immer wieder mit deinen Freunden vor Ort getroffen. Für mich waren es sehr wertvolle Erlebnisse und Erfahrungen.

Dann fuhrst du auf Heimaturlaub – und hast deine früheren Freunde an der Garderobe zurückgelassen. Warum eigentlich? – Kann man, darf man gemeinsam Erlebtes so sehr verdrängen, dass es schwer wird, Wunden heilen zu lassen? Bleiben wir nicht doch ein Leben lang – zumindest ein klitzekleines Bisschen – füreinander mitverantwortlich?

AUCH DICH, SCHORSCH, MEINE ICH. Wir haben einst zusammen die Universität besucht. Dann gingen unsere Wege ins südliche Afrika, wenngleich in unterschiedliche Länder. Als ich dich besuchte, staunte ich über deine Liebe zu den Menschen; vor allem über deine Einfühlungskraft, über dein Herz für die Armen. Sie hingen an dir, liebten dich.

Sie – wir alle – haben einen guten Freund verloren, als du Adieu sagtest und in deine Heimat zurückkehrtest, um nie mehr zurückzukommen. Wie ich höre, hast du dein soziales Engagement beibehalten; deine Sorge um jene, die dringend Hilfe brauchen. Gut so! Dein Herz spricht weiterhin die gleiche Sprache – wenn auch mit anderen Vorzeichen und Schwerpunkten.

NATÜRLICH MEINE ICH AUCH DICH, LUDWIG. Du warst von stattlicher Gestalt, sahst gut aus, warst begabt. Man bat dich, ein Zweitstudium zu machen, mit angepeiltem Staatsexamen als Gymnasiallehrer. Doch dann brachst du alles ab: Studium und Gemeinschaftsleben, und verschwandest – fast wie ein Dieb in der Nacht; ohne Abschiedsworte, ohne klärende Gespräche, ohne eine Adresse zu hinterlassen.

Mag sein, dass Diskussionen mit denen, die damals das Sagen hatten, vorausgingen; wir »Kleinen und Einfachen« wurden nie informiert. Nie aufgeklärt. Vielleicht war das damals so üblich. Vielleicht hat man dich dazu bewogen, um keine Unruhe aufkommen zu lassen. Aber später, warum nahmst du auch dann keinen Kontakt mehr mit uns auf?

Auch wir, die zurückblieben, haben – so hoffe ich jedenfalls – inzwischen dazugelernt; sind, denke ich, auch offener und toleranter geworden…

SCHLIESSLICH MEINE ICH DICH, JOSEF.
Du warst ein Praktiker, verstandest dich auf diverse handwerkliche Berufe. Deine Hausmeisterdienste sind in guter Erinnerung. Dann gingst du – und hast nie etwas von dir hören lassen. Jahrzehntelang kein Anruf, kein Zeichen, keine Information.

Bis vor wenigen Monaten hätte ich noch notiert: Warum vermeidest du jeden Kontakt mit den Kollegen von ehedem? – Das gilt inzwischen nicht mehr: Du hast mich besucht, hast mir deine Schwester, deine Frau und die erwachsene Tochter vorgestellt – und wir hatten Zeit für ein paar interessante Erinnerungen an früher! Es war schön; es tat gut, dir nach so vielen Jahren wieder zu begegnen!

MEINE FREUNDE, ihr habt euch damals anders entschieden. Das war sicher nicht allein eure »Schuld«. Vielleicht hätten wir, die wir geblieben sind, uns mehr eurer annehmen müssen. Vielleicht haben wir alle gefehlt – an der Liebe.

Ich weiß, obwohl es nicht möglich ist, »so viele Freunde zu haben« (Albert Camus), wäre es doch schön und wünschenswert, euch auch in Zukunft als solche in Erinnerung behalten zu dürfen.

Erinnerungen dieser Art gleichen Vögeln im Herbst: »Man schaut ihnen lange nach und wünscht sich Flügel« (F. J. Rohde). – Oder, wie Rose Ausländer einmal schrieb: Wir alle seien wie Korallen im Meer – und warteten nur noch auf den Wind…

Mit Albert Schweitzer würde ich sagen: Ihr habt auch in meinem Leben Spuren hinterlassen! Sorgen wir dafür, dass es immer auch Spuren wechselweiser Liebe sein und bleiben mögen, zwar unsichtbar, aber doch unlöschbar eingraviert – auch und gerade für jene, denen ein langes Leben vergönnt bzw. zugemutet wird.

Schließen möchte ich mit einem Wort des russischen Autors Boris Pasternak:

> *Allen,*
> *die an mir vorüberglitten,*
> *am anderen Ufer entschwanden,*
> *allen,*
> *die mir flüchtig begegneten,*
> *bin ich in Dankbarkeit*
> *verpflichtet.*

Nach-Klang im Anhang
*Wo Menschen tanzen und lachen
und sich des Lebens freuen*

Es war gar nicht schwer, Märchen ausfindig zu machen, die den Buchtitel einfühlsam aufgreifen und inhaltlich unterstreichen. Das folgende japanische Märchen und die französische Legende vom tanzenden Gaukler bringen das Thema dieses Buches zum beschaulichen Abschluss.

Der liebliche Klang des Glöckchens[15]

Da lebte ein Mönch in einem kleinen Städtchen am Meer; er war alt und gebrechlich, aber er versorgte noch täglich den Tempel nebenan. In seiner freien Zeit saß er auf der Veranda seines Hauses und schaute hinaus aufs Meer. Um sich nicht so allein zu fühlen, hatte er am Dach über seiner Veranda ein silbernes Glöckchen anbringen lassen; es hing an einem breiten Papier-Streifen, auf dem er ein wunderschönes Gedicht geschrieben hatte. Der Wind wehte vom Meer her und bewegte den Papierstreifen – und das Glöckchen läutete gar lieblich. Der greise Mönch lauschte den Wellen des Meeres und dem Klang seines Glöckchens – und er schmunzelte zufrieden und war glücklich.

Im gleichen Städtchen lebte ein Apotheker; der hatte viel Pech, denn nichts gelang ihm mehr so recht; er war traurig und fühlte sich hilflos. In seiner

---

[15] Quelle: Missionsmagazin mariannhill, Würzburg, 6/2017

Not machte er sich eines Tages auf den Weg und besuchte den Mönch auf dem Tempelberg. Als er den greisen Mönch friedlich und zufrieden auf der Veranda sitzen sah und das silberne Glöckchen läuten hörte, wusste er mit einem Schlag, dass das Glöckchen auch ihm helfen könnte. Daher bat er den Mönch, es ihm wenigstens für einen Tag auszuleihen. – Der Einsiedler war einverstanden, ließ aber den Apotheker wissen, dass er das Glöckchen schon am nächsten Morgen zurückbringen müsse. Der versprach hoch und heilig, es, wie vereinbart, wieder zu bringen.

Zuhause hängte er das Glöckchen über seiner Veranda auf – und es begann sofort zu läuten. Dem Apotheker wurde so leicht ums Herz – und die Welt schien ihm auf einmal so schön, so dass er zu tanzen anfing.

Am nächsten Tag war der Tempelmönch schon am frühen Morgen schlecht gelaunt; er ging immer wieder zum Tempel und hielt Ausschau nach dem Apotheker. Der aber kam nicht, weder am Morgen noch am Mittag. Da rief der Mönch seinen kleinen Schüler Taro und befahl ihm, den Apotheker an sein Versprechen zu erinnern. Der Schüler beeilte sich, doch als er zum Garten des Apothekers kam, hörte er das fröhliche Läuten des Glöckchens; und er sah den Apotheker, der sich wild und mit fliegenden Kleidern im Kreise drehte – und alle Welt um sich herum zu vergessen schien. Da überkam es auch Taro, und er schloss sich dem Apotheker an; fortan tanzten beide wie fröhliche, ausgelassene Kinder.

Der greise Mönch auf dem Tempelberg wunderte sich, warum Taro nicht zurückkam, er schüttelte immer wieder den Kopf; und wurde von Mal zu Mal trauriger. Schließlich schickte er seinen zweiten Schüler namens Dschiro zum Apotheker, um ihn zu bitten, sein Glöckchen sofort wieder zurückzubringen. Dschiro lief so schnell er konnte, doch als er im Garten des Apothekers das fröhliche Läuten des Glöckchens hörte und den Apotheker und Taro beim lustigen Tanz erblickte, fing auch er an, sich im Kreis zu drehen – und alle drei vergaßen die Welt um sich herum.

Inzwischen neigte sich die Sonne dem Horizont zu, und der greise Mönch wartete immer noch auf die Rückgabe seines Glöckchens. Schließlich zog er seine Sandalen an und machte sich selber auf den Weg zum Apotheker. Noch ehe er dessen Garten erreichte, hörte er das zarte Läuten seines Glöckchens und das fröhliche Lachen der drei Tänzer. Sie tanzten nach links und nach rechts – und ein seliges Lächeln lag auf ihren Gesichtern.

Der Tempelmönch schüttelte den Kopf; er wusste nicht, wie er sich das erklären sollte, aber er wunderte sich nicht lange. Auf einmal war all seine Traurigkeit wie weggeflogen, seine Füße begannen sich im Takt zu bewegen und von sich aus zu hüpfen. Dann lächelte er dem Apotheker zu, reichte ihm die Hand und forderte Taro und Dshiro zum gemeinsamen Tanzen auf. Und so tanzten sie jetzt zu viert und vergaßen ganz, warum sie zum Haus des Apothekers gekommen waren.

Wie ging es weiter? – Im japanischen Märchen heißt es: Wenn wir das wissen wollen, müssten wir jemanden in den Garten des Apothekers schicken. Nur weiß niemand, ob er auch wieder zurückkäme. Denn wenn er den lieblichen Klang des Glöckchens hört und die vier tanzen sieht, wird er alles vergessen – und schnellstmöglich mittanzen.

Und so müssten wir weitere Boten schicken. Am Ende bliebe uns nichts anderes übrig, als selbst hinzugehen – und schon bald würden auch wir zu tanzen beginnen…

Der tanzende Gaukler und die Gemeinschaft der Mönche

Es war einmal ein Gaukler, der zog von Dorf zu Dorf. Und überall, wo er hinkam, liefen ihm die Kinder nach; denn der Mann hatte lachende Augen und ein frohes Gemüt. Unter einem schattigen Baum oder, im Winter, wenn es kalt war, in einem leeren Schulraum, rief er die Kinder zusammen und machte seine albernen Späße, stolperte über die eigenen Beine – und fing sich wieder elegant und unverletzt.

Einmal pro Woche, meistens samstags oder sonntags, lud er auch die Erwachsenen ein, und alle, Kinder wie Erwachsene, freuten sich über seine lustigen Späße.

Die Jahre vergingen – und irgendwann hatte der Gaukler genug. Endlich, so sagte er sich, wolle er in seinem Leben etwas tun, was auch Bestand habe und vielen Menschen zugutekäme. Als erstes ging er zu einem Dorfpfarrer, einem älteren Herrn, und bat ihn um seine Meinung. Vielleicht, so ließ der Gaukler durchblicken, ziehe er sich für den Rest seines Lebens in ein strenges Kloster zurück.

Der Geistliche riet zur Vorsicht: Ehe er sich zu etwas entschlösse, solle er für ein paar Wochen oder Monate in ein beschauliches Kloster gehen, um erst mal zu sich selber zu finden und sein Vorhaben gründlich zu überprüfen. Auch, um herauszufinden, was wichtig wäre in seinem künftigen Leben und wo er besondere Schwerpunkte setzen möchte. Zu schnelle Lebensentscheidungen, meinte der Dorfpfarrer, seien selten von Dauer!

Der Gaukler folgte dem Rat des Geistlichen und bat den Abt eines strengen Schweige-Klosters, eine Zeitlang bei ihnen hospitieren zu dürfen; er wolle alle geistlichen Übungen mitmachen, die von den Patres und Brüdern auch verlangt würden.

Der Abt legte dem Gaukler nahe, einmal pro Woche zur persönlichen Aussprache zu ihm, zum Abt, zu kommen – oder zu einem der Patres nach Wahl.

Der Gaukler versprach, dem Rat des Abtes zu folgen. Er übte sich im Beten, im Schweigen, im Alleinsein mit Gott und der Welt. Es fiel ihm nicht leicht; er hatte es sich einfacher, sehr viel einfacher vorgestellt: Das Essen, das schweigend eingenommen wurde, war kräftig und gesund; die Arbeitszeiten waren geregelt, auch da wurde nicht geredet.

Das ewige Schweigen fiel dem Gaukler anfangs sehr schwer; später betrachtete er es als eine Wohltat. Aber das war nicht immer so. Irgendwann – nach mehreren Monaten – überkam ihn große Traurigkeit. Ihm fehlten die Kinder, die ihn umjubelten; die Menschen, die er aufheitern durfte; überhaupt die Ansprache von Mensch zu Mensch.

Am allermeisten aber fehlte ihm, dass er nie so sein durfte, wie es ihm gerade einfiel: Alles war geregelt; alles ging streng nach der Uhrzeit; alles blieb ohne Echo und, wie es schien, ohne große Herzlichkeit. Warum, so fragte er sich eines Tages, warum lachen Mönche so selten? Warum verbergen sie ihre Gedanken? Warum scheinen sie kein Heimweh zu kennen? Keine Sehnsüchte? Keine persönlichen Wünsche? Warum ist Necken und Sticheln eher verpönt? Warum? Warum? Warum?

Der Abt zeigte viel Verständnis für den Gaukler. Auch dafür, dass der Gaukler gelegentlich vor der Mönchsgemeinde auftrat – so wie früher auf den Dörfern…

Aber das war dem Gaukler zu wenig; zu steif; zu reglementiert, zu dirigiert von oben.

Eines Tages verließ der Gaukler das Kloster still und heimlich, während die anderen Mönche ihr Mittagsschläfchen machten, und lief in den benachbarten Wald. Dort wusste er eine kleine Kapelle zu Ehren der Gottesmutter Maria. Das innere Tor-Gitter war nicht verschlossen; er drückte es auseinander, legte seine Kutte ab und begann zu tanzen – und schon bald war er wieder in seinem Element; alles Triste fiel von ihm ab. Er tanzte und tanzte – und er vergaß darüber die Zeit; er spürte, dass sein Tanz

Ausdruck seiner Freude war, seiner Dankbarkeit, seines So-Seins.

Inzwischen war ihm ein anderer Bruder heimlich gefolgt, blieb außerhalb der Waldkapelle stehen und lugte nur hin und wieder durchs Fenster hinein ins Innere, ohne dass der tanzende Gaukler es merkte. Dann verschwand er wieder, ehe der Tänzer etwas merkte.

Wieder zurück im Kloster, fügte sich der Gauklermönch den üblichen Klosterregeln, aber schon anderntags wurde er zum Abt gerufen. Sein Mitbruder, der ihm heimlich zur Waldkapelle gefolgt war, hatte dem Oberen alles mitgeteilt, was er in der Waldkapelle beobachtet hatte.

Mit schlotternden Knien ging der Gaukler zum Abt und rechnete mit allem, auch mit der Entlassung – und dem Rat, wieder in die Welt zurückzukehren.

Der Abt empfing ihn freundlich, erkundigte sich nach seinem Besuch in der Waldkapelle und wollte wissen, ob es stimme, was ihm zugetragen worden war. – Ja, sagte der Gaukler, und versuchte seinen Tanz in der Kapelle zu erklären. Der Abt winkte schmunzelnd ab: Sie sind offensichtlich ein sehr guter Tänzer, und Sie tanzen, weil es Ihnen Freude bereitet. Ab sofort dürfen Sie jeden Sonn- und Feiertag in unserer Kapelle tanzen, vor der ganzen Gemeinde. Ihr Tanz ist ein Tanz vor Gott. Und zu Ehren der Gottesmutter. Aus Freude am Leben. Aus Dankbarkeit gegenüber Ihren Mitmenschen. Was Sie tun, ist wahrscheinlich besser und gottgefälliger, als was wir anderen tun: Sie tanzen aus voller Begeisterung; Sie tanzen zur Ehre dessen, der uns alle ins Leben gerufen hat. Weiter so!

Und der Abt umarmte den Gaukler, dem inzwischen die Tränen gekommen waren. Es waren Freudentränen.

> Wenn einer eine Reise macht,
> muss er Liebe zu Land und Leuten
> mitbringen; er muss versuchen,
> das Gute zu finden, anstatt es
> durch kritische Vergleiche
> kaputt zu machen.
>
> THEODOR STORM

* * *

> Das bloße Erlebnis
> bedeutet nicht viel,
> wenn sich nicht
> die Erinnerung
> seiner bemächtigt.
>
> MANFRED HAUSMANN

Nach-Worte eines Voraus-Lesers

*Aus einem Leser-Brief
zum Erzählstil des Autors*

Es ist schön, dass Sie in Ihren Büchern viele Dinge offenlassen; dass Sie Gedanken anreißen, aber nicht zu Ende denken! Wenn man genau hinschaut/hinhorcht, kann man vieles zwischen den Zeilen herauslesen. Manchmal erst nach mehreren Seiten. Eben weil Ihr Stil so unkompliziert ist.

Drücke ich mich richtig aus? Ich meine, einerseits passen Sie sich dem Ihnen wohl bekannten Leserkreis an, andererseits halten Sie für Anspruchsvolle genügend und geschickt verpackte Fragen, Probleme und Lebensweisheiten bereit.

Und Ihren Freunden offenbaren Sie sich in jeder Zeile. Ich kenne viele Ihrer Buchtitel, egal, in welchem Verlag sie erschienen sind. Was mir fast überall auffällt, ist Ihre Einstellung zum Leben, zu den Menschen der verschiedensten Völker und Nationen, besonders aber auch Ihre Haltung zum Kosmos, zur Natur, zu allem, was uns umgibt! Dass Sie seit Jahrzehnten und immer wieder auf die Wichtigkeit und die Verantwortung aller Menschen hinweisen, mitzuhelfen, die Schöpfung zu bewahren, finde ich in diesem Zusammenhang besonders erwähnenswert.

Wichtig scheint mir auch Folgendes: Sie tolerieren Andersgläubige und Andersdenkende; Menschen aller Rassen, Sprachen und Religionen. Sie versuchen zu verstehen statt zu (ver)urteilen. Deshalb können Sie es sich auch erlauben, gelegentlich ironisch zu sein, ohne zu verletzen; zu sticheln, ohne weh zu tun.

Feiner Humor durchzieht jedes Ihrer Bücher, und Humor heißt in meinen Augen nichts anderes als: Die Menschen lieben – trotz (oder gerade wegen) ihrer Ungereimtheiten, Ecken und Kanten. Wann immer Sie einen Menschen skizzieren – er wird nie zur Karikatur, über die man spöttelt, sondern eher zum Original, das man so akzeptiert, wie der Schöpfer es hat werden lassen…

ADALBERT LUDWIG BALLING

ist Mariannhiller Missionar. Nach sechseinhalb Jahren in Rhodesien/Simbabwe (und dann wieder in Deutschland) war als Journalist, Redakteur und Publizist tätig. Seine Bücher fanden weite Verbreitung. Dutzende wurden in Fremdsprachen übersetzt, z. B. ins Slowakische, Polnische, Litauische und Chinesische – sowie in die Sprache der Zulu im südlichen Afrika.

Die von ihm herausgegebene Reihe der »Mariannhiller Geschenkbände« umfasst 120 Buchtitel. Seine großen Biografien wurden zu Standardwerken missionarischen Lebens und Wirkens. Dazu gehören zwei Bände über Missionsabt Franz Pfanner, den Gründer von Mariannhill: »Der Trommler Gottes« und »Der Apostel Südafrikas« (English: The Apostle of South Africa). – Ferner: »Eine Spur der Liebe hinterlassen«, die erste umfangreiche Lebensbeschreibung des Pater Engelmar Unzeitig, der Ende September 2016 seliggesprochen wurde; hinzu kommen die Biografien »Thandabantu – Der Wandermönch von Triashill« (Bruder Ägidius Pfister); »Binde deinen Karren an einen Stern« (Pater Bernard Huss, Sozialreformer in Süd- und Ostafrika und: »Der braune Abt von Mariannhill« (Bruder Nivard Streicher, Architekt, Ingenieur und Agrar-Experte) in Natal und in der Transkei).

Auf zahlreichen Foto- und Info-Reisen lernte er Menschen und Kulturen auf allen Erdteilen kennen. Sein Motto: Freude ist eine Liebeserklärung an das Leben. Wer mithilft, die Schöpfung zu bewahren, baut Brücken in die Zukunft.

Weitere Buchtitel von Adalbert L. Balling im Engelsdorfer Verlag Leipzig

Hoffnung, die die Liebe nährt
Meditative Impulse zu den Evangelien
der Jahreszyklen A, B und C. 272 S. kt.

Wer die Sonne liebt, dem wird sie scheinen
Die kleinen Sterne leuchten immer. 126 S. kt.

Freude und Liebe duften länger
Journal einer Leseratte. 164 S. kt.

HEIMAT – Wo befreundete Wege zusammenlaufen
Ein buntes Potpourri. 72 S. kt.

BRIEFE – Wie durch ein Seil miteinander verbunden
Von der Freude und der Heilkraft des Briefe- und
Tagebuch-Schreibens. 80 S. kt.

BÜCHER – Freunde fürs Leben
Wer viel (Gutes) liest, lebt glücklicher. 84 S. kt.

Reisen & Pilgern
Das Salz der glücklichen Zufälle. 112 S. kt.

Die Schönheit ist ein Licht im Herzen
Oasen der Stille, Papst Benedikt XVI. gewidmet, 64 S. kt.

Von Gottes Wort berührt
Meditative Impulse zu Bibelworten. 88 S. kt.

Wo man spielt, da lass dich nieder
Freude am Spiel und an der Musik, 72 S. kt.

In Dankbarkeit und Freude
Erinnerungen in die Zukunft
Rückblick auf ein erfülltes Leben, 326 S. kt.

**Ein Herz für Tiere und für Menschen,
die Tiere mögen**
Humorvolles, Informatives, Besinnliches, 188 S. kt. 2017

**Wenn mit dem Herzen unterwegs,
ist man nie allein**
Die Guten sind auch die Zufriedenen und die Glücklichen.
143 S. kt. 2017

**Was man mit Liebe betrachtet –
ist immer schön**
Wer sich über die Schöpfung freut,
erntet Glück und Zufriedenheit
96 S. kt. 2017

Humorvolle leben länger
Schmunzelnd Ja zum Leben sagen
120 S. kt. 2017

Liebesgrüße an das Leben
Aus Freude und Dankbarkeit
147 S. kt. 2017

* * *

Von Luigi Bertini
FOXY – Ein Filosoof im Ir(r)enhaus
Märchenhafte Erlebnisse
mit und um einen vierbeinigen Freund namens Foxy an
der sagenhaft schönen Küste von Kerry im Südwesten Irlands.
Bei Hunden wisse man (meint Mark Haddon), was sie dächten;
sie hätten vier Stimmungen: glücklich, traurig, ärgerlich
und aufmerksam... Roman, 176 S. kt. 2009